土の記 上

髙村薫
Kaoru Takamura

新潮社

土の記（上）

1

伊佐夫は半睡から呼び覚まされ、全身を耳にする。

頭の上の闇を叩く音がある。数十羽の鴨が、水搔きのついた足で一斉にぼとぼと、ばたばた屋根瓦を踏み歩いているかと思う。数日前、低温に備えて深水にしてあった田んぼに紛れ込んだカワムツ三匹を捕まえて、近くの本郷集落の溜池に放したとき、早速食らいついたやつがいたのか、振り向くと鴨や鵜が激しく騒いでいた、あれに似た騒がしさ。否、それより鵜の黒と水しぶきの間を二度、三度、真鴨の頰と頸の青がひるがえるのを見ていた間に、この頭に何か閃いたのではなかったか。あまり楽しいことではない、胸につかえるような何か。

雨か。

目が覚める直前、皮膚の穴にまで沁みとおるような驟雨《しゅうう》の下、何者かが駆け去ってゆくのを見た。両腕を広げれば両側に聳える杉の木立がそれぞれ両手に触れるほど狭い林道の上り坂を、こちらに背を向けて駆けてゆくのは誰だ――。

道は雨の下に延びているが、間伐の手が入らなくなって久しい杉林が天地左右へのしかかっており、行く手は見えない。ほとんど滲んだ墨の跡になって揺れながら、峠のほうへのろのろと移動してゆく、あれは確かに人か。人ならば男か、女か。土台、集落の住人が日に一度か二度、軽四輪で通るだけの林道を、夕闇の降りかける時刻に徒歩で辿ってゆくのは、初めは手負いのイノシシかと思った。少し強い雨が降れば、杉の葉と枝を伝い落ちる雨が右から左から集まって滝つぼになる。その下を、首をすくめ、背を屈めて走ってゆく何者かは、晴れた日も雨の日も、昼も夜も、とくに前ぶれもなくまどろむうちに現れ、もう見慣れたといってもいいほどなのだが、どこの誰なのか分からない。否、いくつか候補を挙げることはできるが、どれも自分が直接知っている人物ではない。人づてに繰り返し聞かされるうちに、男になり女になり、老婆になり、ときどきの集落の死者たちになり、それらが重なり合って特定の何者でもなくなっていった彼、彼女たち。

否、いま見ていたのはもう少し切迫した、具体的な名前のある何者かの姿ではなかっただろうか。ちょうど太平洋戦争が始まった年だったというが、いつになく激しい雨音に誘われ、集落の者たちが雨戸を開けて裏の杉木立の斜面を縫う道へ眼を凝らすと、峠に向かって動いてゆく人影があったのだという。男か女か、年格好はどのぐらいか、確かなことは当時もいまも何一つ分からない。それどころか、あるのは口伝えばかりで、驟雨の夜にそんなことがほんとうにあったという証拠もない。確かなのはその日の夕方ごろ、集落一の山持ちだった上谷の家の、隠居のヤヱが行方知れずとなったことだけであり、もともと徘徊癖があったことから、山へ迷い込んだまま帰れなくなったのだろうと言い伝えられているが、そもそも集落のある西山岳の北東側の中腹でもせいぜい標高は四、五百メートルしかなく、南北に並ぶ音羽三山の尾根も千メートルには届かない。そこかしこに人里があり林道があり、炭焼き夫や杣夫《そまふ》が通り、峠を行き交う行商人もいる。地元でも、そんな当地で人が行方不明になるのはさすがに奇異だと思われたか、上谷の子どもは代々神隠しだと垣内《かいと》（集落内で数軒単位が集まった伝統的組織）の大人たちに教えられ、大人たちもいつの間にかそれを信じた。ヤヱの孫娘にあたる昭代も、その昭代の婿養子になったよそ者の伊佐夫も、だ。

否、あるいはそれとは別の、もう少し新しい時代の何者かであったということはないだろうか。峠を越えた先の半坂《はんざか》集落にある自動車修理工場の、経営者の知り合いか顧客か、はたまた従業員かもはっきりしないが、二十年ほど前に当地では珍しいよそ者の男を伊佐夫は見たことがある。以来、ときともなしに甦ってくる男の背格好はいつも四十前後のまま、永遠に歳を取らない。ああ否、当初から、行方知れずのヤヱよりさらにおぼろな姿でしかない以上、ほんとうに若いままなのかどうか、確かなところはやはり分からないと言うべきか。ともあれ、二十年前にその男が立っていたのはもう少し鈍い光のある草地のなかで、峠に向かう昏い杉木立の背景とは幾分感じが違ったし、雨模様でもなかったはずだ。とすれば、いましがた見たのは少なくともその男ではないということだが、しかしそれでは、誰なのだ?

ぼとぼと、ばたばた暴れる雨音が速くなる。いまは鴨の水掻きより、そろそろ寿命のきている耕耘機のファンベルトが上下左右にばたばた、がたがた振動している音に近い。たいそうな降り方だが、天気予報はどうなっていたか。初夏によくあるように、大陸の低気圧に南から暖湿流が流れ込み、梅雨前線を刺激して雨雲を発達させながら東へ移動してきてついにこの宇陀山地に差しかかり、重い大粒の雨を降らせ始めたか。

ぼとぼと、ばたばた、ぼとぼと、ばたばた、雨滴が杉の斜面へ落ちる。杉の下の自生の茶の木へ、この漆河原《うるしがわら》の集落へ、棚田へ、畑へ落ちる。半坂や馬取柿《まとりがき》や、近隣の集落へ続く草むした峠道や林道へ落ちる。わずかばかりの家々の屋根瓦へ落ち、枕に載せているこの頭の上へ落ち、頭蓋骨に当たって跳ね返り、一部は骨を透過する。昨日一日考えたことやあれこれの記憶が濡れそぼってふやけ、かたちがなくなる。

いま、何時だ。雨戸の隙間から洩れる外の光はまだない。昭代のオムツを替えておこうか、それとも夜明け前でもいいか。考えるともなく考えた傍らで、枕に沈めた頭の内耳の奥深くに雨音が移動し、副鼻腔へ広がって喉にあふれた。溺れる、と思い、とっさに蒲団の上で身体を固くしていたのか、手足をばたつかせていたのか。伸縮させた筋肉と骨を感じると同時に伊佐夫は夢うつつに田んぼのカエルになり、鯰になり、空気を求めて顎を上げ、少し喘いだ。山間に降る雨は小ぬか雨であれ雷雨であれ、眼と鼻の先で空の膜が破れて水が落ちてくるのに近い剝き出しの感じがある。なぜそんな降り方になるのか、当地の住人になって四十年にもなるが、未だに理由は分からない。あえて尋ねたこともないが、ひょっとしたら土地の者たちにはまたべつの感じ方があるのだろうか。

水を吸って濃くなった寝間の闇に見入る。ぼとぼと、ばたばた、ぼとぼと、ばたばた。雨滴と雨滴の間隔がさらに縮まり、間断のない水のカーテンになって地所の裏の杉林に降り注ぐ。屋敷や棚田に降り注ぎ、頭のなかに降り注ぎ、跳ね返り、池をつくる。いまごろ用水路では、産卵のために遡上していた生きものたちが急な増水で下の川へ押し流されている。雨に叩かれた田んぼの畦の土手がわずかに崩れだし、そこでも土のなかの住人たちが逃げまどっている。泥に鼻腔をふさがれ、息苦しさに喘ぎながらケラが飛び出す。ミミズが身体をめいっぱい蠕動させて脱出先を探す。そういえば溜池でカワムツにありついたのは鴨か、鵜か。あの鴨どももいまは葦の陰で驟雨に叩かれながら、頸の青をひっそり輝かせているだろう。

否、いまも瞼の裏側に張りついている青はひょっとしたら鴨のそれではなく、寝る前に誤って土間で踏みつぶしたコガネムシの青かもしれない。今年はあれこれ立て込んでいたために幼虫の駆除ができず、裏の梅の木に成虫がついた。実を食われないよう毎朝駆除をしているが、夜が明けたら見に行かなければならない。ついでに茶の木のチャドクガも。あれだけ頼んでおいたのに、今年も茶畑に近い半坂の住人は地所の藪椿に殺虫剤を散布した気配がない。

二番茶の芽を摘む時期。里芋の土寄せ。カボチャの摘心。散髪。農協への支払い。そろそろ昭代のオムツを替えてやるか。伊佐夫は、半ば自分を鼓舞するために寝間の闇に向かって独りごちる。そのとき雨戸の隙間が薄明るく光ったかと思うと、どん！　と雷鳴が走った。

近い。少し身を固くする間に、最初の轟音は畳の下から突き抜け、柱と屋根を震わせて空へ放散してゆく。山間の雷は天空ではなく山自身から湧きだす。木々や岩盤を割るような音をがらがら響きわたらせながら、山から山へ瞬間移動する。息を殺す間に遠のき、駆け戻り、また遠のく間に、雨のほうは降り注ぐ水のカーテンが厚みを増し、杉林と棚田と畑とわずかな民家の全部があっと言う間に水底に沈んで、水音以外の音が消える。あるはずのない水圧を感じた皮膚と肺が、新たな息苦しさを訴える。今度は気のせいではない本ものの息苦しさ。数年毎に繰り返す気胸がまた起こったかと恐れながら、浅く小刻みに息を吸う。一、二、一、二。今度症状が出たら、胸腔のドレナージではなく嚢胞の切除手術だと医者には言われているが、自分が入院したら昭代はどうなる。いや、それを理由にして、療養施設か病院の療養病床に戻してもらえたなら、逆に助かるというものか。

耳もとを二度目の雷鳴が走り、鼓膜に突き刺さった。空を駆ける電流が巨大な圧砕機になって、見えない岩盤を砕いたかと思う。柱や障子やガラスが鳴り、数秒しんとなり、次いで低い遠雷が山々に谺してまた数秒静まり返る。それから息つくひまもなく、今度は頭の直下を雷が突き抜けてゆき、耳と頭がじんと痛んだ。さすがに外を見てみるかと思い、身体を起こしかけると三たび物音が消え、反射的にそばだてた耳に、今度は新たな雨音が降り注いで連打になった。ぼとぼと、ばたばた、ぼとぼと、ばたばた。いっそう大きくなった雨粒が幾重にも重なって雪崩落ちてくる。これでもう、今日は日中いっぱいを畦の補修に取られるのは確実だと諦めたが、桜井の介護療養型施設から昭代を引き取らざるを得なくなって以来、どのみち一日家を空けるようなことは何もできなくなったし、とくに急ぎの用事があるわけでもなかった。夜が明けたら、まずは出がけにコガネムシを退治し、ついでに茶の木を見て回ったあと、田んぼへ出て水位を調整し、それから畦の補修へ。三秒で一日の予定が立ってしまい、考えることがなくなった頭の空洞へ、ぼとぼと、ばたばた雨滴が落ち続ける。よもや活着して間もない稲が水没するような事態にはなっていないだろうが、それにしてもなんという降りだ――。

　ところで、気胸のほうはどんな具合か。いま一度小さく浅く息をしてみた後、溺れるような息苦しさは少し遠のいたのが分かったが、それと同時に軽い失望を覚えている自分がいた。日に何度もやってくる、そこはかとない己が失望と憂鬱の発生源が襖の向こうでオムツを濡らしている。この雷雨でいつもの重い気分が少し紛れ、考えるほどのことでもないことを考えて、現実をわずかに遠ざけてみたものの、時間が止まるわけもなし。

　伊佐夫は枕許の時計の針が午前三時前を差しているのを確認し、寝間から身体を起こした。それと一緒に、二十五年も昔に中学生だった娘の使っていた机と、その周りに自身が積み上げたろくでもない古本の山と、モノリスという幻想的な呼び名もある土壌標本のひときわ濃い影が立ち上がり、標本に使うエポキシ系樹脂やポリウレタン系樹脂の臭気が鼻腔のまわりにやさしい膜を張った。化石や古墳や城址の発掘ではない、ただの土の標本というのが自分の人生相応だと思うが、同じ標本でも昆虫や植物ならまだ学校へ寄贈する手もあるのに、土ではどうしようもないとヘルパーの女性に笑われる。そうだ、地震や地滑りで崩れて初めて日の目を見る地中の砂礫や岩盤の層を、そのまま樹脂で固めて薄く剝がし、四角い枠のなかに固定する土壌学の標本は、確かに地球の来歴に思いを馳せる以上の何ものかではあるだろう。本来人の目に触れるはずのないものが剝き出しになっている隠微さと、無機物がただそこにある暴力性をたたえた秘密の覗き窓のようだと言ってもよいが、ＰＴＡのママさんバレーで三段腹を揺らせている女性に言っても始まらない。

昭代の介護ベッドを入れた下座敷は、縁側のガラス戸の雨戸の上に欄間窓が切ってあり、外の光が入る。遠くで光り続けている雷のせいで薄明るい八畳間には尿の臭いが沁みており、これに慣れてしまえばむしろ、この臭いを消すために施設ではどんな強力な薬剤や空気清浄機を使っているのかと訝るようにもなった。この季節、雨でなければ障子やガラス戸を開け放ち、畑や田んぼや杉木立の、土と草と水とさまざまな有機物の臭いが流れ込み、流れだしてゆく座敷には、堆肥や鶏糞の臭いも人の排泄物の臭いも一体にこそなれ、一つ一つはもはや嗅ぎ分けられない、いわゆる田舎の臭いというやつがあるに過ぎない。それはまた、昭代には一番慣れ親しんだ生家の臭いでもあるが、それ以上に本人の表情や身体の調子を見ていると、その臭いは、奈良一円のシャープの工場に勤めていた亭主の代わりに先祖伝来の田畑を守ってきた農家の女の身体のすみずみに、植物状態のいまも沁み込んでいるのではないかという想像もする。ダム工事のダンプカーに撥ねられて九死に一生を得たあと、MRIでびまん性軸索損傷と診断されたその脳は、大脳辺縁系の嗅神経や扁桃体を含めた広範囲の軸索断裂があり、原理的にはもう嗅覚もそれを想起する記憶もないことになっているが、枕許に飛んできたカメムシの臭いに鼻腔をうごめかしたりするのは、こちらの気のせいだというのか？

あ——。いま、おまえの大嫌いなカメムシのことを思い出していた。朝っぱらから座敷箒を振り回して、亭主の枕許を走っていたおまえの裸足の、少年のように骨の浮きでた踵の清々しい感じ。台所の板間や縁側を忙しく歩き回る足の裏は、これもときどき無造作に汚れていて、土掘りが趣味のけったいな亭主をもったおかげで家じゅう泥だらけなんやもの、などとのろけながら、おまえは黒くした足を縁側に投げ出して垣内の女たちとお茶を呑む。大宇陀の山間の家々はたいがい空に向かって座敷と縁側をつくってあり、小さな前栽の先は斜面を下ってゆく棚田の段々と、向かいの山々の尾根や稜線が広がる。そうだ、工場が休みの日に、おまえの代わりに下の田んぼで草取りをしながら、緑の葉むら越しに空に向かってぶらぶら楽しげに揺れているおまえの足を見たのは、いつだったか。逞しく日焼けして、つやつや滑らかに光りながら、指文字ならぬ足文字で〈来てよ〉と真っ昼間から亭主を誘っていた足に、こちらもあやうく欲情しかけて往生したのは。垣内の老爺がすぐそばの畦の草刈りをしながら、こちらを見てにやにやしていたのは。

伊佐夫は耳と鼻腔を開き、ぶんぶん唸りながら野辺に広がってゆく夏の草刈り機のエンジン音と、刈られた草の葉の刺激臭に包まれてしばらくぼんやりした。欄間窓から音もなく空を走る稲光が差し、介護ベッドのある八畳間の空間を明滅させると同時に、伊佐夫の脳裏でもなにがしかの電流が通ったり遮断されたりし、夏空が消えたあとには峠道をゆく何者かの後ろ姿や草はらの光に隠れている男が、またちらちらと過っていった。それから、こんなふうに散漫に行き来するあれこれの物思いの中心に昭代がいるのはさもありなんという心地に着地して、そうか、昭代のオムツを替えようとしていたのだと思い出す。

正しくは〈拘縮〉というそうだが、昭代は長い年月の間に関節が固まってしまった身体を介護ベッドの上でくの字に折り、それとは逆の方向へ頭をねじって、六〇度上の中空を見ている。左右の手と左右の脚のそれぞれに違う人格が棲みついているのか、全部がばらばらの方向を向いたまま、周囲には聞こえない特別な言語を密やかに吐き続けている。ほんとうは拘縮を起こさないために継続的なリハビリが必要だったらしいが、二年や三年ならともかく、十六年もリハビリを続けるような忍耐を、亭主を含めた周囲の誰も持ち合わせていなかったことを責める言葉かもしれない。ともあれ、そうして十六年の月日をかけてゆっくり骨と灰白色の皮だけになり、腕は腕でなく、脚も脚でなくなったいま、もう足の裏を黒くしたりすることもない代わりに糞尿の臭いをまとっている静かな生きものが出来上がった。去年齢六十九だったから、この夏のお盆が来ればなんと七十になる。人間七十にもなれば、オムツ付きももうそれほど珍しいことではない。世の中はうまく出来ている。

伊佐夫は、ベッド脇の箪笥に入れてあるオムツを探して中空に手を泳がせ、腹の底の深いところから沸き上がってくる不快な塊に押しやられるようにして、介護ベッドへ眼をやる。自分としたことが何をぼんやりしていたのだろう、昭代はつい最近桜井の病院へ戻ったところではないか。軽い肺炎を起こしたのだったか、うまく小水が出なくなったのだったか、久しぶりに救急車のお世話になり、垣内の人びとを騒がせたのだ。昭代に意識があれば、眼をまんまるにして、アホなことせんといて！　と叫んだだろうに、実際にはいつの間にかカサコソ音を立てそうなほど乾ききってストレッチャーにころりと転がっていただけだった。いつものように六〇度上を向き、手と足をばらばらにねじったまま、誰にも聞こえない言葉の糸を吐きだしながら。今度の一時帰宅はいつごろになるか聞いていないが、いざとなればオムツを替えるのにも慣れたように、不在の手持ちぶさたも、それはそれでまたすぐに慣れるか。

とはいえ、たとえ寝たきりの人間でも、いると思っていた者がいない欠如感はしばらく見えないシミのように空気のなかに広がり続け、それ以前にあった腹の奥底の不快感と合体してなんとも言えない不穏な心地が出来上がってゆくようだった。欄間窓の稲光の明滅はいつの間にか消えており、漆黒に戻った座敷にはまた急に粒の大きさを増した雨音が戻ってきて、伊佐夫はたぶんこの雨のせいだと独りごちる。いつから地球の雨はこんな降り方をするようになったのか、誰か確かなところを知っている者はいるのか。雨が雨でないような、雲の代わりに水の袋が破れたような滝つぼの底で、いまのいま数百、数千、数万の人間がいつの間にかそれぞれの記憶や感情の全部を洗い流され、祖先の動物に還ってそっと眼を覚ましている。互いに物理的なつながりを断たれて独り、原始の皮膚を粟立たせながら息を殺している、と思う。右も左もない、手も足も出ない、ある種為すすべのないこの時間と身体の原初の感覚は、ひょっとしたら昭代たち植物状態の人間がもっているものと近いのかもしれないし、山で息をひそめているキツネや野うさぎやイノシシたち、あるいはいまごろそこここで溺れかけているだろうダンゴムシやトビムシやヤスデたちのいまも、こんなふうであるのかもしれない。否、彼らにはまさに是も非もない、自分と世界を分けるものとしての〈いま〉という感覚があるだけだろうに、人間の自分にはそこはかとない不安があるのはなぜか。否、これは不安というより恐怖だろうか。しかし、何に対する？

午前四時、まだ昏い寝間で伊佐夫は雨音に押しつぶされるようにして横たわり、気を紛らせるためにあれこれ巡らせてみた物思いは、やがて寝間の壁にかけてある一枚の土壌モノリスの上に留まる。縁故でシャープの前身の早川電機工業に入社が決まった年の春、東京を離れる前に大学時代の恩師や地質学ゼミの仲間と栃木県の日光へ土壌採取に行き、記念の標本をつくった、そのときの実物。たまたま採取した場所がよかったのか、分厚い今市軽石層の風化した赤い表層と、粘土質の黒い北関東ローム層が見事な層を成していて、うつくしい黒ぼく土のモノリスになった。半世紀が経って全体に褪色が進み、白木の枠も見る影もないが、闇のなかに今市土の赤みがかすかに浮かんで見えるのは、自分がまだ半分夢のなかにいるということかもしれない。

そういえば数日前、崩れた地所の斜面の一部で水の通りの悪いグライ土の灰白色のB層を見た。この辺りは典型的な褐色森林土であり、B層は花崗岩の薄黄色い集積層がふつうなので、思わずアッと声が出た。標準の土色帳で10YR7／1、もしくは7／2あたりの色。昼間から幻覚を見ていたのでなければ、時間のあるときにいま一度、表層からC層までの重なり具合を観察してみなければならない。田んぼではないので作土の鉄溶脱層ではないし、もちろんポドゾルでもない。ひょっとしたらあの辺りには一部に粘土層が入り込んでおり、雨水や、あまり分解が進まない表層の落ち葉などがつくる有機酸によって、鉄やアルミの溶脱が例外的に進んだのかもしれない。そうして伊佐夫は、養分の抜けたぼそぼその灰色を額の裏に貼り付けながら、またしても何かに似ていると思いつくと、グライ土の灰色はいつの間にか昭代の皮膚の色にすり変わっていたものだった。もとは養分に富んだ褐色のみずみずしい肌から、十六年をかけてあらゆる養分が溶けだし、流れ落ち、失われて、薄い油紙のような皮膚とわずかばかりの筋肉が残された。その色がちょうど10YR7／2になる。細かい論理には向かない代わりに大胆な発想をする女だった昭代なら、自分の皮膚の下にマンモスが埋まっていると言い出すかもしれない、シベリアの永久凍土のポドゾルの色。

そうだ、凍土と言えば昔、地学の試験で「凍土」を「糖土」と書いた奴がいた。ハウスでスイカをつくっていた近郊農家の息子で、それならせめて「糖度」と書けと教師に笑われ、以来そいつにはトウドというあだ名がついた。野球部のエースで脚も長かったが、あれで間違いなく女生徒のファン数名を逃がしたはずだ。ざまあみやがれ。思い出し笑いを洩らした数秒か数十秒の間、伊佐夫の耳目の周りには木造校舎の教室に充満した汗と土埃の臭いや、浮き立つようなそぞろ騒がしい声や物音が甦っており、気のせいか身体のすみずみに生温かい血が行きわたるような感覚もあったが、それもすぐに遠のくと、またしばし屋根瓦を叩く雨音があるばかりになる。

ぼとぼと、ばたばた、ぼとぼと、ばたばた。地所の杉も茶の木も、棚田も畑も、すでに十分すぎるほど水を含んでいるために、それらに落ちる雨音も一層重く鈍くなり、いよいよ山も集落もみな水底に沈んだかと思う。そして眠るでもなく起きるでもなく、寝間に独り横たわった伊佐夫は半魚人となり、肺と鰓で浅く呼吸しながら、ゆっくり泳いでゆくのだ。天地左右を杉木立に被われた半坂の峠道――否、それによく似た水底のトンネルをくぐり、少し開けた台地の苔むした石の際をすり抜けてゆくと、昏い淵が口を開けており、どこまで続いているのか分からない水の奥深くに、ぼとぼと、ばたばたと鳴り続ける雨音が一つ一つ吸い込まれ、消えてゆく。その眼に見えない音圧の変動に魅入られ、全身を呑み込まれるままになる。

そうして半時間かもう少し長い時間、伊佐夫は浅い眠りに落ち、その間に時速四〇キロほどで宇陀山地を通過していた低気圧の最後の谷が抜けて、突然雨は止んだ。

宇陀山地の六月中旬の未明の気温は、土や草木をはじめ地上の一切の有機物・無機物がたっぷり湿気を含んだ雨上がりの匂いを発するに十分な暖かさではある。その日の当地の日の出は午前四時四十一分で、気温は二〇・三度であり、湿気のせいで少し蒸していたが、梅雨の晴れ間となれば昼にかけてさらに気温が上がるのは確実だった。

伊佐夫は午前四時五十分ごろに再び目覚め、昭代は死んだのだと、ひとまず自分に呟いた。死んだのはいつか？　年明けの一月八日だ。昭代が死んでもう半年になる。

伊佐夫は、雨戸の隙間がかすかに蒼ざめているのを確認して起き上がった。同時に、一月の雪の朝の蒼白が一瞬網膜の奥にひるがえり、たったいま昭代が死んだところか、もしくはまだ生きているような錯覚にとらわれて数秒放心すると、また一寸自問していたものだった。こんなふうに半分澱みながら過ぎてゆく時間のなかで、生きている昭代と死んだ昭代に何か差はあるのだろうか、と。もっとも、自問したこと自体がたちまち澱みに呑まれてかたちを失い、代わりに伊佐夫はあらためて雨戸の隙間から薄い煙のように広がる蒼に眼を凝らす。その光線のわずかな色合いから、いつもの雨上がりより濃いガスがかかっているのが分かったが、夜はすでに十分に明けていた。上谷の家は西山岳の北東斜面中腹にある漆河原集落のなかでも一番の高台に建っており、北東方向が大きく開けているために、もっとも早く明るさを増してゆく空を仰ぐことができるのだ。

　伊佐夫は蒲団を離れるやいなや縁側に出て、ガラス戸と雨戸を一枚ずつ開け放ってゆく。そうして動きだすと同時に、まずは触れただけで肌が濡れそぼつような湿気が身震いを誘い、鼻腔に入り込んでくしゃみになった。眼の前の前栽は低い層雲の上に浮かんでおり、そこから麓へと続く棚田も畑もその下に沈んで見えない。北東の空に浮かぶ額井岳《ぬかいだけ》や戒場山《かいばさん》の山塊は、漆黒の稜線の上が赤く焼け始めており、そこから天空に向かって、焼けた赤が徐々に薄まりながら夜と交替してゆこうとしていた。朝日は戒場山の尾根のすぐ後ろにあり、いまにも昇ってくるところだが、空は快晴ではない。低気圧の名残のごく薄い雲が紗をかけ、その下ではさらに山地特有のガスがかかろうとしている。濡れて鋭さを増した土と草と杉の匂いが、足の下から這い上がってくる。伊佐夫は全身の毛穴と鼻腔と肺を開いてそれを吸い込み、雨戸を開けて回る手足の動きに勢いをつける。寝間の次は昭代の介護ベッドがある下座敷。それが終われば、仏壇のある奥座敷。次いで離れの座敷二つ。最後に囲炉裏を切ってある板間と台所。

　十数分をかけて北東と西南にある雨戸をすべて開け終えると、朝焼けの空は全天が薄紅に染まっており、その下は額井岳と西の香酔山《こうずいさん》、東の戒場山の黒い稜線を浮かべた一面の雲海だった。正確には未明にたっぷり降った雨が山や田畑や渓流や溜池のそこここで行き場を失い、いっせいに音もなく蒸発を始めて、夜明けのいっとき、見る間に人里を押し包んでゆくだけのことだが、それがまるで意思のある生きもののように感じられて、悪寒を覚える。若いころ、山で出会う霧や靄は人間を追いかけてくると感じたが、ここでは雲海も朝霧も人間と戯れるようにしてときに魂を奪い、狂いださせることもある。上谷のヤヱが行方知れずになったあと、集落のあちこちで囁かれたヤヱの話のほぼ八割が、早朝のガスの下の野辺、もしくは驟雨の下の峠道を歩いていたというものだったように。その野辺も峠へと続く杉木立の樹林も、いまはしばし白煙のようなガスに包まれ、風もなく沈黙する。

そのガスが少しずつ這い上がってきて、縁側に立つ伊佐夫の足を包むと、それは南北の雨戸を開け放たれた家じゅうの座敷に流れ込み、通り抜けて、ゆるやかな対流をつくった。わざわざ使っていない座敷まで開け放つのは昭代の習慣で、こうして家のなかを戸外と同じ条件にしてやれば、温かい空間を求めて越冬のために家に忍び込んでくるカメムシを撃退できるはずだと言うのだったが、伊佐夫の知る限り、それが功を奏していたという記憶はない。それどころか、砂埃や湿気や日差しで確実に家屋は傷み続け、昭代は無意識のうちに、三百年続いた旧庄屋の上谷の家を緩慢な死へと誘っているか、もしくはもっと直截に、自分の手で絞め殺そうとしているように感じられたものだった。

伊佐夫はふいにそんな述懐をしては座敷を振り返っていたが、そのときにはもう、たったいま自分が何かを考えていたというのも定かでない。実際、いまごろこの家がどうしたというのだ——？　伊佐夫はあらためて周りを見回してみたが、どこもかしこももう十分に古ぼけて朽ちかけつつある家屋は、すみずみまでただ薄昏いばかりであり、放っておいても数年のうちには土壁か軒が落ちるか、柱の歪みでガラス戸や雨戸が閉まらなくなるか、だった。強いて言えば、この十六年間に家屋の老朽化に加速がついたような気もするが、寝たきりとなってさらに増幅された昭代の怨念が届いたということなら、それもよし。崩壊するなら崩壊すればよい。自分たちの代でいよいよ本家が絶えるのを、昭代もその婿養子も座視し続けてここまできただけのことではないか。

夜明けの薄明るいガスのなかを、伊佐夫は動きだす。雨戸を開けるために踏み歩いた縁側は何日か掃除をサボったためにどこも砂だらけで、自分の足の裏も昔の昭代のように黒くなっていると思うと、一寸気分が跳ねた。厠で勢いよく朝一番の放尿をし、脱いだパジャマを洗濯機に放り込んで作業着に着替え、ざらざらする足を手ではたいて靴下を穿く。洗面をし、歯を磨く。天照大神宮と産土神《うぶすながみ》の屑神社のお神札を祀ってある神棚の、水と塩と米を取り替え、二拝二拍手一拝した後、仏間の仏壇を開けて、同じように茶湯器の水を取り替え、灯明と線香を灯したついでに、先祖代々の回出《くりだし》位牌の隣の、小さな塗り位牌を眺める。昭代は死んだ。死んだのは一月八日、と自分に呟く。そういえばほかのご先祖と一緒の回出位牌でなく、昭代だけ別にしたのは伊佐夫だが、わざわざそうした理由は早くもあやふやだった。しかも位号は、大姉ではない信女だ。そうか、ほかのご先祖はみんな大姉や居士だが、自分と昭代は信士と信女でいい、という気がしたのだったか？　ともかく昭代は死んだのだ。

台所へ戻り、コップ一杯の牛乳を呑む。呑みながら、流し台をカメムシが歩いているのを見る。ああ、昭代の言うとおりだ。とくに醜くも可愛くもない虫一匹にこの悪臭はない。伊佐夫は牛乳の最後の一口をペッと吐きだす。山のガスは少しずつ澄んでゆき、気温の上昇とともに昨日まで日向臭かった畳が雨上がりの湿気のせいで草の匂いを取り戻してゆく。土壁や梁や柱のカビが胞子を飛ばし始め、カメムシとカビと草が混ぜ合わされて、伊佐夫の朝の匂いが完成する。家じゅうの戸を閉めようが開けようが、カメムシはもちろん、雨水や湧水で地表が乾くことのない山腹の暮らしではカビやキノコや、苔類、地衣類、シダ植物の胞子をかわすすべはない。起きていても寝ていても胞子は見えない磁力線のように降り注ぎ、運悪く住人の鼻腔にもぐり込んだものは粘膜に排除されてくしゃみと一緒に排出されるが、家屋に着床したカビやキノコのそれは、多くがそこで発芽する。

気分は良くも悪くもない。身体にこれといった変調もない。仮に変調があったとしてもたぶん気づかない、いつもの朝だった。では行ってきます。伊佐夫は昭代と、座敷の鴨居の上の先祖たちの写真に声をかけ、ゴム長を履いて土間から外へ出た。

初めに、大きく太り始めた実を落とさないよう気をつけながら、梅の枝葉を手箒ではたいて水滴と一緒にコガネムシ数匹を振るい落とし、それを拾ってゴミ袋に捨てる。これを八月ごろまで毎朝繰り返す。ほんとうは殺虫剤を散布したいが、あと半月もすれば昭代の妹の久代が梅干しにする実を採りにくるので、それまでの辛抱になる。それから、伊佐夫は離れの物置で鉈と剪定鋏と鍬と殺虫剤を用意し、それを担いで裏庭に迫っている山の斜面を上り始める。

傾斜角三〇度の急斜面は南北五百メートル、東西三百メートルにわたって杉が植わり、途中、漆河原の北の端に位置する平地をはさんで、さらに南北三百メートル、東西三百メートルの斜面が稜線まで続く。それが上谷の持ち山で、途中の平地には隣の半坂集落へ続く峠道がある。また、高台の上谷の家のすぐ下には半坂へ通じる旧林道の近畿自然歩道の入り口もあるが、大雨のあとでなくとも、杉の様子、表層の湧水の様子などを確認するために、伊佐夫はいつも斜面のほうを好んで登る。

上谷の山は、近隣でももっとも遅い八〇年代初めまで、杣夫を雇って営林と伐採が続けられてきたが、そのころ植林された一番若い杉もすでに幹の直径が二十センチに達し、近隣の山と同じく、もう伐り出されることもないまま鬱蒼と立ち続けているだけだった。伊佐夫が登るその斜面には、日々伊佐夫の足で踏まれた獣道のようなものができているが、未明の雨でそれは水の通り道になり、小さな滝になり、そこここの湧水と合流して轟々と鳴りわたる音が、いまは山の咆哮のようだった。それが伊佐夫の耳を押し包み、前傾姿勢を取った背には杉の葉のため込んだ水滴が降り注ぐ。顔を上げても、濃いガスに包まれた視界には杉の大木と斜面に降り積もった葉と流れ落ちる水しかなく、ひたすら足下を見つめて登ってゆく。そこに動くものがあり、眼をやると人の気配に驚いた地ネズミが走り去る。まさに濡れネズミ。独りごちて笑い、ゴム長の足を運び続ける。

シャツの下の脇や首筋が軽く汗ばみ、息が切れて顎が上がってゆくのが自分でも分かる。濡れた杉の樹皮の、つんと来る澄んだ香油の匂いに噎せ返る。若いころの昭代の髪の匂い、と思う。汗ばんだうなじの上で、清涼な匂いの粒が炭酸ガスのように弾けているのを嗅ぎながら、自分はその傍でまどろんでいたのか？　それともそのうなじを抱いていたのか？　単調な水音に鼓膜が痺れ始めるころ、気がつくとふいごを吹くような何者かの息づかいや、ひゅうひゅうという呼吸の音が耳の周りに張りついており、顔を左右に向けると音も一緒について動く。なるほど、ヤヱのおばあも山を登っているか。すでに七十半ばで腰痛持ちでもあったというヤヱを、山へ駆り立てている何者かの気配もある。もちろん、男だ。親戚の者も昭代も、誰もはっきりしたことは言わないが、上谷の家はヤヱの母の母、すなわち昭代の高祖母の代から男子を産めない女腹が続き、当のヤヱもよそから婿養子を取ったが、結局女の子しか生まれず、それが理由だとも思えないが、外に男をつくったというのだった。そして、それがまた集落から中途半端に近い桜井か榛原《はいばら》あたりの、これまた乗合バスの配車係か整備士かであり、宇陀のあたりでは外の世界の匂いのある男と言えば、戦前のそのころからほとんど自動車関係しかなかったというのがいかにもというところで、あながち作り話だとも思えない。

上谷の女たちはみな、好奇心旺盛で社交的な上に少しせっかちで辛抱が足らないところがあり、よく言えばおおらか、悪く言えば節操がない。それは、自身も上谷である昭代がいつも、けらけら笑いながら自分で言っていたことだった。おまけに、代々桜井あたりまで名の聞こえた美女揃いで、高祖母ソヱも、曾祖母タヱも、その娘のヤヱも、そのまた娘で昭代の母シズヱも、鴨居の上の写真はみな確かに京都の老舗の雛人形のようなのだ。ひるがえって隣に並ぶ婿養子の男たちは、揃いも揃って細面の都会ふうの顔をして、山仕事はおろか養子本来の務めも果たせそうにない風情であり、案の定、この百年というもの、本家には一人の男子も生まれなかった。だからというわけでもあるまいが、野良にはもったいないほど整った面差しの上谷の女たちが、まるで野火にでも魅入られたようにして峠道へ抜けだしてゆくのが集落の恒例行事のようになり、見て見ぬふりをする親戚や垣内の眼にも、失笑や困惑よりは来るべきものが来たという諦めの色が浮かぶ。否、家々の戸板の陰から、杉山の奥から、峠道の端から、各々下半身の興奮を抑え、動悸を抑えながら息を殺して女たちを見つめる集落の眼のほうが狂おしく感じられ、集落に入って間もなく伊佐夫が夜も明けきらないうちから山へ登るようになったのも、幾分はそのせいだったかもしれない。

ひゅうひゅう、ひいひい鳴り続ける呼吸の音を耳にしながら、伊佐夫は背後にヤヱ、あるいはその母、あるいはその母の母の足を感じ続ける。汗ばんだうなじやその上で戯れる髪の匂いを感じ続ける。その前後には、特定の誰でもないどこかの男の足もあり、飛び跳ねたりもつれ合ったりしながら、どれもが斜面の上の峠道へ急ぐ。目指すは半坂か、高台にいくつかある農機具小屋か、あるいは男の車か。一秒でも早く集落の眼を逃れ、肌を合わさんとして弾ける心臓や肺や筋肉の気配がふくらみ、伊佐夫を追いかける。ヤヱの臓器や骨や筋肉は自身が七十をとうの昔に過ぎていることを知っているはずだが、情念がそれを裏切り、男が峠で待っていると逸っているか。その耳にはひゅうひゅう、ひいひい鳴る自身の呼吸の代わりに、自分を呼ぶ男の声が聞こえていたりするのか。何十年も前にあったその声、あるいは自分ではないよその女を呼ぶ別の男の声などが渾然としてきて、老女の胸を締め上げているか。伊佐夫は息を切らして喘ぎながら含み笑いを洩らし、ガスが薄らぎ始めた杉の斜面を仰ぐ。四、五十代のころには数分もあれば峠道に出られたのが、七十の手前で大幅に減速して、七十を越えたいまでは十分以上かかるようになった。その分余計な物思いに耽り、ときどきどれが現身《うつしみ》か分からなくなるが、それで不都合があるわけでもない。そら、杉の間が明るくなってきた。

伊佐夫は、半坂へ続く峠道に出る。その奥には漆河原の一番奥にある垣内三軒の家と畑があり、そこから上はまた上谷の山だが、峠道のすぐ下に、広さにして一反ほどの鞍部がある。斜面から張り出したそこには周りに倒木があっていくらか日が入るせいか、古くから茶の木が自生しており、伊佐夫は上谷に婿入りした一九七〇年にそれを発見すると、自分で杉の間伐をしてさらに光を入れたのだった。五年後には種を採取して育てた苗を植え始め、三十六年目のいまでは八百を超える株がある。厳密には、茶の木が日本に自生しているはずはないし、中国渡来の茶の木を誰かが植えたものが野生化したのだが、それでも一般的な茶畑のそれとは姿かたちがまったく違い、初めは茶の木だと気づかなかったほどだった。

しかも、鞍部の先端が自然に崩落して覗いていた地層の、ほとんどC層の深さにまで張った茶の木の根にはいつも驚嘆する。地表の下の花崗岩が母材のB層でも、すでに土の団粒も消えて生育には厳しい環境なのに、それよりさらに深くに根を張り、岩盤を割ってまで生長し続ける茶の木は、いったい何ものになろうとしているのか。ときどきに露となって土に沁み込んだ人間の種々の思いを吸い上げ、天へ伸び、地中深く潜り、山を抱きかかえて何を思うのか。ああ否、何一つ特別な企みもなく、己が生命に逆らわず、自然との間合いを計りながら頑として立ち、生長し続けているだけだろうか。そうだ、彼ら茶の木たちは、周りの杉が山風を防ぎ、霜や雪から自分たちを守ってきたことは知っているかもしれないが、この四十年自分たちをチャドクガや雑草から守ってきた人間がいることは知らない。ときにがさがさと自分たちをかきわけ、なぎ倒して峠道へ出てゆく女や男がいたことも、もちろん知らない。人間も集落の暮らしも宇陀も大和もない、まさに土と水、光のほかには何もない世界で、秋には杉木立の底で白い小さな花を精一杯咲かせて精力を競い、春は新芽、初夏のいまは伸び放題に伸ばした枝と葉に雨露を湛えて、しんと立っているだけだ。

一方の人間は、朝一番に山を登ってくると、雑木の蔓などを取り除きながら茶の木の一本一本を丹念に覗き、チャドクガがついていないか、眼を凝らして回る。ほかには乾燥を防ぐために敷き藁を施してやることはするが、肥料は入れない。剪定もしない。おかげで、自然の樹形のまま豪快に枝を絡ませあっている群落はあえて人の眼を引くこともなく、羨ましがられることもない。そうして伊佐夫が茶畑にいる間、聞こえるのは土を踏む足音だけであり、伊佐夫が去ったあとにはまた、休みなく生長し続ける若芽や枝と、地中でひそかに伸び広がってゆく根の活動があるのみになる。それを見ているのは地表近くに棲む虫や地ネズミたちと、そろそろ目覚めて第一声を発するウグイスや山鳩だけだ。

伊佐夫は約一時間をかけてチャドクガがいないことを確認した後、自分のためにあらためて茶畑の朝を全身で味わった。夜明け前、雨音の下でとらわれた不穏な心地はすでにかたちもなくなり、雨や雷さえ半分は夢だったのではないかというところに着地して、大きく一つ深呼吸をした。茶の木の茂みから見下ろした北東の空は、起き出したときとは違う蒼白に澄み、麓にかかる層雲はいつの間にか昇っていた朝日を照り返して、雪景色かと思う光を放っている。そして、その雲の切れ間から集落の下のほうの上谷の棚田を見ると、六葉か七葉まで出揃った稲が昨日と同じくらいの背丈で水面から立ち上がっているが、あの大雨にもかかわらず茎や葉が水没していないということは、畦が一部崩れて水が適当に洩れ出しているということだろう。しかし、それは予想の範囲ではあったし、冷たい雨水に深く浸からなかったのはかえって幸いだったかもしれない。それに一日畦の補修をすることになっても、六月の日差しはまだまだ苦痛にはほど遠い。

伊佐夫は午前七時前、七十二歳にしてはしっかりした足取りで杉の斜面を下り始めた。さすがに下りは早く、数分で自宅まで戻ってくると、光が増した眼下の農道をヘルパーの女性の単車が登ってくるところだった。三段腹と巨大な尻で押しつぶされた単車が、バタンバタン悲鳴を上げて揺れる。その音が五十メートルも上の高台まで響いてくるのを耳に留めながら、今朝はどの家へ行くのだろうか、と思う。木元の婆さまか、それとも爺さまのほうか。大原の婆さまは先月入院したし、栗田の御大は老人ホームのはずだ。それにしても、介護サービスを受ける年寄りたちが日に日に乾いた干物になってゆく一方、行く先々で出される茶菓子がヘルパーを肥大させる風景は、まるで痩せた畑で太るサツマイモではないか。芋を食い屁をひるならぬ夜の旅、雲間の月をすかしてぞ見る。伊佐夫は昔覚えた江戸の狂歌を一つ思い浮かべて噴き出し、勢いのついた脳裏では、なぜか「かっぽれ、かっぽれ」の遠い囃子まで聞いて、なんとも賑やかな朝だと可笑しくなった。これもみな、陽気なだけが取り柄のヘルパーのおかげだ。そら、かっぽれ、かっぽれ。甘茶でかっぽれ。塩茶でかっぽれ。棚田へ運ぶ鍬やスコップを軽四輪に積みながら、手と足が勝手に動いて、かっぽれ。そうだ、お盆の集落の道つくり（草刈り）の日の宴席で、下戸の亭主がうつらうつらしている傍ら、昭代が空いた銚子をトンと畳に蹴り倒したその足で、軽やかにかっぽれ、かっぽれと踊りだしたことがある。昼間、砂だらけにしている足とも思えない艶かしい白足袋の、踵でトンと畳を蹴って、かっぽれ、かっぽれ。

軽四輪で高台の家から走り出ると、ガスが晴れて緑が萌えだし、眼と鼻腔のなかで小さな爆発を起こした。大きくカーブを描いて棚田の脇を下ってゆく途中、上谷の田んぼは自宅から眺めるのとはまた異なった角度に開けてゆく。その一枚の傍で、いましがた走り去ったはずのヘルパーが単車を止めて、垣内の桑野と一緒に田んぼを覗き込んでいるのが見え、伊佐夫も近くまで下って軽四輪を止めた。すると二人が顔だけこちらへ向けて、おっきい鯰がいる、と言う。

雌か？　思わず聞き返しながら、畦へ駆け上がる。

上から見た通り、田んぼの水深は七、八センチで、そこから茎数六、七本に分蘖《ぶんけつ》した稲が二十センチほど水面から立ち上がって並んでいる。その間を、黒い背中をくねらせ、ばしゃばしゃ泥水をはね上げながら泳いでいるのは、ゆうに体長五十センチはある大物だった。もともと日が高いうちはじっとしている夜行性なのに、人間の声に驚いたのだろうか。集落に鯰が棲める大きさの溜池はないので、未明の大雨で流されてきたのなら、出どころは峠の先の半坂の溜池かもしれない。その場で早々と答えをだす傍ら、桑野が早速、伊佐夫さん、獲って食いはったらどうです？　と言い出す。この歳で鯰なんか食ったら鼻血が出る。伊佐夫は一蹴し、お宅は食べませんか？　ヘルパーに声をかけると、女も首を横に振って、うちもこれ以上精つけてどないしますの、と艶っぽい笑い声を上げる。

どのみちこれから水を抜くから、用水路に放してもええけど。伊佐夫が言うと、それやったらうちが貰いますわと桑野はあっさり前言をひるがえし、散歩の途中だったらしいシーズーとかいう面相の悪い小型犬を抱いたまま、二十メートル上に見えている自宅へタモとバケツを取りに引き返していった。いまから宇陀市役所へ出勤するのに、鯰獲りなどしている時間があるのか。否、それ以前に、田植えと稲刈りのときしか田んぼに入らない役所勤めの男に、鯰が獲れるのか。ほな、あたしもこれから木元さんの家へ行きますわ。朝ごはんを見てあげんと、喉に菓子パン詰めてしまうんよ、あのお婆ちゃん。そう言うヘルパーの声はすでに半分背中のほうから聞こえ、それはすぐに単車のバタンバタンという音に変わった。

もう一度、鯰を見る。未明の大雨が来る前、この大きな雌とそれを追う雄たちの群れは、この季節、溜池を出て近くの半坂の田んぼで交尾を繰り広げていたのではないだろうか。月明かりに輝く田んぼに彼らが響かせる激しい水音は、夜陰に紛れている男と女たちの耳に届き、集落の住人たちの寝間や、畦で息を殺すヘビやイタチの耳に届いて、夜気をふつふつと粟立てていたに違いない。一方、鯰たちは子孫を残すことに必死のあまり、本来なら気づくはずの空の異変にも気づかず、ほかの生きものたちがいち早く姿を消したのにも気づかず、あっと言う間に増水した用水路へ押し流されていたのだろう。そうして、いまは見知らぬ田んぼで水面の光を乱反射させながら、ゆるゆると減速して重そうに泥に半分沈み、ここはどこなのだとようやく自問している、などと想像してみる。夜の間うるさいほどつきまとってきた雄たちが、一匹もいないのはどうしたことだ。これから私はどうしたらいいのだ、と。

否、大事な雌の姿が見えなくなっておろおろしているのは、雄たちのほうだろうか。否、この大きな雌が流されるぐらいだから、小さな雄たちこそ真っ先に流されて散り散りになっているだろう。もっとも、伊佐夫がそんな想像を巡らした数分の間にも、鯰はまだまだひ弱な稲をあちこちでなぎ倒してゆき、やれやれ桑野はまだかと棚田の上のほうへ首を伸ばすと、当人が手ぶらで畦道の端に顔をだし、うちの母ちゃんにいまごろ精つけても遅いいて言われたと照れ笑いして首を横に振る。おおかた、昨夜も自分が呑みすぎたせいで家内を待ちぼうけさせてしまったという声。ああそんなことだろうと思った、とは言わず、分かったと片手で合図をし、内心ほっとしながら伊佐夫は急いで次の段取りを考える。

上谷の田んぼは、鯰のいる一枚を含め、約三畝から五畝ほどの広さの棚田が西山岳の北斜面と東斜面の裾野に十枚あり、全部で約八反の広さがある。米農家という規模ではないが、自家用米のためには広すぎ、年によって麦をつくったり大豆をつくったり、蕎麦をつくったりで、米は今年も田んぼ三枚、十二畝にヒノヒカリを植えただけだった。それでも収量は十俵ほどになるため、毎年東京の実兄と親戚数軒へ送るほか、すぐ近くの拾生《ひろう》の道の駅に置いたりもする。ほかには三枚を大宇陀小学校に無料で貸しており、残り三枚に茶の木の実生の苗、一枚に野菜が植わる。そのうち、いまから補修をして水を調整しなければならない田んぼは、鯰のいる自家用の三枚と小学校の三枚であり、当然一番高いところにある一枚から取りかかることになった。鯰のいる田は二番目だが、いましがたの人間の浅ましいやり取りを聞いていたのか、畦の際に日の陰る窪みを見つけた鯰は、一寸動きを止めて死んだふりだった。

ゴム長の足で田んぼに入る。いつものように、まず初めに稲の生長具合を見る。畦に近いところと、真ん中あたりと、一番奥の三カ所の決まった株を抜き取って根元からかき分け、分蘖の芽の出方を確認し、葉の数を数える。マーカーで印をつけ、元の位置に植え直す。葉も、茎になる芽も、定まった位置から規則正しく出てくるよう種として決まっており、それがそのまま個体の生長具合を知る物差しになるが、知ったからといって、生長の早さや分蘖の数、枝梗のつき方や登熟の具合を人間が自由に操作できるわけでもない。むしろ、稲自身が生長に必要な澱粉を必要な量、必要な時期に生産し蓄積し続けられるよう、人間が人間にできる範囲の助力をしてやるために知るだけのことだが、伊佐夫はそれとはべつに、野生化した茶の木にあれほどの力があるのなら、水稲も同様だろうという思いを捨てられない。

もちろん、この田舎でそんなことを考えること自体、眼がよそを向いている証ではあるが、考えるだけなら無害だ。内陸性の穏やかな気候と地力に恵まれた大宇陀では、米づくりは広く疎植栽培で行われているが、昭代が寝たきりになってからというもの、素人の手では行き届かないことが増え、初めは失敗が続いたものだった。しかしそんななかでも、たとえば、たまたま水管理に失敗して分蘖期に深水が続いた田の稲が、案外太く立派に育っていたことがある。またあるときは、窒素肥料を入れ忘れた田の稲が、逆に直下根を深く伸ばして、無事に出穂四十日前の生育中期を迎えていたこともある。また逆に、出穂前の中干しが強すぎたのか、窒素肥料を抑制しすぎたのか、うまく登熟期を迎えられずに屑米ばかりになった年もある。このときはよその田と同じようにしたのに、伊佐夫の田だけが惨敗したのだったが、とまれ教科書に書かれていることと実際の生育結果が異なるという経験を何度か経た後、自然相手の難しさなどと素直に考えなかったのが、もとはと言えば農家と無縁だったよそ者の、まさによそ者たる所以ではあったろう。

もっとも、いいときも悪いときも、伊佐夫にできるのは毎日田に入って稲を見ることだけであり、葉の色、厚さ、かたち、勢いなどを見ると同時に地中の根を想像する。ときには株を抜いて根の張りを直に観察する。そうしてあるとき、稲と土の力に従うことだと自身の身体で感得したのだが、たぶんに我田引水だと自認していたし、そういう素人の思い込みや発見を他人には披瀝しない慎重さも、伊佐夫にはあった。神武東征の御世から続く宇陀の地でよそ者が平穏に生きるための知恵が、いつの間にか皮肉骨髄となったのかもしれない。

六月十六日。午前七時二十分。西A区。田植えから十日。稲は第五葉が三割ほど伸びて葉齢五・三。第二葉の内側から最初の分蘖の出始めている株がちらほら。水深八センチ。水温一七・五度。伊佐夫はポケットの手帳に書き込み、次いで畦の漏水を探し始める。漏水があれば、水面にできる微細な渦か、水の下の藻やカエルたちの卵やイトミミズなどのなびき方で分かる。漏水が見つかれば、その場で土を塗り直して固める。土中のミミズやケラたちには、天地をゆるがす大地震になる。一方、腰を屈め、ゴム長の足を一歩一歩進めてゆく間、しばし物思いの時間は止まり、伊佐夫は眼と耳と鼻腔の器官だけの生命になる。大雨のあとは、棚田も山も草地も有機物をたっぷり含んだ泥と草木の匂いが一層強く鮮やかで、それがやわらかに水蒸気を発散させながら温まってゆく空気の流れに濃淡をつけ、一歩動いて鼻腔の位置が変わるたびに、物思い未満の何かの気分の靄のようなものが発生する。そして、それもすぐに溶け出すと、またすぐにべつの靄が現れる。

もっとも、それこそが伊佐夫にとってのふつうの時間の流れ方であり、カワニラなどの水草がときどき足下の泥の下からぷくりぷくり気泡をふくようにして、考えるべきことは考えているのだった。八月の出穂期の前にあと二回畦の草刈りをすること。里芋の土寄せとカボチャの整枝。二番茶の摘葉。ちょうど出穂期にかかる小学校の体験学習に備えて、少し早い防鳥ネットの準備。そしてさらに、何かしらかたちのない澱のようなもの。東京で入退院を繰り返しているらしい三つ違いの兄。もうだいぶん前から夫婦仲がうまくいっていないのかもしれない娘夫婦と、この春高校生になったはずの孫娘。そして、鯰。

下の田んぼに眼をやると、鯰は畦の縁の日陰でじっとしたまま頭をわずかに田のほうへ向けている。そうして降り注ぐ遅いウグイスの声やカエルの声を聞きながら、それにしてもこの田んぼはなんだか淋しい、と鯰は考えているのかもしれない——伊佐夫はさらに想像する。彼らが毎年交尾のために出てゆく半坂の田んぼの姿と比べたなら、通常の半分以下の一株二本植えの伊佐夫の西A区、西B区は、どの株も明らかにすかすかして小さく、鯰はいま、昨夜の自分たちはひょっとしたら交尾の時期を間違えたのかと自問しているかもしれない。伊佐夫自身、あらためて眼を遠くへやってみると、同じ疎植栽培でも一株三本植えのよその棚田は緑の濃さが違い、自分の足下の田はいまだ水面のほうが眩しい貧相さだったが、今年から自分の田んぼのうち二枚で疎植をさらに進化させ、一株二本、株間三十センチ、一平米十二株の疎植にしたのは確信犯でもあった。伊佐夫の疎植栽培は、もともと省力化や育苗費の低減といった実利のためというより、限界まで疎植にすることで株自体をどこまで強く育てられるかという理科の実験に近いのだ。

しかし一方で、昭代が死んで見えない重しが一つ外れたのかもしれないという自覚も、伊佐夫にはわずかながらあり、伊佐夫は自分の取り組みについてはあえて、垣内にも農協にも相談しなかった。そのため桑野をはじめ垣内の人びとも、上谷のすかすかの田んぼ二枚を横目で眺めながら何も気づかないふりをし、何も言わない。所詮よそ者のすることだと思うか、シャープに三十八年勤めて厚生年金と企業年金が十分に入る悠々自適の家のことだと思うか、はたまた昭代が死に、一人娘も東京へ嫁いでいったまま戻らず、ついに家系が絶えることになった気の毒な家の、気の毒なやもめのすることだと思うか。

泥につかった鯰の背がとろとろと光りながら伊佐夫の眼をくすぐる。いましがた、あるいは少し前から、かたちになりそびれたまま思考の入り口で疼いている何かがあると思いだし、鯰のことかと自問してみたがはっきりしない。その眼の端に、今度は下の道路を上がってくる赤い軽自動車が進入してきたかと思うと、かたちにならなかった何かがぴくりとうごめき、ああ考えかけていたのは半坂のことか、と伊佐夫は自分に呟く。そのとき伊佐夫の脳裏で起こった化学反応はこうだ。すなわち、赤い軽自動車の主は昭代の妹の久代であること。その久代が何を思ったか、例の行方知れずのヤヱに男がいたことを、いまごろになって伊佐夫に打ち明けた当人であること。そのヤヱの男が乗合バスの配車係か何かだったという一点が、半坂の自動車修理工場を想起させたこと——。しかし、なぜ自動車修理工場なのか。二十年ほど前に峠の先の半坂の草地で見かけたよそ者の男のことを、いままた思いだしたか。しかし、その男があの工場の関係者だという根拠はどこにあるのだ。否、それ以前に、そもそもおまえはほんとうにそんな男を見たのか。見たのなら、正確にいつ、どこで見たのだ――？

　数秒思いめぐらすうちに、軽自動車はすぐ下までやってきて止まり、ジーンズにスニーカーといういまどきの格好をして手提げ袋を手にした久代が降りてきた。歳は昭代より五つ六つ下で、次女の気楽さもあっただろう、奈良女子大の英文科を出て宮奥の裕福な土地持ちの家に嫁いだ結果、昭代のように野良に追われて日焼けするような暮らしとは無縁だった。おかげで、お座敷芸のかっぽれではない本ものの花柳流の師範の免許を持っていたり、友人に誘われたとかで、ハワイまでフラを学びに行ったり、ロンドンへシェイクスピアの舞台を観に行ったりといかにも軽やかに暮らしており、古い土地柄の陰気臭さはどこにもない。反面、それは大宇陀の畑地にヤマアジサイではない、イングリッシュ・ローズが咲いたようなずれ方ではあるのだが、義理の兄でしかない伊佐夫にはそれでとくに問題があるわけでもない。いや待て、そういえば久代の宮奥の家にもトイ・プードルがいたのではないか――ふと思いだして、伊佐夫はいままた蕁麻疹がふき出すような可笑しみに襲われる。水と土の臭気に満ちた山間の棚田の傍らに、フラを踊る女や頭にリボンをつけた桑野のシーズーがおり、朝飯に菓子パンを食う年寄りたちがいるこの風景の、なんと無秩序で卑小で長閑《のどか》なことか、と。

　久代は、鯰には気づきもしないまま伊佐夫のいる田んぼの畦まで上がってきて、たったいま隣で目覚めたところだといったような、少しくぐもった柔らかい声を上げる。よう降りましたねえ。母屋の雨漏りは大丈夫でした？　それから、見るからに淋しい伊佐夫の田んぼを眺め回して、また何か実験してはる？　米づくりに関心などないくせに妙に的を射たことを言って笑ったあと、それもすぐにどこかに押しやって新たに畳みかけてきた。朝ご飯食べはりました？　いまから家へ寄って、おかずを冷蔵庫に入れておきますから、ちゃんと食べてくださいね。切り干し大根と、鯵の南蛮漬けと、ぜんまいとお揚げさんの炊いたやつ。うちの昨日の残り物ですけど。忘れないでくださいね。

はあ、どうも。いつもすみません。伊佐夫は田んぼからやっと一言返す。昭代が植物状態だったときから、久代は週に三日は宮奥から介護と身の周りの世話に通ってきていたが、年初めに昭代が死んでからも、孫娘のお守りがてら、ほぼ二日置きに立ち寄ってはおかずを置いてゆき、ついでに掃除機をかけたり、洗濯機を回したりもする。そのため垣内では、人もうらやむ玉の輿だった久代の、この実家への執着は少し度を越しているのではないかと囁かれたりもするが、そもそも義理の兄と妹でしかない上に淡泊な性格の当人たちに、それほど複雑な心情はない。かくして双方ともに今日もまた思考停止するほうを選び、伊佐夫がいま、畦塗りに手を取られているふりをして久代から眼をそらすと、路肩に停めた車のなかから、ふぇ、ふぇというか細い子どもの泣き声が聞こえてきた。アリスかアリサか、流行りの洋風の名をつけてもらった孫の幼女は、まだ三つにならないはずだが、癇の強い子なのよ、誰に似たんでしょうね、と久代はうそぶく。

ふぇ、ふぇ。棚田のどこかの土がふぇ、ふぇと泣いているような錯覚を覚えると同時に、脳裏でまたかたちのない澱がゆらゆらし始めるのを感じながら、おしっこかもしれないと伊佐夫は声をかけてみる。たぶん、アトピーで痒いんやと思いますけど。久代は少しうわのそらの調子で応じ、踵を返して半分背を向けながら、そうそう——満を持して言い出すのだ。あのね、先月、橿原の病院で山崎邦彦が死んだそうですよ。癌やったそうで。

どこの山崎——。

伊佐夫はとっさに聞き返しかけた声を呑み込み、そうですか、とだけ返す。橿原の山崎某と言えば一人しかいない。十六年前、昭代をダンプカーで撥ねた山崎某。業務上過失傷害で執行猶予付きの有罪が確定した後、あえて消息は聞いていなかったが、そうか、順当に年を取り、癌を患い、逝ったか。それ以上の思いはとりあえずはやって来ず、代わりに折々に脳裏や胸を濁らせ、膿ませ、腐敗ガスを発生させている物思いの親玉はこれだったか、やっと顔を覗かせたか、と思った。また、見方を変えれば、未明に大雨で眼が覚めた前後に胸を締めつけていたあの不快の塊は、夜が明けて立ち去ったのではなかったということでもあったが、もとより落胆するほどの理由もなく、伊佐夫は棒になって田んぼに立ち、そのまま深くも浅くもない呼吸を続けることで数秒、数十秒をやり過ごした。そうして久代の車が走り去ったあとも、ふぇ、ふぇという子どもの泣き声にしばらく耳の奥を占領されたまま、伊佐夫は再び腰を折り、稲の葉と茎の数を数え、畦に土を塗り続けるのだ。そうか、久代の孫もアトピーか。アトピーでは田舎暮らしは厳しい。

そういえば陽子が小さかったとき、原因不明のままひたすらむずかるのを自分はどうやってあやしたのだったか。思いだそうとする端から肝心の娘の顔自体がはっきりしないことに悄然となり、否、これは何かの間違いだと直ちに否定しながら、耳の奥に滲みついたふぇ、ふぇという嗚咽を聞き続ける。そういえば、小さい陽子を背負って畦を行ったり来たりしていたとき、この眼にあった分厚い緑は、六月のこの分蘖期の田んぼの色ではなかったか——。

伊佐夫は、緩慢な物思いの浅瀬を出たり入ったりしながら田んぼを移動し続け、水のなかの鯰がじっとそれを見ている。伊佐夫が背負う西山岳の斜面は伊佐夫自身には見えないが、ときに薄昏い杉木立のなかを這い上がってゆく者の気配を感じ、ときに峠の先の草地に立っていた男がたったいま自分の背後を過っていったような幻覚に襲われて、伊佐夫は振り返る。そしてそこから再び眼を戻したときだ。視線が高台の上谷の古家の縁側をかすめると、そこには裸足の足をぶらぶらさせながら笑っている昭代がいて、あっと思う。

昭代はほんとうに死んだのか?

2

梅雨の晴れ間が漆河原の棚田に広がる。除草機が眠たげなエンジン音を響かせて行き交うその一隅には、畦に腰を下ろして休憩する上谷の伊佐夫の姿があるが、傍らには手作業で中耕除草をするための万能鍬が一本あるのみで、伊佐夫の田に機械の姿はない。すでに日は高くなり、麦藁帽のつばの下にくっきりと濃い日陰が切り取られている一方、すぐ背後に迫る杉林の斜面は、強い日差しを受けて逆に光が奥まで届かない昏さが際立ち、近くの灌木に営巣中のウグイスが、木立の冷気と張り合うようにして鋭い声を降らせる。すると、数秒の静寂を置いてウグイスの巣を狙うホトトギスが啼きだし、そのうちに山一つ離れた彼方からは、同じく托卵先を探しているとおぼしきカッコウのくぐもった声も響いてきて、うつらうつらしかけていた伊佐夫の耳を穿つ。

すぐ脇を駆け下る棚田用の用水路の水音が、ついいましがたまで内耳の奥に入り込んで轟々と鳴り続けていたのに、山の音というものは不思議だ。水音が消えたわけではないのに、滝つぼの周りに生まれる光の粒のように、はるか頭上の鳥の声が轟音のなかから粒立って浮かび上がる。否、浮かび上がったかと思うと、梅雨どきの山の雨水を集めて急流をつくっている用水路の、間断ないざわざわざわざわざわと再び混じり合い、水の音もしくは山の音としか言いようのない響きに戻ってゆく。分解すればどれもが正弦波になる、異なった周波数の音を数十も数百も足し合わせた音。規則性と乱調の間。音楽とノイズの中間。それぞれの周波数成分の強さを対数軸で表すと、傾きがマイナス1に近似できる音。伊佐夫は畦の縁の泥をゴム長の踵でつつきながら、久々にそんなことを考えてみる。詰まるところ、自然界にふつうに見られる周波数のある種の揺らぎに過ぎないものを、あるときわざわざ「1／fゆらぎ」などと名付けた者がおり、昔の勤め先でも、人が感じる心地よさを数値化するものとして、扇風機やエアコンから照明器具まで幅広く使われていたのだが、いわゆる複雑系のもつ怪しさについに馴染めなかったのは生来の性格か、それとも世代のせいか。否。土台、いまひとつメーカーの仕事に興味をもてなかった男が言うことでもあるまい。伊佐夫は思い直し、この八日ほどの間にふくらみ続けている物思いの塊とともに新たな放心に滑り込む。

その耳の傍で、急流は激しくしぶきを飛ばしながら轟音を立て続け、ときにホトトギスやウグイスの声と重なり合い、ときにごうと鳴る木立の葉ずれを包み込むうちに、どこの誰ともつかない無数の話し声がそこに溶け込んでいるような幻覚にとらわれる。男の声、女の声、呟く声、がなり立てる声、笑い声、すすり泣く声。否、虫やカエルの声、鳥たちの声、まだ田んぼに居すわったままの鯰の立てる水音や、山々の低い唸りなども混じっているか。伊佐夫はまたふと耳をすませながら、なるほど、これは五月末に橿原の病院で死んだ男の周りで無作為に交わされたいくつもの話し声だな、と思う。それらが約ひと月の時間をかけて地面にしみ込んだ後、蒸発して大気に放散し、宇陀盆地を渡って大宇陀の山間に達したところで、いままさに野鳥や杉木立がそれを呼吸してはせっせと排気している、それをまたこの耳と脳味噌が吸い込んでいる、と。八日前に宮奥の久代から一報を聞いたとき、あらためてこちらが意識するようなことは何もないと思った一方で、無意識に聞き耳を立て、何かしら考えるともなく考えていることもあったのかもしれない。否、正確に言えば、ひとたび尾根を越えて入り込んだ空気がなかなか抜けてゆかない盆地の底で、根も葉もない噂話があちこちに胞子を飛ばして増殖してゆき、人のほうもほとんど習い性で、特段の用もないのに己が鼻腔の繊毛を働かせ、慰みにそれを捉えてひまを潰すのだ。山間に流れる時間はたいがい、そんなふうにして渦をつくり、入り交じり、滞留する。

実際、伊佐夫を含めた土地の人びとが山崎某の訃報を知るに至った経路をみると、まずは橿原の特養ホームの職員や生活保護の世話をしていた民生委員の某、容体の急変で山崎が搬送された奈良県立医大附属病院の医師や看護師たち、葬祭扶助の手続きをした市の福祉事務所の所員などが最初にその死に接し、彼らが折々にそれを周囲に伝えてゆくことになった。続いて、山崎の実家があった戒場の集落の垣内や、墓をどうするかでもめたらしい地元の戒長寺の檀家衆、さらにはその戒場の事情が伝わった隣の額井の集落や、そこに田畑と屋敷を構える上谷の分家の面々がなにがしかの隠微な会話を交わし、その一部は分家の者によって伊佐夫に直に伝えられもした。またさらに、十六年前の事故の当事者の死亡ということで、宇陀の警察や地検関係者、裁判で山崎についた国選弁護人——萎びた瓜のような人物だった——が洩らした「おかしな事故やった」という一言も、いったいどこからどう伝わったものか、最後は漆河原の現区長の堀井から伊佐夫に耳打ちされたものだった。

ほかにも、事故当時に山崎が勤めていた榛原福地の土木会社の経営者桝野某は、宮奥の久代の亭主である倉木吉男の従弟ときており、久代がいち早く訃報を知ったのもその関係だったと思われるが、その久代によれば、どういう因果か、福地の桝野はあの半坂の自動車修理工場の経営者の松野と榛原高校の同級生という間柄でもあるらしい。こういう地域社会の、誰かれとなくつながり、連なってゆく声の全部が、終わりも始まりもない、継ぎ目もない水音のざわざわざわのなかに前後もなく溶け込み、響きわたっているのを、伊佐夫ら土地の者はほとんど皮膚呼吸するようにして聞き取り、聞き入る。

そして、そのうちに伊佐夫も自らその水音になり、水蒸気になり、大気に混じって盆地を駆けめぐり、浮遊するのだ。いまも、ふと見ると顔見知りの民生委員の女が、大急ぎで駆けつけた病院のベンチに痩せた背を丸めて坐り込み、噴き出した汗をハンカチで拭いながら、病院の音が嫌い、と独りごちている。否、あるいはそれは伊佐夫自身の声だったかもしれないし、昭代の声だったかもしれない。民生委員の女は、仕事柄病院を訪れることは多いが、時が無慈悲に刻まれてゆくだけの人工呼吸器の音や、ひたひたと廊下を行き交う看護師や医師のサンダルの足音や、処置室や診察室でさまざまな器具が触れ合う小さな金属音のどれもが、生きている生命を逆撫でするような陰気さだし、病院という空間の、自分自身のものではない生死に直に触れるこの感じにはどうしても慣れることができない。ああ否、慣れることができないのは特養という空間も大差はないが、ともあれ女は、月に一度の定期訪問の日に橿原の北越智町にある特養ホームに担当の山崎邦彦を訪ねたところ、一時間前に容体が急変して近くの県立医大附属病院に救急搬送されたと知らされたのだった。そこで、なんと間の悪いこともあるものだと思いながら、あらためて軽自動車を駆ってきたのだが、着いてみると、救急の受付曰くほんの二十分ほど前に死亡したということで、清拭を済ませるのにいましばらくかかるので、それまでに施設や葬儀社への連絡をお願いしますと言われて、女はすぐには身体が動かないまま、死んだって言われても――と自分に呟いている。

病院という空間で告げられる「死亡」の一言に不謹慎なほど実感が伴わないのは、そこにあるものすべてがそもそも平生の人生から切り離されてあるからだが、それに加えて相手が近親者でも知り合いでもない社会福祉の対象者となれば、もうどんな感情をもてばよいのか分からない。いや、どうだろう。日がな一日笹のざわざわ鳴る音とキジバトの陰気な啼き声しかない山の麓の、竹藪に囲まれた特養ホームの大部屋で、いまわの際も笹の音を聞きながら逝くのと比べれば、病院のほうがまだ少しは賑やかというものだろうか。それにしてもどうしたことだろう、肝心の山崎というのがどんな人だったのかもほとんど記憶にないのに、ろくでもないことばかり浮かんでくる。女はバッグからバインダーを取り出し、膝の上で開いてみる。一九四三年生まれの六十七歳。へえ――私と同い歳。本籍、宇陀市榛原戒場。アルコール精神病で障害等級1級。肝臓癌。一九九四年業務上過失傷害罪で有罪。なるほど、ダンプカーで大宇陀の女性を撥ねたのが運の尽きだったということらしい。それにしてもほとんど口をきかない人だったし、こちらも大勢担当しているうちの一人だったし――。

いまさらながらに当人の細かな目鼻立ちもはっきりしないことに居心地の悪さを覚えて女はバインダーを閉じ、これからの段取りのほうへ事務的に頭を切り換える。北越智の特養への連絡。葬儀社云々の前に福祉事務所への連絡。身内はいないとすれば、葬儀はどうする？　結局、民生委員の自分が葬祭扶助の申請をするほかないということだろうか。いや、実家の墓があるはずの戒場の寺に一声かけてみようか。いや、あれこれあったらしいから、分家や親戚が当地にいたら、かえってもめるだろうか。そういえば、大事な遺品があるとも思えないけども、やはり戒場の垣内の誰かに問い合わせるだけは問い合わせてみたほうがいいだろうか――。それにしても、五月だというのに暑いこと。

それから女は、ちょうど通りかかった知り合いの看護師と短い立ち話をする。ああ、お昼前に救急搬送された患者さん？　気の毒に。着いたときはもう心肺停止やったから。へえ、特養にいた人やったの。ほら、ずいぶん昔の話やけど、ダンプカーの運転手をしていたときに事故をして、撥ねた女性が植物状態になって。轢いたほうも轢かれたほうも、不幸というのはほんにあるもんやね。その女性も今年の初めに亡くなったらしいんやけど——。

ああ、あの大宇陀の事故の——。どこかの奥さんが寝たきりになりはったんやったわね。

看護師はそのとき、新興住宅地の榛原天満台に小ぎれいな土地付き一戸建ての住宅を建てた同僚の、土建業を営む夫から聞いた事故の話をぼんやり思い出したにすぎないが、病院という場所柄、日々山ほど耳をかすめてゆく近隣の噂のなかでも、少々下世話な興味をかきたてる話だったのでなんとなく記憶にある。そうそう、ふつうの交通事故ではないという噂もあったはずだが、はてどういう話だったか。肝心の中身を思い出せないまま、一面の草の波打つ音と田んぼの緑を思い浮かべ、湿った土の匂いを一瞬鼻腔に感じながら、大宇陀なら轢かれたのは農家の女性だったのか、などと思いめぐらせる。それから、今日の救急患者がその事故の当事者だったことにあらためて〈へえ〉と思い、澱みに小石が一つ投げ込まれたように数秒覚醒した後は、昼前の死者のことも大宇陀の事故のこともその脳裏から速やかに押し出されて、たちまち忙しい看護師業務の身体に戻ってゆく。

一方、民生委員のほうは、特養と福祉事務所に電話を入れて入所者の死亡を伝え、じゃあ諸々の手続きはそちらでお願いしますねという公務員所長の逃げ腰にはいつものことながら腹の一つも立ったが、いまは構っている時間のほうが惜しい。すぐに電話を切り、あらためて山崎の実家があった榛原戒場の戒長寺へ電話をかけた。ところが、長患いだった夫がまだ生きていたころ、月に一度は薬師如来の御利益を授かりに通っていた寺なので勝手は分かっているつもりだったが、久しぶりに電話が通じてみると、高齢の住職はもう女を覚えていない。もともとぶっきらぼうな人ではあったが、電話口で民生委員の女に曰く、戒場の山崎のおばあはとっくの昔に死んどるし、もう家には誰も残っとらん。息子は就職して村を出ていってから、挨拶に来たこともない。ああ、息子がダンプで人を撥ねたんやいうて、おばあが隣の神社にお百度参りに来ていた、死んだのはあの息子か。おばあが息子の借金を背負うて、田んぼを手放しても結局返済できひんで、最後はサラ金の取り立て屋が来る騒ぎやった。そういう事情のある家やから、こちらで葬儀をしても集落の者は誰も来んやろう。それに、うちの寺で葬儀をするということは、まず得度してもろうて灌頂を受けてもらわないかんが、故人が生前、こちらの宗派で引導を渡されたいと言うてはったんか？　そうでないんやったら、葬儀社に任せはったらよろしい。そうしたほうが費用も安うてすむ。

あまり熱心な信者でもない女にとっては、初めに予想していたとおりの返事ではある。ほんにご住職の言いはる通りやと思いますわ、ほな、そうさせてもらいますと応えて女は電話を切る。そのころには、直接会ったことのない山崎の老母が生前お百度参りをしたという戒場神社の光景が額に張りついて離れず、その一方で死者の顔さえおぼろげな自分の立場にいまさらながらに不確かさを覚えながら、それでも最後は乗りかかった舟だというい つもの理由で葬儀社へ遺体の引き取りと、斎場の霊安室への安置と一番簡素な読経と火葬を依頼した。費用は、火葬も込みで十八万円ほど。遺骨は戒場にある代々の墓に入れられるかどうか不明なので、当面は社会福祉協議会に預かってもらうことになる。そうして結局、清拭をすませた死者の顔も拝まずに再びあたふたと病院を出て、退所手続きや遺品の処分のために特養へと軽自動車を走らせる間、女は死んだ夫と一緒に通った戒長寺の崩れそうな石段や、山門の大銀杏の落葉で黄色い色紙を敷いたようになった参道をしきりに呼び戻していたが、老婆の後ろ姿が張りついたそれらは、どれも知らない風景のように感じられたものだ。

ところで四十年ほど前、その戒長寺には婚約時代の伊佐夫と昭代の姿もあった。ちょうど伊佐夫の勤め先だった早川電機工業がシャープと名前を変え、天理に第一期の半導体工場が出来て、伊佐夫も大和郡山の奈良工場からそちらへ異動になった年だ。漆河原からは車で二十分ほどの距離にある戒場は、よそから週末のハイキングに訪れる人びとを除けば、もとより百人足らずの住民が山の斜面に張りつくようにしてひっそりと暮らす奥まった集落であり、地理的に偶然そこを通りかかるという場所でもない。道端に地蔵の祠が立っているような、乗用車がやっと通れる程度の畦道のような道路が田んぼと山の斜面の間を縫っており、その途中に杉木立の山へ分け入ってゆく急峻な坂道がある。そこをそろそろと登ってゆくと、見る間に杉の大木と、湧水で湿った土と苔や地衣類の匂いが充満した深山に吸い込まれ、陽も差さないその深い杉木立のなかに、車が二台ほど停められる平地が切り拓かれている。そこから先は苔と下草に被われて崩れかけた細い石段が真っ直ぐ斜面を登ってゆくほかは、もう登山道もない。

その石段を百数十段登った先に小さな山門と大銀杏があり、二十メートルほど奥に簡素な本堂と神社の拝殿が並んで建っているだけのそこは、案内板の少々大仰な説明がなければ、建立から七百年以上にもなる真言宗御室派の古刹だと気づかれることもない。もちろん、郷土史にも信仰にも無縁の、三十歳の電機メーカー勤めのサラリーマンがふらりと訪ねるような場所ではなく、伊佐夫はたまたま上司の勧めで見合いをして婚約に至った相手の女に、好きな場所があると誘われて、ボーナスで買ったばかりの車を走らせたのだ。

いまの軽自動車と比べれば遊園地の遊具並みだった、あの小さなホンダZ――。伊佐夫は田んぼの光越しに一瞬その青色を見、知らぬ間に頬を緩めている。その耳もとやうなじのあたりには昭代が楽しげに笑う声もある。大阪へ買い物に出るとか、奈良ホテルで食事をするとかでなく、戒場の山寺でデートをしようという女は相当な変わり者だが、何がそんなに楽しいのか、とにかく屈託なくよく笑う。その声と微かな白粉の匂いを乗せて、草と田んぼしかない大宇陀の農道を真新しいホンダZで走り抜けると、草取りをする年寄りや畦で遊ぶ子どもらがみな振り返る。

そうして棚田にそぞろ広がってゆくささやきは、ほら上谷がまた婿養子を迎える、ほらあれが上谷の入り婿や、シャープに勤めてはるんやて、東京の人やて――といったものだったはずだが、助手席に評判どおりの美人の婚約者を乗せてハンドルを握っていた当人は、何か特別な事情がなければこんな美人が売れ残るはずがないとか、それなりに男関係も華やかだったのではないかといった勘繰りも含めて、すべてがふわふわとして捉えどころのない、空中浮遊をしているような心地だった。そして、そんなドライブの果てにたどり着いた寺は、自生のヤマアジサイの薄青があるほかは天地四方からのしかかる杉木立に押しつぶされそうな昏さで、本堂も廃寺かと思う侘しさだったが、都会育ちの身体がなにかしら圧倒され困惑している傍らで、昭代は、源氏物語にでも出てきそうでしょう？　ほら、貴族の男と女がお社の陰で逢い引きでもしていそう、などと言って笑う。

否、そういう昭代こそ、あのときはふいに生身を離れた透明な何者かになっていたのだろうか。白いワンピースの裾をひらりひらり翻しながら、草深い参道を跳ねるように行き来しながら、陽も差さない杉木立の深山に眩しい精気の粒をまき散らしていたのはいったい何者だったのだろう。否、誰であれ、深い杉木立に隠れて建つ山寺にこれほど似合わない参拝者もいなかったのは確かだ、と伊佐夫は畦道の半睡の手前で述懐する。現に、昭代はそれほど信仰心があるようにも見えず、本堂への拝礼のしぐさもとてもいていているというふうではなかったのだが、さもありなん。後年本人が明かしたところでは、長女の自分しか跡継ぎがいないのだから、どこかで身を固めなければならないのは分かっていたが、橿原のほうに一寸気になっていた人もいたし、なかなか踏ん切りがつかないので、見合いの前に戒長寺で良縁成就の護摩を焚いてもらったらしい。橿原の人？　いやや、妬いてはる？　そんな昔の話、もう忘れたわ。うふふ、面倒くさい人。伊佐夫さんのことよ。それより、ねえ、もうすぐ結婚記念日やし、久しぶりに温泉にでも行かしません？　陽子を久代に預けて。一泊で。久代を羨ましがらせてやるの。理由？　内緒。

うふふ。うふふ。あたりに満ちてゆく昭代ののどかな笑い声は、伊佐夫の麦藁帽のつばの下からこぼれ落ち、棚田の畦から日差しに乗って広がってゆくのだろうか。あるいは北東の空に浮かぶ戒場山から飛んできて伊佐夫の棚田に降り注いでいるのだろうか。どちらにしろ、四十年も前の声がいままでどこにひそみ、どこから流れだしてくるのだろう。ああ否、仕組みが分からなくともとにかく有るというのは、それこそあの1／fゆらぎと同じではあるか。うふふ。うふふ。軽く震えながら、高い周波数と低い周波数の音が小刻みに飛び跳ねるように行き交う、うふふ。うふふ。

またひと月ほど前には、その声は北東の戒場の空を飛び交ううちに、戒長寺の石段を下りてゆく檀家の男の耳をかすめていったこともある。うふふ！　うふふ！　男は本堂の隣の戒場神社のほうへ振り返り、空耳かと思う端から、その声に誘われるようにして、いましがたお大師さんの降誕会の打ち合わせがあって立ち寄った寺にたまたま舞い込んできた幼なじみの訃報のことを思い浮かべている。否、正確には山崎の名など久しぶりに聞いたというのが実際のところだったし、何かを思い浮かべようにも水の出の悪い古い水道管のようで、面差しすらぼんやりしているが、そのせいでかえって茫々となる。

あの山崎の邦彦が死んだんですか――。男は思わず口走り、住職のほうはなんと面倒な日やと思いながら、死なない生きものはおらんと一蹴した傍らで、しまった、こいつは山崎と幼なじみだったかと思いだし、少々ばつの悪い思いをする。一方の檀家の男は、あいつとは家も近かったし、ガキのころから一緒に野球をして、ザリガニを釣って、集落の道つくり（草刈り）にも出た仲ですわ、などと乏しい言葉を並べながら、中学三年の夏に中学校の近くの国道の向こうの、福地の女生徒を一緒に待ち伏せしていたずらしたことなども、一瞬の焼け火箸のように思い出してひそかに冷や汗を噴き出させる。しかも、高校を出てすぐ福地の土木会社に就職した邦彦が、何年も経たないうちに所帯をもったのがそのときの女で、橿原神宮の結婚式は新郎新婦が揃いも揃って金髪だった。そんなことも思い出すと、七十前にもなって臓腑が粟立つような心地にもなる。

へえ、それで民生委員がここで葬式ができへんかて聞いてきたんですか。ダンプで事故を起こす何年か前、お盆に帰省したあいつに会うたときは確か、小学生の息子が一緒やったはずやけど、家族とも別れていたんやなあ――。男は半ば独りごち、住職のほうは予定外の雑事に倦みながら、そろそろ切り上げるという合図も兼ねて手のなかの数珠をしゃかしゃか擦り合わせてみせる。まあ気の毒やけども、ダンプで人を撥ねたのも今生の因縁。それで人生を棒に振ったのも因縁。生死即涅槃と思うて、如来さまにおすがりするしかないというものやな。おん、ころころ、せんだり、まとうぎ、そわか。おん、ころころ、せんだり、まとうぎ、そわか。そら、あんたも一緒に。おん、ころころ、せんだり、まとうぎ、そわか。おん、ころころ、せんだり、まとうぎ、そわか。

檀家の男は石段の途中で足を止める。おん、ころころ云々の真言がまるで効かないのはいつものことだが、いま腹の底からこみ上がってくるこの不快の塊は、たんに幼なじみの不幸な人生をどう悼んでよいか分からない困惑だろうか。いや、邦彦の事故のあと、たとえば困窮した本人やおばあのために、自分ら垣内の者はもう少ししてやれることがあったのではないかという後悔だろうか。ああいや、自分だっておばあには一万円貸し、また一万円貸しして最終的に五万円ほど貸したまま、結局返してもらっていない。おばあが死んでもう十年にもなるが、こちらもそれほど楽ではない懐からだした金だったし、垣内としてはこれが精一杯というものだろう。しかし、それでは胸につかえているこの重い塊はいったい何か。

男はいつになく執拗に自問し、いま一度石段の上の山門を仰ぐと、今度は若い女の声ではなく、境内の大木が立てる低い唸りがざあと降り注いできて、あ、おばあの声――と思う。事故を起こした息子が逮捕されてしばらくの後、集落ではお百度参りをする山崎のおばあの噂が流れ、檀家の男も覗きに行ったことがある。山崎のおばあは野良仕事のせいで曲がった腰をさらに折り曲げ、額で地面を掘らんばかりの格好で猛然と集落の山道を登り、石段の下で草鞋を脱ぐと、百数十段の階段を弥次郎兵衛のようにぐらぐら揺れながら上がってゆくのだった。そうしていったん山門に消えた後、しばらくしてガラン、ガラン、ガラン振り鳴らされる拝殿の鈴の音が響き、やがて再び現れて石段を下ると、また弥次郎兵衛になって上がってゆくのだが、その後ろ姿からは祓え給え、清め給え、守り給え、幸え給えの呟きが漏れ続け、ときに煙のようになり、ときに唸り声のようになって尾を引いていた。また、祝詞はいつの間にか、くにひこはむじつや、くにひこはむじつや、くにひこはわるうない、くにひこはわるうない、と響きを変え、山門の大銀杏やホオノキの葉ずれと杉木立の轟音と重なり合って、山が呪《じゅ》を唱えているかと思ったものだ。

邦彦は無実や。邦彦は悪うない。おばあは会う人ごとにそう繰り返していたが、集落や垣内の者は同情しながらも聞き流すほかなく、そのうちおばあのほうの気がふれてしまった。そのせいだろう、やがて曲がった腰を二つ折りにして山へ登ってゆくその姿を見ると、何か縁起の悪いものを見たような気分になるという者が出てきて、周囲の関心も薄れていったのだが、同時に事故の詳細については集落の誰もが口にしそびれたまま、記憶自体もほとんど失われてしまったのだった。それにしても、邦彦は無実だと——？　確かに、弁護士を名乗る男が大宇陀の集落を回って被害者女性の生活圏などを調べていたという話もあったが、ずいぶん長引いた裁判も、結局は有罪判決だったではないか。ほんとうはどうだったのかなどと言っても、撥ねられた被害者が植物状態になるような状況では、無実もくそもあるまい。ああいや、土台、こんな他人の顛末ひとつがこの俺にどんな関係がある？　最後はそう自分に呟き、男は止まっていた足を再び動かして石段の残りを下ったが、軽四輪に乗り込もうとしたとき、うふふ！　うふふ！　またふと頭上の山門のほうから降る声を聞き、なんとも難儀なことや――と声にだして呟く。

その後、男は山道を下ったところで地蔵の祠のかたわらに腰を下ろして油を売る垣内のおばあたちに遇い、ほら、あのダンプで人を撥ねた山崎の息子が死んだそうですよ、と車のなかから声をかけた。すると案の定、おばあたちは目深に被った日除け帽のつばの下から、なまなまと光る眼を上げる。ああ、あの――。ほんに死んだか――。悪い男やなかったけどな――。外に洩れだす言葉はそれ以上のものではなく、それは日を追っても変わらないが、檀家の男がそうであるように、外に出ない言葉の塊はおばあたちが長年溜め込んだ腹の底の澱の一部となり、数千日数万日と続く面白くもない人生を支え、分厚くする。色めきたつほどでもないが、なにがしかの生気が皮膚を刺し、刺された皮膚が熱をもつ。――墓はどないするんやろ。数十秒も置いておばあの一人が呟き、残る二人は声を出すエネルギーも惜しんで、縦でも横でもなく首を振る。その上にいままたざあと杉木立の音が降り注ぎ、おばあたちは山を仰いだが、その眼にはやはり、曲がった腰を揺らしてお百度参りにゆく山崎のおばあの幻が見えていたのかもしれない。

昭代の声、あるいは山崎のおばあの声、またあるいは山崎邦彦その人の声にならない声は、これは何と言い当てることのできない風や草木の唸りに溶けだし、共振しながら、宇陀盆地とその周辺の山々をさらに駆けめぐる。たとえば戒場の道端に落ちたそれは、田んぼの草取りをするおばあたちの亭主や息子たちの耳をも穿ってゆき、それぞれに頭を上げ、いまのは何の声だ――と耳をすます。そうして見えない手に誘われるようにして昔の事故を思い浮かべる者、かたちのない不穏な心地を覚えて、これはどこかで感じたことがあると当てもなく記憶を探る者がおり、日暮れには軽四輪を飛ばして向かう県道沿いの大型パチンコ店、あるいは近鉄榛原駅近くのスナックで、山崎なる元運転手の死をめぐる言葉がまき散らされる。そして彼らが帰宅すると、今度は食卓や寝間で女たちが山崎某の話に触れ、もう昔の話やないか、死んだ人を悪う言うたらいかんと、年寄りが息子夫婦をたしなめる。もっとも、そうして交わされる言葉は、誰も完成品を見たことのないジグソーパズルのばらばらのピースにも似て、どれも核心を欠いた尻切れとんぼであり、まるでこの季節田んぼの泥の底からぷくり、ぷくり浮かんでは消えるメタンガスのようではある。

さらにまた、戒場の隣の額井の集落には上谷の分家があり、山崎の訃報は外戚の宮奥の久代から早々と届いていたが、なにぶん本家の不幸の話でもあったので、そこではむしろ不自然な沈黙が守られた。否、そもそも困惑と好奇心を一つ鍋で煮込んだような久代の口ぶりからして大いに隠微なものであったし、土地の者たちと同じく、長らく忘れていた悲劇の記憶をまたぞろ引っ張りだしてみる端から、そういえばこれは蓋がきちんと収まらない歪んだ箱だったということに気づいた末の沈黙であったかもしれない。また、隠居の年寄りはともかく、妻も子どもいる当主の上谷隆一には県庁勤めの公務員という立場もあり、何かとうるさい庁内であれこれ気を回した結果の沈黙という部分もあったろう。隆一にとって昭代は従伯母にあたるが、なにしろ代々奔放な本家の女性のことでもあり、まるっきり根も葉もないとは言えないのかもしれない不名誉な話がまたぞろ尾ひれをつけて広がりはしないか、過剰なシミュレーションをしては胃痛薬の出番になる。

あんな小市民的な子がいったい上谷のどこから出てきたんやろ。額井の隆一については、昭代がよくからかっていたもので、そのつど分家の者たちは眉をひそめたが、ともあれ一族に久々に誕生した男子の辿る道は、ひとまずこんなところではあるかもしれない。近所の子どもがザリガニ釣りに興じているときに奈良市内の英会話教室や進学塾に通い、それでも鳶は鷹を生まないことの証拠に東大寺学園や奈良高校には手が届かず、なんとなく留学してカリフォルニアの高校に通い、事故当時は東京の大学にいた。そんな次第で、実際には隆一は本家の昭代や伊佐夫とほとんど交流もなく、関心もなかったというのが正確なところであり、そうであれば昭代の事故をめぐる一切合切が迷惑だというのが本音ではあっただろう。それに、県庁の河川課の仕事に追われて子どもと過ごす時間もない生活では、本家のことなど考える余裕は物理的にもない。

しかしその一方、隆一もまた土地の人間ではあり、本人は気づいていないが、その身体は宇陀盆地の土と水と光を離れてはかたときも存在しない。現に、朝晩額井の高台にある自宅の縁側に立つと、眼前には南西の空にたたなづく青垣があり、その一隅は西山岳だ。これだけはカリフォルニアもUCLAもないうつくしさで、とくに山崎の訃報を聞いてからというもの、ふいに自分が何者なのか分からなくなるような放心とともに、青垣の薄いガスの下の山麓に棲む本家の伊佐夫のことを、知らぬ間に考えていたりする。本家が所有するその地所の一部で、伊佐夫が野生の茶の木を育てているという噂はいったいほんとうなのか。半坂の峠に近い杉林のまっただなかで、茶の木の群落がすさまじく勢いのある枝を張り巡らせているというのは、尾ひれのついた話ではないのか。ああいやその前に、そもそも伊佐夫さんはあの昭代さんの事故をどう思っていたのだろうか。もう暗くなりかけた宵の時刻に、昭代さんがどうしてあんなところにいたのか、訝ったことはなかったのだろうか——。

かつて、宇陀盆地の草深い県道でダンプカーと原付が正面衝突する事故が起き、被害者の女性は植物状態となった。季節は八月のお盆前であり、まだ日の名残のある宵の時刻の、短い夕立の下でのことだった。正確な場所は、国道三七〇号線から大宇陀の集落をいくつか貫いて国道一六六号線へ抜ける途中の県道の、大宇陀岩室と大宇陀西山の境界あたりのカーブであり、山を削って通した道路の両側に一部コンクリートの法面《のりめん》がそびえているが、近くに人家はない。そしていま、事故の十六年後に被害者と加害者がそれぞれ死亡してみると、こうして各々の近親者や土地の人びと、勤め先の関係者たち、はたまた事故を見分した警察関係者や捜査書類で事故の詳細を把握した検察関係者などの誰かれとなく、各々閉めたはずの蓋の歪みをいま一度目の当たりにして空を仰ぎ、己が腹でふつふつとし続けているものを再発見して覗き込んでいるのだ。

たとえば、死者がすでに灰になって社会福祉協議会の遺骨置き場の棚に置かれた六月中旬の、梅雨の時期に特有の湿気が肌を刺すようだった宇陀カントリークラブでも、そうしてふと虚空を仰いでいる者たちが見られた。周辺の草深い山肌の面影もない、滑らかな薄緑の大海原につくり替えられたコースのうち、一般のプレーヤーには広すぎるインコースのフェアウエイを、宇陀の建設業界の十組四十人の行列が、ところどころ滞り、澱みながらゆっくりと移動する。その一人は、宇陀で土木工事の設計事務所を営む傍ら、上谷と同じく漆河原に先祖伝来の棚田と山を持つ堀井の当主で、いまは区長も務める。その堀井を含め、コンペの参加者は壮年より老年が多く、そのため毎回一一〇も一二〇も叩く者が続出して、どのホールでもボールが真っ直ぐ飛ぶほうが珍しい。その超スローペースは、ショットの順番を待つ間に高齢の参加者が寿命を迎えるか、さもなくば思い出さなくてもいいことを思い出して何かしら考え込むかのどちらかだが、案の定、漆河原の堀井は何度か首を伸ばして行列の前後を仰ぎながら、間もなく宇陀盆地に近づいてきそうな新たな低気圧の湿気や少々重い風のざわざわと、それらが運んできた有形無形の声を耳に忍び込ませている。否、いま自分が何かを聞いたという意識もなく、そもそも聞く意思があったのかどうかも定かではなかったが、一方で耳の周りの現世の話し声のほうは引きも切らない。

ダンプ。河川工事。土砂。事故。保険料率。いま、行列の少し後ろのほうで挙がった切れ切れの言葉とその声の主を素早くつなぎ合わせ、ああ榛原福地の土木会社の栂野だと見当をつけて堀井が振り返ると、向こうもこちらに気づいて簡単な会釈を交わす。日常的にあれこれの事故はつきものの土木会社だが、営業車がひとたび多額の保険金の支払いを伴う人身事故を起こすと、翌年からの自動車保険料率が大幅に跳ね上がる。かつて自社のダンプが人を撥ねて植物状態にした栂野の会社も例外ではなく、しかも地元の大宇陀で起きた事故でもあったことから、直後は心労でずいぶんやつれていたが、いまは元通りの日焼けした顔に笑い皺を刻んで、同業者を相手に日常茶飯事の一寸した事故の話をしながら、十六年ぶりに元運転手の訃報が運んできた困惑や失意や後悔などをひそかに慰撫している、と想像した。それが証拠に、こちらが事故の被害者と同じ漆河原の人間だと思うからか、今日に限ってあのお喋りの社長が話しかけてこようとしない。

もっともその栂野も、もとより堀井を避けるつもりなどはなく、たんに気が回らなかったに過ぎない。柄にもなく、山崎の訃報でざわついた気持ちの整理がつかず、従兄でもある大宇陀宮奥の倉木建設の倉木や、大宇陀半坂で自動車修理工場を営む旧知の松野を相手に古い話を蒸し返しながら、いったい俺はどうしたというのだと自問していたためだが、それもすぐに不確かとなって際限がない。それにしても、この空はまたひと雨来るか。梅雨やからな。雨が降ってくれなんでも困るし、降ったら降ったで工事が進まんようになるし。ほんに難儀やな。男たちは軽口を叩き合い、そういえば大宇陀の事故のときも夏の夕立やったな。雨の下の事故いうのが、山崎にとってよかったのか悪かったのかは知らんが――栂野は無意識に話を昔の事故の話へと振っている。そういえば先月死んだんやって？　話し相手は応じるが、その先は続かず、あとはまた栂野の独演になる。あのときは原付のほうのブレーキ痕が採れへんかったんやが、それだけでは原付に過失があったとも、なかったとも言われへんて警察は言いよるし。事故をやった本人は、原付のほうが飛び出してきたの一点張りやし。被害者は意識が戻らへんし、目撃者はおらへんし。土台、カーブで原付とダンプが正面衝突となったら、仮に金をかけて専門家に事故車の鑑定を頼んで、相手のほうの過失をいくらか証明したところで所詮勝負にはならへん。検察までそんなことを言い出しよる。それにしても山崎のやつ、あの日に限ってなんでまた呑んどったんやろか――。

　そして、そこにまた少し聞き手たちの呟きが重なりあう。確かに、微妙な事故やったて言う声もあったな。しかしそうは言うても、大宇陀のあのあたりで真相を知っているのは、蜻蛉とスズメぐらいやろう。いや、この間はノスリが飛んでましたで。工事現場に急降下してきよって、ユンボとぶつかるところやった。地ネズミでも狙うてたようで――。事故の真相は知りませんけど、相手が植物状態になったらどないもならん――。いや、その被害者も今年初めに亡くなったそうやし、これで加害者も死んだとなれば、もう何もかも昔の話ということでええでしょう。そうですなあ、十六年も経つんやから。

漆河原の堀井の耳のなかで、周囲の物音や話し声が混ぜ合わされながらざらつき、次第に自分の神経がわずかに粟立ってくるのを感じる。足下の芝生から、土と草に薬剤の混じったゴルフ場特有の臭いが立ち、ふいに分蘖期に入った自分の田んぼの稲や水管理のことを考えるともなく考えると、またふと頭はあらぬ所へ飛ぶ。——そうか、上谷の昭代さんを植物状態にした男が死んだか——。すでに一週間も前に聞き及んだ話をまたぞろ思い浮かべてみる理由は、同じ集落の上谷の家の不幸だったという以外には無いが、その上谷とは垣内も異なっているし、とくに付き合いが深いというわけでもない。それでも、狭い集落では朝な夕なに顔を合わせるし、神社の維持や伊勢講や道つくりなどの共同作業もあり、上谷の存在は日常のなかの日常ではある。またそれだけではなく、昭代が養子を迎えて上谷の本家を継いでからというもの、土地の習慣や因習に馴染むでなく、馴染まないでもなく、一方で舫い綱がほんの少し緩んで密かに土地の軛《くびき》から外れてゆくような軽やかな感じもないことはなく、個人的にはそこにこころ惹かれるものがあったのかもしれない。この一帯で、一度でも昭代に惚れなかった男がいたらお目にかかりたいというものだ。あの栂野だって、若いころは昭代の尻を追いかけていたという話がある。

そう、あの笑い声——。うふふ、うふふ。昭代は、毛鉤が跳ねるような独特の笑い方をする。いややわ堀井さん。東京いうても、うちの人はケヤキとコナラしか生えてへん武蔵野の田舎の出ですし、おまけに趣味は土掘りやそうで。そう聞いたときは、田んぼに降ってきた宇宙人かと思いましたわ。そうしていかにものんびり笑う昭代の声を聞くと、なるほど、新婚早々でのろけているのかと思いもしたが、なにしろあの上谷の女のことだ。そんなに長閑な話であったはずもない。当の婿養子の伊佐夫も、東京の大学を出てわざわざ関西の企業に骨を埋める決心をした上に、当地の旧家に養子に入ったというのだから、土台、それほど才気煥発な口であるはずもなく、どちらかといえば女房の尻に敷かれてちょうどいいぐらいの大人しい人物に見えたが、さて夫婦の実態はどうだったのか。会社勤めの亭主と野良仕事の女房と、県下随一の奈良高校から慶應義塾へ進学するような娘の、いかにも恵まれた豊かな暮らしも、昭代の事故が起こってみれば、集落の者がみなさもありなんと深い溜め息をつくようなものだったというのは、いったいどういうことだろう。自分たち集落の者は上谷の不幸に何を期待し、何を見過ごしたのだろう――。

否。上谷の家に何かがあったという証拠も、そんなふうに感じた理由も、ほんとうは何一つないと言わなければ正確ではない。実際には、集落に立ち込めている澱みがあり、深い退屈から生まれる憶測や勘繰りに、好奇心とわずかな嫉妬を練り込んだこの土地の暮らしの薄昏さというものがあるだけであり、事故そのものも、加害者と被害者各々の事情もみな、その一部だと言うべきなのだ。そしてそこには、事故について自分たち集落の者が抱いた違和感や疑念も含まれる。否、疑念というよりは、誰もが知っていて口にせず、あからさますぎて誰も意識しなかったもの。ほんとうは眼の前に転がっていたもの――。

ナイスショット！　列の前のほうでぱらぱらと間延びした拍手がある。順番待ちの列が三々五々動き出し、話し声や笑い声の軽い渦が一緒に動き出す端から堀井の夢想は中断され、かき乱されてかたちを失った、その跡にいまは上谷の伊佐夫の顔が据わる。鍬を手に漆河原の棚田に立っている伊佐夫。何十年経っても米づくりは素人の一方、杉山の上のほうで熱心に野生の茶の木を育てており、かと思えば田んぼに紛れ込んでくる魚と気楽に遊んでいたりする。といって何か問題を起こすわけでもなく、会えばふつうに話もするが、年初めに昭代が他界してから、よそ者のつかみどころの無さがより顕著になってきたようにも感じられる。今年で七十を一つ二つ越え、少し惚けてきたのではないかという声も、ちらほらと聞く。

しかし、まだ現役のサラリーマンだった十六年前の伊佐夫は、もちろん惚けたりはしていなかった。堀井の瞼の裏で、棚田に立つ老いた伊佐夫の顔はふいに十六年前の事故の日のそれに変わり、しばしそこで固定される。——そうだ、あと数日もすれば子や孫の帰省が始まるお盆前の、昼間の熱が夕立に洗い流されてやっと一息ついた夕方のことだった。事故の一報は警察から当時はシャープの葛城工場にいた伊佐夫に知らされ、伊佐夫は昭代が搬送された榛原総合病院へ車を飛ばして向かうことになった。その日はたまたま上谷の垣内が不在の家ばかりで、額井の分家も宮奥の久代の嫁ぎ先も不在だったため、ひとまず区長の自分が会社の事務所から集落代表で病院へ駆けつけることになり、そこで少し遅れて飛び込んできた伊佐夫と遇った、そのときの顔は忘れもしない。ありていに言えば、妻がダンプカーに撥ねられて意識不明と聞いた夫のそれとは違う、軸が五ミリほどずれていて重ねると隙間ができる、奇妙な空白の顔。いつかこんな日がくることをぼんやりとながら予感していたという顔――。もっとも、この半月がそうだったように、今日もまたそこから先はない。

フェアウエイを移動する人びとの頭が一つ、また一つ反り返って空を仰ぎ、雨か？　雨や、という声がそぞろ広がる。雨や。雨か。降り出すぞ。大陸の新たな寒気と南の湿った暖気が南シナ海で出合ったのは三日ほど前のことで、そこで生まれた前線は八重山諸島に雨を降らせながら偏西風に乗ってゆっくり東へ移動し、本州の上で梅雨前線とぶつかるとまた一つ低気圧が発生した。その気圧の谷がまもなく紀伊半島へさしかかろうとしているのだったが、低気圧は事前に気象庁が予測したより少し発達しており、山の西側ではまとまった雨になるかもしれない。そうなれば、苗が活着して間もない田んぼは水管理に注意が必要となる一方、あちこちの土木工事は中断になるが、後者のほうは、代わりに新たな地滑りや道路の陥没が発生して彼ら土木会社をまた少し潤すことになる。

そうしてフェアウエイの男たちは、それぞれの仕事や田んぼの都合と照らし合わせつつ空模様を窺ったが、まだインコースの半分が残っているところでプレーを中断する者はなかった。そうしてショットの順番を待つ行列はしばしゆるゆると蛇行し続け、話し声や拍手もそこここで渦をつくり続けて、およそ十数分経ったころだろうか。肌に張りつく湿気とともに一陣の風がフェアウエイを吹き抜けていったかと思うと、ぽつり、ぽつり大粒の雨が落ち始めて、それはあっという間にあたりを被う雨の紗となり、その下を男たちが走り出す。行列はあちこちでほどけて崩れ、千々に散りながら、すだれをかけたような雨の下で見えなくなる。

その雨は、ほぼ同じ時刻に大和盆地の奈良市内でも降りだし、市街のあちこちでカバンを頭にかざした人びとが走る姿が見られた。近鉄奈良駅にほど近い国道沿いの交差点では、市内に事務所をもつ弁護士が雨に追われるようにして地方裁判所から走り出してくる。カバンを傘代わりにしながら一寸雨を仰いだ瞬間、かつて自分が国選弁護人を務めた大宇陀の交通事故を脳裏に甦らせて自分自身を訝りながら、弁護士は赤信号で足踏みをする。もう十数年も昔の話だが、あの事故のときもたしか夏の夕立だったからか？　それとも被告人の山崎某が死んだという話を、つい先日葛城支部の検事から聞いたからか？　いずれにしてもいまごろ思い出しても何になるか、この忙しいときに。そら、クリーニングしたばかりの合いのスーツが――。

弁護士は自分に舌打ちし、しかし確かにおかしな事故ではあったなと、またふと額の片隅で考えている。否、考えるというには記憶のほうがあまりに不確かで、思い浮かべたもののその先がないのは、ゴルフ場の男たちと同じだった。土台、四十年も弁護士稼業をしていると、だんだん事案の大小もなくなり、どれもこれも一様に埃を被って記憶の底に積み重なってゆくだけになる。大宇陀の事故もその一つであり、ほんとうは起訴事実とは裏腹に、被害者の原付のほうがダンプカーに突っ込んできた可能性はあったのだが、ともかく加害者のダンプカーも飲酒運転では話にならないというものだ。そう、おかしな事故というよりは、悲劇でない死亡事故はないという意味で、どこまでも巷の事故の一つだったというべきか。それにしても、なんという雨だ——。

そうして信号待ちの弁護士が足踏みするうちに、隣に並んだ男が軽くこちらを見て、アッという顔をする。交差点に新たに並んだ男は、袖をまくり上げたワイシャツ姿で首からIDカードをぶら下げており、そんなカードを無頓着にさらして歩くような手合いはすぐ隣の県庁の住人しかいないと推し量って横顔を見ると、案の定、榛原額井の上谷の分家の当主で県庁に勤めている男だ。下の名前は忘れたが、それこそあの交通事故の裁判のために被害者の生活圏の聞き取り調査をしたとき、被害者と近い分家の当主ということで一度面談したことがあり、以来ときどき県庁前の交差点で遭遇する。否、それにしてもこんなふうに眼が遇ったのは初めてのことだと数秒困惑するうちに、向こうも同じことを思ったのかもしれない。いったいどういうわけで昔の交通事故の記憶がこんなに甦ってくるのだろうか、何かに憑かれているのだろうか、と。そうして上谷某は一瞬何か言いたげな顔をし、つられて弁護士のほうも何かしら外へ吐きだしたい言葉が腹にあるのを感じたものの、上谷はアスファルトの舗装を叩いて降り注ぐ大粒の雨を見上げ、弁護士は濡れそぼつ己がスーツや靴を見下ろしながら、その場ではどちらも言葉にはならなかった。もっともそれこそ彼らが、死者の周りをめぐるいくつもの声の片々を、雨音や風のざわめきの彼方におぼろに聞き取っていたことの証ではある。そして、宇陀盆地の方角に雷鳴が走り始めるのを遠く聞きながら、互いに二秒ほど眼を合わせたのも束の間、信号が変わったと同時に、よう降りますね、ほんに降りますなと短い挨拶を交わし、どしゃぶりの交差点へとそれぞれ駆け出してゆく。

一方、そこから南東へ二十数キロの距離にある宇陀盆地でも、空を駆けめぐる雷鳴は早めにコンペを切り上げて帰宅の途についた男たちを追いかける。その一人、大宇陀宮奥の倉木吉男は、車のワイパーが追いつかないほどの驟雨もその彼方で光る雷も、これは何かの因縁だろうかと思いながら、漆河原の昏い杉の山や、北東の空を仰ぐようにして建つ上谷の古い屋敷の姿を呼び戻し、いったい上谷の何がどうだというのだと自身に呟く。一方、宮奥は大宇陀の西南の端にあってもともと標高が高いだけでなく、小ぎれいなダムが出来たおかげで山が明るく開け、漆河原のあたりとは空気が違う。それでも若者は都会に出ていって戻らず、倉木の家は一人娘の初美が不動産と会社を継ぐために養子を取って土地に残ったものの、ハイカラな上谷の久代の血なのか、娘夫婦はバリのリゾートのような家具を入れた部屋で頭にリボンをつけたトイ・プードルを飼う。

否、プードルでも土佐犬でも犬臭いのは同じなら、大差はないというものか。それよりも上谷の昭代さんが死んでから、久代がしばしば本家に足を運ぶようになっているのは、いくら伊佐夫さんが独り暮らしで惚けてきたといっても、やはり世間体が悪いというものではないだろうか。いや、倉木に嫁いでも久代の気持ちが上谷に向いていたのは、昔からではある。上谷から美人の次女を嫁に取っただけでまあまあ満足していた自分のほうも悪いのだろう。そうして吉男の物思いはどこに焦点を結ぶというのでもなく、浮かぶ端から散り散りになってゆき、ひょっとしたら久代は伊佐夫さんに気があるのではないか、などと飛躍したところで、じりじりと落ち着かない心地だけが胸に詰まっているのを感じ、いい歳をしていまさら何を――と唾棄した。そして、そこから冷えたビールと枝豆へと再び飛躍し、さらにわけが分からなくなるのに任せて、気のいい吉男はベンツのアクセルを踏む。

その後、吉男は間もなく宮奥の一番高い地区にある自宅にたどり着いて缶ビールを開け、食卓では一日フラや茶道の付き合いで忙しくしていた久代が、まだ話し足りないというふうに夫を相手に話しだすのだ。今朝、フラのお教室へ行く途中で伊佐夫さんの軽四輪に会いましてね。どこへ行くのて聞いたら、本郷の溜池て言いはるから、釣りかと思うたら違いますんよ。田んぼにいたカワムツを溜池に放しに行くんですって。見たら、たしかに荷台のバケツのなかで魚がバシャバシャ跳ねてますんやけど、ひまを通り越して酔狂にもほどがありますやろ――。もともと宇宙人やったけど、男の人は独りになるとほんにあきませんわ。そうそう、山崎が亡くなった話、額井もまだ伊佐夫さんには伝えてへんそうですから、明日か明後日にでも差し入れがてら知らせに行こうと思いますんやけど、どうですやろ？　しかし吉男は半分も聞いていない。どうですやろも、こうですやろもあるかと思い、おまえの好きにしなさいと応じる傍ら、眼で孫娘の姿を探す。それよりアリサはおらへんのか？　もう寝たんか？

激しい雨は県道の数ヵ所で路肩を崩したり、道路を冠水させたりしながら夜半まで降り続いた後に霧雨に変わり、額井岳の麓では上谷隆一の車が帰ってくる。地元ではかなり人目を引く左ハンドルのBMWで、中古で手に入れた。その自慢の愛車を降りると、雨音の絶えた空はむっとする漆黒の穴になり、そこをぴゅんと鋭い音を立てて山風が走る。梅雨前線が停滞しているのでまたすぐに次の雨が来るが、息子のボーイズリーグの試合がある週末の一日か二日は降らないですむかもしれない。空を仰いでまずはそんなことを思った後、家に入ると妻の和枝が頰を膨らませて、宮奥の久代さんから電話があったんやけど——と言う。本家に山崎とかいう人が死んだ話を伝えたかって聞きはるから、本家とは昭代さんのお葬式以来会うてませんねんと言うときましたよ。だってそんな話、うちがわざわざ伝えるような筋合いやないし。でも伊佐夫さん、一寸惚けが来てるかもしれへんて久代さんが言うてはったし、隆一さん、時間があるときに覗いておいて。何かあってからでは遅いから。妻にそう言われ、ああ分かったと応じながら、ほんとうは自分のほうこそそのことを考えていたのだと隆一は思う。いまさら思い出す理由のない本家の事故のことを思い出し、ときに仕事をしながら、ときに街中で弁護士とすれ違いながら、ここのところ取り留めもなく何かを考えているのだ、と。とはいえ、正直なところ面倒くさいのも事実で、漆河原へ足を運ぶとしたら、近くに出向く用事のあったときだが、ほんとうに行くかどうかは分からない。もともと本家や分家という軛には興味もないし、所詮はもう、伊佐夫さんを最後に家系が絶える家ではないか。

実際、隆一が伊佐夫を訪ねたのは、それから十日ほど経ってからのことだった。それまでに宇陀盆地にはさらに何度か雨が降り、なかには榛原戒場や榛原荷阪で小規模な地滑りが発生するような未明の大雨もあったが、隆一が漆河原を訪れた六月下旬には、いったん梅雨の晴れ間が続いて急に気温が上がり、山裾はヤマアジサイが満開になった。

伊佐夫の麦藁帽のつばの先で、カメムシが一匹唸りを上げて飛び去る。そら、おまえの嫌いなやつ——。伊佐夫は数秒、飛んでゆくカメムシを眼で追い、そのまま光に吸い込まれた網膜の上でいつか見た白いワンピースがゆらめくのに見入り、傍らを駆け下る水音のまにまにひしめくさまざまな声を耳に沁み入らせる。そこにはなおも、うふふ、うふふと笑う昭代の声もある。そういえば、額井の上谷隆一がつい先ほど特段の用もないのにひょっこり漆河原までやって来たのも、ひょっとしたらどこかでこの声を聞いたからではないか。否、先祖伝来の田んぼを潰して、手間がかからないという理由でキウィやポポーを植えるような男のことだ。山崎の死で事故の顚末をめぐる噂話がまたぞろ近隣に広がっており、誰かに尻を叩かれて様子を探りにきたというところだろう、と思い直す。

ちょうど西A区の中耕除草に取りかかった午前十時前のことだったが、宇陀の土木事務所に所用があったからと言い訳をしつつ、道端に車を止めて畦まで上がってきた隆一は、まずは、除草機を使わへんのですかと呆れたように言い、次いで、よその田んぼの株に比べるとまだ少し貧弱に見える伊佐夫の株を眺めて何か言いたそうな顔をした。

やれ、面倒くさい。一株二本植えでも、それぞれ六、七葉まで出揃い、分蘖も併せて七、八本出ているのが見えないか。この調子だと七月には立派な開帳の株に育っているはずだが、そうか、こいつはそもそも田んぼには関心がなかったか。いちいち説明しなければならない義務もないので、いつから農協の回し者になったんやと軽く一蹴し、万能鍬で泥を掻き起こし続けていると、今度は、鯰がいる——という隆一の声がする。田んぼで飼うてはるんですか、などと言い出すので、名前は花子、よろしくと適当に返し、ところで家族はみな元気かと伊佐夫のほうから尋ねた。すると、おじいがヘルニアで寝込んでいるほかは、おかげさまで元気にしてますわ云々。下の子がこの春から奈良葛城ボーイズに入ったんですけど送り迎えがたいへんで云々。半分は発せられる端から日差しと泥に溶けてかたちを失い、伊佐夫の耳のなかで虫の唸りになる。

そもそも親族のあれこれに関心をもてないのは養子のせいか、それとも自身の性格なのか、近ごろますます判然としなくなっているが、親戚や遠縁との付き合いは初めから苦手で、身内の話さえたいがい右の耳から入って左の耳から抜けてゆく。否、額井の上谷には一族の期待を背負って生まれた男の子がおり、昭代の葬式に来ていたときに十歳だと言っていたので、その子だけはなんとなく近況が気にならないでもないが、それにしてもあのチビをボーイズリーグに入れるなんて正気か。父親似の緑豆モヤシみたいな身体で野球選手を目指すのかと訝ると、速やかにばかばかしさがやって来て、やはり興味が失せてしまった。

それで？　泥に万能鍬を入れながら伊佐夫のほうから水を向けると、返ってきたのは、何を思ったのか、まだ土の標本はつくってはるんですか、だ。曰く、榛原戒場と榛原荷阪のほうに、先週からの雨で斜面が崩落した箇所があるんですが、標本にどうかと思って――。

　昭代の事故のせいというわけでもなかったが、もう何年も地層らしい地層に触れていない。崩落と聞いて一瞬こころが跳ねたが、通行止めを知らせる広報車が回ってきた様子もないし、県の河川課の男がこんなにのんびりした顔で言うのだから、戒場も荷阪もおそらく表層土の地滑りですらない崖崩れ、と想像した。河川課は地質の専門知識は備えているが、土や土壌についてのセンスはない。小学生のころから知っている隆一だが、土壌モノリスに関心があったという記憶もない。

　せっかくやけど、標本はもう卒業した。年寄りにはあれは重すぎるし――。適当に応えてから、櫃原の施設にいた山崎が死んだそうだと自分のほうから話を振ってみた。すると案の定、そうらしいですねと待ち構えていたように返事がある。伊佐夫さんはどこから聞きはりました？　宮奥の久代さんですか？　うちは、先月末に戒場神社の氏子総代から聞きました。額井の十八《いそは》神社が来年秋に式年遷宮を迎えるんで、その関係でお会いしたんですけど。聞いた話では、山崎が死んだその日に担当の民生委員から戒場の戒長寺に葬祭の打診があったとかで、総代はあそこの檀家なものでたまたまその場にいたらしいんやけども。山崎の母親が、息子の事故のあと戒場神社でお百度参りをしていたとか、借金取りが来ていたとか、いろいろ聞きましたわ。結局、山崎は集落の墓にも入れんで、橿原市のほうで合葬になったそうですが。ともかく山崎が死んで、またしばらく古い話があれこれ出てくるんでしょう。ぼくもこちらにはご無沙汰してましたし、今日はたまたま近くまで来たもんやから、それもあってご挨拶がてら様子を伺いにお寄りしたようなわけですけど——。

嘘つけ。思わず言いかけた一言を呑み込み、それはどうも。大丈夫、一応生きとるから。花子もおるし。などと応えておいたが、帰り際に隆一は、お盆に昭代さんのお墓にお参りさせていただくついでに、是非茶の木を見せてくださいと言い残していった。たぶん口先だけだろうが、もしほんとうに来るのならそのときは一寸自慢できるというものだ。

伊佐夫は今日も朝一番に見回った茶畑の濃い緑と粗い土の匂いと、蠟引きしたような葉の手触りを身体に甦らせた後、ゆっくり腰を上げる。それを見ていたように畦のカエルがぐるると啼く。伊佐夫はそろりと田に長靴を入れ、中断していたところからまた再び万能鍬で泥を搔き始める。

鍬の爪で軽く搔きまぜられた泥からは、雑草の根とともに数秒の間を置いてぷくり、ぷくり、メタンガスの泡が湧きだし、消えてゆく。重いというほどではないが軽くもない、吸いつくような粘性の土の心地よい手応えの下で、溜まっていたガスが抜けてゆくたびに、まだ若い稲の根がふうと安らぐ気配がある。ぷくり。ぷくり。抜けてゆくのは、生きものが生きることで自らのうちに溜めてゆく老廃物を、細菌や微生物が分解する過程で発生するガスだが、この人間の自分に溜まった老廃物を分解し、さらにそのガスをこうして抜いてくれるのは誰か。そんな者はいるのだろうか。ばかみたいなことも、ひまに任せて考える。ぷくり。ぷくり。泡の周りから逃げ出すアメンボを、稲の葉陰のミズカマキリが見つめる。

日は真上に昇り、下を向いて田んぼを移動する伊佐夫のシャツの背が、日差しを浴びて燃え立ってゆく。しかし伊佐夫自身は麦藁帽がつくる深い影の下で独り隔絶され、しばし用水路の轟音が寄り添うばかりとなって、泥を掻く鍬の運動と果てしない物思いの、集中と放心の間に落ち込み、いまは足下の泥から湧きだしてくる山崎の老母の声に耳をすましている。――そうだ。十六年前、昭代が入院していた榛原総合病院の病室の外の廊下に、ほぼ九〇度に腰の曲がった老婆が立っていて、伊佐夫と眼が合うと左右へぐらぐら傾きながら倒れるようにして逃げていった、あれが山崎の母親だ。息子が人身事故を起こしてからというもの、息子の無実を訴えながら、集落の眼から隠れるようにして戒場の薄昏い田を這い、日の落ちた山道の先の石段を這い登って、あの山深い神社でお百度参りをし続けた。本人にもう少し知識があれば、いい加減な捜査をした警察や検察――否、カーブから飛び出してきた原付の女そのものを調伏せんとしたかもしれないが、老いて日に日に衰えてゆく老母の脳味噌では、ひたすら息子の無実を信じて願をかけることとしか思いつかない。くにひこはむじつや。くにひこはむじつや。くにひこはわるうない。くにひこはわるうない。戒場の人びとが聞き、裁判所の傍聴席でも聞かれたその地虫のような呪文は、山々に沁み込み、伏流水に溶けて留まり、いままたあちこちで滲み出してきて漆河原の用水路を駆け下る。

なるほど、老母の痛恨や憤怒を分解する微生物は存在しないということだろう。それればかりか、その痛恨はときが経っても老廃物も産み出さず、腐敗さえせずに土の一部になって臭い立ち、山の音となってこの土地を圧しているということだ。くにひこはむじつや。くにひこはむじつや。くにひこはわるうない。くにひこはわるうない。それを聞き続けるうちに、伊佐夫の腹もまたふつふつし始め、知らぬ間に鍬の上下運動がわずかに大きくなる。麦藁帽の下だけはなおも昏く、いったい誰なのかも定かでない男や女の気配がしきりにそこを行き来する。腰を折り、つんのめるようにして通りすぎる老婆がおり、半坂の峠道へ急ぐ上谷のおばあ、ヤヱがいる。それを追いかけるおじい——否、ヤヱの逢い引きの相手だろうか——がおり、逃げる男たちがおり、追いかける上谷の女たちがいる。

待て、戒場の棚田の傍で何をするでもなく立ちつくしている、あの秋口の傷んだ案山子のような男は後年の山崎か。戒場の粗末な家で心臓マヒで死に、三日後に発見された母親の葬式も、山崎は結局出せなかったというが、市の葬祭扶助で母親を荼毘に付した後、一度だけ家の整理に戻ってきたときに、母の呪文を聞いたのではないだろうか。くにひこはむじつや。くにひこはむじつや。くにひこはわるうない。くにひこはわるうない。

そして、いまはさらに誰のものともつかない嗚咽や荒い息づかいや、声にならない声が水音から立ち上がって伊佐夫の身体をぞわぞわと押し包み、粟立たせる。実のところ、これまでそれらの声が聞こえなかったというのではない。この十六年、ほんとうはときともなしに山や水路や草地から立ち上がり、幾度となく耳に迫ってきたのだと、伊佐夫は自分に呟く。当たり前だ。昭代の夫の自分が、知らないはずがないではないか、と。そうです、山崎のお母さん。あなたの言っていることは分かります。たぶん、あなたは正しい。しかし、だから？　昭代のほうも、十六年も植物状態で生きる罰を受けたのだから、もう許してやってほしい——。伊佐夫は、これまでけっして口にしなかったことを突然田んぼの真ん中で吐きだしてみた自分に驚き、次いで予想どおりの無性に不快な心地とともに、やはりこんなことは自分の身の丈には合わないと思い直して、小さく溜め息をつく。

畦の際にある淵から、鯰が田んぼに立つ伊佐夫の影を窺う。集落の者はまだ誰も気づいていないが、彼女が田んぼに迷い込んでから八日、伊佐夫がこっそり畦を削って広げた奥行き三十センチ、幅七十センチほどの窪みを、彼女はたいそう気に入っているらしい。

3

曇り空からときおり落ちてくる数ミリの雨が、空気に薄い絹の紗をかける。土を叩く雨音さえない雨に蜩《ひぐらし》の声も絶え、野辺も山もしんとなる。

七月に入り、そんないかにも梅雨らしい日が十日も続くと、大宇陀の米農家はどこも中干しに備えて落水した田んぼの溝切りを始めながら、今年の梅雨明けはいつごろになるかと気をもみ始める。そこへ三日ほど、思い出したように本降りの雨が来て、せっかく溝を切って飽水状態に保ったのにまた水に浸かってしまった田んぼでは、降りしきる雨に叩かれながら排水に追われる農家の姿があちこちで見られた。

一方、漆河原の上谷の棚田は、伊佐夫が今年は自家用米の三枚に機械を入れなかったために、そこだけは未だ溝切りさえ終わっておらず、泥に排水用の溝を掘るための、舟の舳先のかたちをした昔ながらのフロートに柄をつけた手押し式の溝切り機を押しながら、雨の下、のろのろと条間を行き来する伊佐夫の姿があった。棚田三枚のうち、一株二本、株間三十センチの大胆な疎植にした二枚の稲たちは、田植えから三十九日、出穂まで約四十日の七月十五日、伊佐夫の目論見どおり順調に分蘖が進み、平均すると親株二本に対して一次分蘖十本、二次分蘖十本、合計二十二本の立派な株に生長して、丈も五十センチを超えて青々していたが、ここから出穂までの水管理が勝負だということぐらいは伊佐夫も重々知っている。だからこそ、本来であれば泥の表面に水のない飽水状態にもってゆかなければならない出穂四十日前の前後にまだ溝切りも出来ていないというのは、自分でも予想していなかった不手際ではあるのだった。しかも、機械を入れなかったのは中耕除草のときと同じく、畦の淵に居すわっている鯰を驚かさないためだったし、作業が遅れたのは鯰を何とかしなければと思いながら一日一日延ばし続けた自分自身の優柔不断のせいだということも自覚していたので、余計に苛立ちが募ったというところかもしれない。かくして、垣内の隣人たちが伊佐夫の稲を眺めてゆく視線に、一寸した驚きや羨望の色が見える今日このごろ、足下の水管理で失敗するようなことだけはしたくないという思いが、伊佐夫の顔を知らぬ間に歪ませていたのだが、洗顔のときさえほとんど鏡を見ない当人はもちろん知る由もないことだった。

水を抜かれた田んぼの泥に深さ十五センチほどの溝が切られてゆく端から、溜まり水がそこに流れ込んで浅い川が生まれ、稲の茂みや畦から新たな移住先を見つけたカエルやザリガニが慌ただしく飛び出してくる。一方、溝切り機を押して歩く人間のほうは泥を掻くその重さで身体が二つ折りになり、自然に顎が前へ出て息を上げながら、ひたすら黙然となる。伊佐夫は雨合羽のフードの下から本降りの雨を睨み、溝切り作業をいつ終えられるか、当てどない計算をしてみる。たとえば、いま自分のいる十メートル×三十メートルの田んぼ一枚に、長手方向に直角に三メートル間隔で九本の溝を切り、さらに周囲に溝を切って長手方向の溝と各々繫げると、全長は百七十メートルになり、分速二メートルで進むなら一時間半ほどで片づくことになるが、実際はどうだ——。泥を搔くフロートも、それを押して歩く自分の足も、磁石で地球に引っ張られているのかと思う重さで、若いころはここまで重くなかったのにと余計なことを考えていると、腕の先で溝切り機がぐらつき、フロートが蛇行して溝が右へ左へと歪む。そんな調子だから、一時間かけてまだ半分も進んでいないのだったが、それでも今日と明日の二日あれば三枚分の作業を終えることはできるだろうし、梅雨明けはまだ一日か二日先だろう。梅雨明けと同時に飽水状態にもってゆくことができれば、問題はない。

そう自分に言い聞かせて伊佐夫はまた黙々と溝切り機を押し続けるが、下を向いた額の奥ではなおもごろごろしているものがあった。——まずは、例年より気温が高かったせいか、昨日畑のビニールトンネルの下で開花してしまったカボチャの雄花。こうなると明日あるいは明後日、雌花が開花したらすぐに受粉をしてやらなければならない。それから、そろそろ土の下の塊茎が太り始めるこの時期に、今朝は根の際に雨水がたまっていたジャガイモの畝の土寄せのやり直し。せっかく水捌けのよい土壌をつくってやって手間をかけてきたのに、梅雨末期の三日ほどの本降りの雨であっと言う間に水浸しになる。いったい土のつくり方が悪かったのか、土寄せの仕方が悪かったのか。それからこれが一番厄介かもしれない、走行距離十万キロを超える軽四輪。今朝も、杉山の茶畑の見回りを終えていざ田んぼへと駆る途中で突然バンバンバンバンと爆音が噴き出し、とっさに外を見るとちぎれたマフラーが道路へふっ飛んでいった。錆びて穴があいていた箇所にアルミテープを貼って凌いできたものの、結果的に二ヵ月ともたなかったことになる。それに何より、一部始終を田んぼに出ていた垣内の者たちに見られていたというのが癪に障る。たかが軽四輪一台のために、彼らの茶飲み話のネタになってやるような義理がどこにある。

もっとも、あのオンボロはオイル漏れもしているし、雨の日には防水の効いていないディストリビューターが濡れて電流がショートする。ほかにも上り坂でクラッチが滑るし、電気系統の接触も悪い。結局、そろそろ修理に出す時期が来たということだが、半坂の修理工場へもってゆくにしても、あれこれ差し迫っている作業があるので早くても明後日になるだろうか。それまでマフラー無しで、暴走族もどきの爆音をまき散らすか。否、そんなことなら初めから田んぼに機械を入れているというもので、むしろ今日明日は軽四輪を使わないという結論を出したが、そこでまた一つ問題が生じることに気づいて伊佐夫は下の田んぼの畦を見る。

溝切りに備えて田んぼの水を抜いたため、代わりに用水路を板でせき止めて鯰のために仮の池をつくっていた昨日の早朝、ちょうど二十メートル上の自宅の前栽に出ていた垣内の桑野が何かおるんですかと声をかけてきたので、とっさに「鯰が――」と言葉を濁したが、向こうはよもや一カ月前のやつとは思わなかったようだった。へえ、またですか。伊佐夫さん、鯰に憑かれとりますで、などと嗤われ、ふと、憑かれているというのは当たっているかもしれないと思うと、急に不穏な心地になったのだが、振り返るとそれも大した理由のない、一過性の気分だったような気もする。ともかく道路まで四枚ある棚田は上谷のものではあるが、少し道路を下った先は余所の田んぼであり、いつまでも用水路をせき止めておけるわけもない。そうして再びおおもとの懸案に逆戻りして、伊佐夫はこいつをどうするのだと自問しているのだ。放してやるとすれば、釣り人のいる宇陀川や芳野川ではなく、上流の半坂の川か、あるいは宮奥のダム湖か。否、遇えばまた何か言われそうな久代のいる宮奥はやはりやめておくか。半坂なら、軽四輪を修理にもってゆくついでに川へ寄ることができるというものだ――いや待て、マフラー無しの車に生きものを載せる気か？

それにしても、どれもこれも初めから分かっていること、あるいは初めから急いで答えを出すつもりもないことばかりではないか――伊佐夫は田んぼの真ん中で小さく声を上げて笑い、その端から微かに胸が詰まるような疼きを覚えて、昨朝のあれはやはり一過性の気分などではなかったか、何かに憑かれているというより追われているような心地がするのは気のせいだろうかと新たに思いめぐらせている。すでに始まりがどこだったのかも分からない物思いは、昭代の不在の溝に流れ込んでくる泥水のようで、抜いても抜いても切りがない。否、それだけではない。こうして日々生じる農作業や生活の算段をも攪拌して、何一つ片づかない状況をつくっているのだが、仮に段取りよく片づいてしまったとしても、そこにまた新たな物思いが入り込んでくるだけのことではある。水捌けがあまりよくないために、なかなか飽水状態にもってゆくのが難しい、足下のこのグライ化したぐずぐずの灰色台地土のように、だ。

結局、自分で予想したとおり、伊佐夫は何一つ考えをまとめることもせず、夕暮れまでかけて田んぼ二枚の溝切りだけを終えると、あと一枚は明日の午前中に片づける心づもりにして、農道脇に置いてあった軽四輪に戻ったが、そのときにはマフラーの一件はすでに頭から完全に抜けてしまっていた。そして、そのままエンジンをかけたとたん、床下でバン！ と爆発があり、一瞬迷ったものの家まで四百メートルの我慢だと腹を括ってアクセルを踏み、バンバンバン、地面を圧搾するような爆音を立てて坂道を上り始めたのだが、二百メートルも進まないうちに今度はどういうわけか、エンジンの警告ランプが点灯し始めた。そこでとっさに屑神社の前でブレーキを踏んでクラッチを切り、車を路肩に寄せて止めながら、そういえば前にも同じような経験をしたこと、そのときはタイミングベルトが切れて完全にエンジンが停止してしまったことを思い出し、なるほど、即座に車を停止させていたのは身体のほうが覚えていた結果かと思ったりしたが、どうでもいい感慨のかたわらで、警告ランプがつくような車の不調自体への当惑は、しばしあいまいになってしまったのだった。

伊佐夫は、その場に軽四輪を残して高台の自宅まで残り二百メートル余りの坂道を歩いて帰ったが、車の不調の余波はそれで終わったのではなかった。久代の差し入れの筑前煮と豆腐の夕飯を摂る間、風呂に浸っている間、あるいは何年経っているのか分からない古いウィスキーをほんの少し寝酒に啜る間、伊佐夫は警告ランプの点灯から始まった昔の一連の顚末について執拗に記憶を手繰り続け、それはおよそ眠りのなかでもぐずぐずと続くのだ。――あれは正確にはいつだったたか。否、陽子はちょうど東京の大学を卒業してすぐにコロンビア大学へ留学するため帰省もしなかった、あの九三年の夏か。そうだ、田んぼはまだ、どこも慣行栽培だったころ。昭代が真っ黒に日焼けしながら意地で棚田八枚に米をつくり、二枚に自家用の野菜をつくっていたころ――。

その稲はどうだったか？　強い光を浴びた一面の濃い緑の海は、おそらく梅雨明け後の出穂三十日前ぐらいの稲だった。周囲の杉山から砂嵐のように蜩の声が降る畦では、夏大豆にぶらさがった莢が太り始めており、出勤のために農道を車で下ってゆくと、昭代が用水路から汲んだ水を大豆にやる手を止めてこちらに手を振る。それを見て、ああもうすぐ枝豆が食卓に上がるのだと思った――そういう時節だった。ところで、その日自分は何をしていたか。――そうだ、あれは工場長に急な不幸があり、技師長の自分が滅多に行かない接待ゴルフに駆り出された日だった。その結果、宇陀カントリークラブで一二〇も叩いてしこたま罰金を巻き上げられたが、プレー自体はまだ日が傾く気配もない早い時刻に終わり、思いがけず手にした数時間の自由にうきうきしながら直帰すると、そのへんに昭代の姿がない。久々に二人で冷たいビールを呑めると期待して帰ってきたので少し落胆しながら、ふだん亭主が日の高いうちに帰宅することはないので、昭代は垣内のどこかで油を売っているか、婦人会の集まりでもあったかと思い直し、自分もすぐに着替えて畦の草取りに出た。

あのころは、少しばかりの株の売却と、満期になった積み立て保険の返戻金で、陽子の留学費用を工面する段取りがようやく整い、本人が帰省しない寂しさはあったものの、懸案が片づいたあとの夫婦水入らずも悪くはないといった、ときならぬ新婚気分だったような記憶がある。とまれ、夏大豆が植わっているあたりは垣内の家々から望めるところにあり、亭主の姿が見えたら昭代がどこからか出てくるだろう、そうしたら草取りはやめてビールにしよう。そんな腹積もりをしながら先代のスズキのキャリイを駆って農道を下ってゆくと、ちょうど屑神社を通り過ぎて棚田に差しかかったあたりでエンジンの警告ランプが点灯し始め、あっと思ったとたん、音もなくプスンとエンジンが止まってしまったのだった。

思えば数日前から、一寸オイルが焼きつくような異臭もあったのだが、ひとまずセルを回しても反応はなく、外へ出て車体の下を覗いてみたが道路に垂れるようなオイル漏れはない。では電気系統かと思ったが、セルが回らなければどうしようもない。とにかく軽四輪が使えないと日々困るので、急いで徒歩で自宅に取って返し、半坂の松野の自動車修理工場に電話をかけると、すぐにレッカーを出すという。そして、しばらく待って下の道から小型のレッカー車が上がってきたときだ。ふと二十メートル上を見ると、高台の桑野の家の脇から杉山を抜けて半坂へ出られる旧林道の、近畿自然歩道の入り口に昭代が立っており、何があったのかという顔でこちらを見下ろしていたのだ。否、何があったのかというより、一寸ぼんやりしていたのかもしれない。否、遠目に見ただけだったから、正確なところは分からないと言うべきか。確かなのは、よそ行きというのでもないが、ふだんの野良着ではない水色の木綿のワンピースを着ていたこと。麦藁帽ではない白い布の帽子を被っていたこと。手に買い物かごを提げていたこと。

一方、それを仰ぎ見ていた数秒、伊佐夫の頭は昭代との早めの晩酌と、軽四輪の修理の二つに引き裂かれており、とっさに修理のほうを優先したのは、これから工場へ行って故障個所を自分の眼で確認しておかなければ、性格が大雑把な松野の三代目には、交換する必要のない部品まで交換されてしまう恐れがあったためだった。そんな細かい理由で、伊佐夫は坂道の上の昭代に身振り手振りで軽四輪の故障だと説明し、昭代もレッカーを見れば事情は察しがついたか、分かったというふうに軽く片手を上げて応えた。

それから、伊佐夫はレッカー車に同乗して半坂の修理工場へ向かった。その車中、たぶんタイミングベルトが切れとるか、コマが潰れとるかやろ、もう十万キロ超えとるし、ウォーターポンプと一緒に交換やな、などと松野の三代目は言い、ベルトは三年前に交換したやないか、と伊佐夫が言い返すと、あれだけオイル漏れさせとったら、もつものももたんわ、と三代目は鼻で笑う。ともかくちゃんと分解して調べてくれなかったら金は払わへんから。同年代の気安さで伊佐夫がさらに言い返すうちに、レッカーはわずか五分ほどで半坂の集落に入り、四方を杉の山に囲まれた天空の秘密の庭のような小さな盆地が開けてゆく。漆河原よりも広々としているせいか蜩の声もいくらか遠く聞こえ、代わりに照りつける日差しの下で棚田と畑と草の緑がいっせいに萌え立っているように見える。レッカーで通っていった集落の道は、漆河原の上谷の裏山を越えてくる近畿自然歩道と合流して山の斜面を下ってゆき、再び上り坂となって小峠に出ると、そこからは国道一六六号線へ抜ける道と大宇陀本郷の集落へ通じる林道に分かれる。松野の自動車修理工場はその小峠のすぐ下の、国道へ抜ける道の傍にあり、大宇陀の農家と建設業者はほとんどここへ車を持ってくる。

レッカー車が到着したとき、ヤードに並んだ軽四輪やトラックも、その先の休耕田の草地も音もなくしんとして、白熱する日向と杉山の影の二つにくっきりと断ち切られている風景が、数日前に歯医者の待合室で見たダリの絵のようだった。安っぽいのか洒落ているのか分からない奇想が昭代のお気に入りのダリ。そしてふと見ると、その日向と影の境目あたりに男が一人立っている。伊佐夫は工場に預けた車を引き取りに来た客か、部品の納入業者かと思いながら数秒男の姿に見入ったが、見知らぬ男にわざわざ眼を留めた理由は分からない。否、そのとき運転席の松野も男のほうへ一秒眼をやり、すぐに逸らせたその眼が伊佐夫の眼とぶつかると、レッカーをヤードに入れるのに忙しいという素振りでまたすぐに眼を逸らせた。そうしてハンドルを切りながら、口だけ動かして言ったのだ。うちの弟の同級生。ホンダのディーラーで保険の代理店もやっとるらしいから、営業もあるんやろ。自分のところで車検をやらんと、大理からわざわざうちへ来とるんや、と。

　赤の他人についての何の変哲もない話。初めに自分の眼に留まったこと自体、ただの偶然に過ぎないというところに着地して、もう一度草地のほうへ振り返ると、そこにもう男の姿はない。してみれば、いましがた自分が見た男も、どこかのディーラーが云々という松野の三代目の声も数秒の幻だったかと思い、あらためて修理工場のヤードの先の草地の日向と日陰の描く静けさを見やるうちに、またふとダリを思ったり、冷えたビールと昭代の枝豆を思ったりした、そんな散漫な物思いの隅々が何かしらざわざわ波立っていたような記憶がある。ひょっとしたら、こうして周縁をめぐり、甦らせ、手探りし続けている当のものがそこにあったということだろうか？　いつも見ていたにもかかわらず、自分ではそうと気づいていなかった何かがあったというのだろうか？　しかし、何が？

　伊佐夫はいままた自身の思惟に不確かさを覚えながら、ともかく肝心のものがはっきりしない記憶の荒れ地に、ときどき思い出したようにあの修理工場の先の草地に立っていた男が顔をだしてくる、と思った。土地の者ではない、何かしらかみ砕けない異物の臭いを立てながら数秒現れ、消え去ったあとにくっきりと不在の穴をあけていった何者か。その穴は網膜や記憶の底に固着して消えず、ときおりこうして表に浮かび上がってくることこそあれ、具体的な姿や名前で埋め戻されることもない。いつまでも修理工場の松野の知り合いの某に留まり、目鼻さえない。ひょっとしたら足もなかったのではないかと思うこともあるが、土台、十七年も昔の数秒の記憶ではないか。男がこの眼に穿った不在の穴は、記憶にあいた穴ではないだろうか。半坂の修理工場の先の草地の男？　そんな男はほんとうにいたのか——？

伊佐夫は、何かに触れたというより分厚い膜に鼻腔を塞がれて窒息するような息苦しさを覚え、そうか、ここが要だったかと突然考えている。半坂の自動車修理工場——否、工場そのものではなく、軽四輪の故障でもない。工場の先の草地に立っていた見知らぬ男と、レッカー車をバックさせながら、伊佐夫と眼が遇うのをわざと避けたように見えた松野の三代目の一瞬の表情が、一続きの凹凸をつくってこの皮膚を粟立てている、と。そうして伊佐夫はこれまでよりほんのわずか踏み込んだ判断をしていたのだが、凹凸のどこがどうという詳細については依然空白のままだった。そして、その代わりに、いまも夢を見ているのではないかというところに軟着陸して、また少し半坂の峠道を思い浮かべ、さらに同じ日に見た水色のワンピース姿の昭代のぼんやりした顔を過らせた末に、伊佐夫は夜明け前の半睡の縁で「半坂へ行こう——」という自分の声を聞く。

梅雨明け直前の夜明けは、鼻腔が濡れるほどの湿度ともったりした生暖かさを伴ったガスの海になり、雨は止んでいたものの、さすがに戸板を開け放つのはためらわれた。雨のために三日間閉め切ったままの家はカメムシと黴の臭気で土壁が崩れるのではないかと思うほどだったが、伊佐夫は「半坂へ行こう」という声——早くも、どこで誰が発したのかあやふやになりつつあり、どういう経緯で発せられたのかも判然としない声一つに追われて、気にかけることもなかった。そうして伊佐夫は洗顔をし、神棚の水を替えて二拝二拍手一拝をした後、雨合羽と長靴を身につけて家を出ると、ふだんは裏の杉山を茶畑まで登るのに、その朝は軽四輪を置いてきた屑神社の前まで、ためらうこともなくガスのなかを泳ぐようにして徒歩で下った。それから、荷台に放り込んであった手押しの溝切り機と鍬を担いで上谷の田んぼまでさらに下ってゆくと、いったんそこに溝切り機を置いて今度は畑のほうへ上がってゆく。そして、まだ明けきらない群青のガスの下でカボチャのビニールトンネルを覗き、雌花が開花寸前になっているのを確認すると、明日は朝一番に受粉をすると頭の予定表に書き入れた。

次いで、半時間かけてジャガイモの畝の土寄せと排水用の溝を直すと、ほとんど駆けるようにして昨日溝切りができなかった田んぼ一枚に取って返し、溝切り機を田んぼへ下ろして作業を始める。その足と手を動かしていたのは「半坂へ行こう」という自分自身の声だったが、一つ予定が立つと、その周りで急に時間が勢いよく流れ始める。頭を血がめぐり、あれこれの関心事が頭をもたげてくる。よし、半坂へ行こう。松野の工場が開いたらまず電話をかけ、レッカーを回してもらえる時刻にもよるが、軽四輪を修理に出したあと、鯰を近くの川に放ちに行こう。帰りは代車を出してもらうか、それとも朝できなかった茶畑の見回りを兼ねて徒歩で下山するか。

伊佐夫は溝切り機を押して歩き、三日間の雨のおかげで水浸しになった代わりに柔らかくなった泥田に溝を刻んでゆく。条間を行ったり来たりする間、昨夜から切れ切れに呼び戻してみた十七年前の夏の、昭代と自分のいた風景を再び額に並べようとしながら、いくつものピースが欠けていることにいまさらながらに気づく一方、失われたピースの一つが半坂にあるのだと、また一つこれまでにない飛躍をして心臓がわずかに跳ねる。なにしろ上谷のヤヱや、その母や、そのまた母たちが杉木立に隠れて遁走していった先が半坂であり、そこから男の車で小峠を越えて桜井へ抜けていったらしいのだが、昭和の初め、当地で農機具の販売修理業を営んでいた松野の初代が、山を売った金で幌付きの七人乗りのフォードを買い、しばらく無許可で乗合自動車の真似ごとをしていたというのも何かの因縁というものではないか。半坂と、車と、男と、上谷の女たち――。そんな夢想の傍らでは、鯰を捕獲する方法を思案したり、体長五十センチもある鯰を入れて運べるような、しっかりしたビニールが納屋にあったかどうかを思い出すのに数分を費やしたりもし、またさらに手押しのネコ車を持参するか、松野の工場で借りるか、といった些末なことへ気をやったりもした。

そして、霧雨と薄日が交代しながら北東の尾根からガスが晴れてゆくころには、余所の棚田でも水管理の人出がちらほら現れ、いつもなら杉山の茶畑にいるはずの伊佐夫が田んぼに出ているのを見て「え？」という顔をしてゆく。次いで、昨日伊佐夫の軽四輪からマフラーがちぎれ飛んでゆくのを見ていた者は、また一寸その光景を思い出して笑いだしそうになり、用水路の鯰に気づいている者は、その理解に苦しむ行為に加えて、今日はまたいつもと違う時間に違う作業を始めた伊佐夫の頭の具合を、いまさらのように訝ってみる。それでも次第に明るさを増してゆく空気がこれ以上の雨はないと告げていると見ると、人びとは梅雨明けのことを思う気ぜわしさに押しやられ、伊佐夫の存在はそのまま速やかに忘れ去られた。

一方、当の伊佐夫は顎を前へ突き出しながら、なおも一心に溝切り機を押し続け、溝が掘られてゆく端から生きものがざわめくのを片方の耳で聞きながら、もう片方の耳では午前七時前後に農道を上がってくる介護ヘルパーの単車の音が聞こえてくるのを待つ。ヘルパーの女は漆河原の集落のうち、二軒を回って介護サービスを提供し、午前八時には元来た農道を帰ってゆく。それが伊佐夫の時計代わりになり、ふだんはそこでいったん家に朝飯を食いに戻るが、今朝はその時刻に松野の居宅のほうへ電話を入れようという腹積もりが先に立って、朝飯のことはちらりとも思い出さなかった。松野の修理工場は、先代が阪神淡路大震災と前後して亡くなって以来、三代目があとを継いでいるが、近ごろは不景気のあおりを受けて昔のような盛況は望むべくもなく、電話を入れなければ工場を開けていないことも多い。従って、居宅のほうに直に電話をかけるという伊佐夫の算段はひとまず正しかったのだが、なにしろ伊佐夫も松野もすでに七十を越えた者同士、何につけ出たとこ勝負の日々ではあり、レッカーを出す出さないの話も十七年前のようにはスムースにゆきそうになかった。

とまれ、伊佐夫がちょうど三分の二の溝切りを終えたところでヘルパーの単車が悲鳴を上げながらバタンバタン農道を上がってゆき、約一時間後に再びその音が聞こえたころには、最後に周囲の溝と長手方向の溝をつなぐ作業の途中だった。そうして夜明けから二時間半をかけて伊佐夫は田んぼ一枚の溝切りを無事終えると、取るものも取りあえず溝切り機と鍬を担いで四百メートルの坂道を上り、自宅に戻るやいなや、軽四輪のマフラーがちぎれたからレッカーを出してくれと松野へ電話をかけた。すると開口一番、マフラー無しでも走れるやろ、と眠たげな声が返ってくる。それが出来たら電話してへん。エンジンの警告ランプがついとるんや。伊佐夫が言うと、セルが回るんやったらとにかく走ってきたらどうや、レッカー代がもったいないし、などと返してくる。アホか、このまま走ってタイミングベルトでも切れたらどうするんや。バルブが潰れたら弁償してくれるんか。伊佐夫はさらに言い返し、向こうからは、どうせまたオイル交換もせんと走っとったんやろ、タイミングベルトが切れとったらウォーターポンプも交換やで、といった返事があったあと、結局朝飯をすませたら行く、と松野は応じた。急かして悪いな。伊佐夫も申し訳に一言詫びて電話を切る。

それから、自分自身は朝飯も忘れて釣り竿やタモにバケツと、ネコ車を納屋へ取り出しに行く。釣り竿の仕掛けは道糸とハリスをサルカンでつないだだけで、浮きも重りも無し。鯰が釣り針を丸呑みしたときに備えて、針の返しだけはペンチで潰しておいた。続いて、畑のトンネル用の、一八〇センチ幅のロール巻きの厚手ビニールシートを、おおよそ正方形になるよう目分量でカットし、二枚用意したそれを重ねて折り畳むとアルミテープで貼り合わせ、巾着のように口を絞って袋状にする。そこへ水を入れて漏れがないかだけ確認した後、用意したそれらをネコ車に積んでまた四百メートルの道を下ってゆくのだ。時刻は午前九時近くになり、もったりとした薄曇りの空には昨日までとは違う仄かな熱がこもっていて、太平洋高気圧がもうそこまで上がってきていることを想像させる。梅雨明けは今日か、明日か。盛夏が来れば稲も泥も乾き、イモチ病の心配も減る。今夏の気温は高めだろうか、平年並みだろうか。あと二週間ほどで稲の幼穂形成が始まったらすぐ穂肥をやり、出穂に備えて八月の二週目までにはもう一回草刈りをし——と、頭であれこれ計画を立てながら足取りも軽く田んぼまで戻ってくると、伊佐夫の頭はたちまち鯰を捕獲する段取りに切り替わっている。

伊佐夫は大きなビニール袋を載せたネコ車を畦に上げ、そのビニール袋にまずはバケツで汲んだ用水路の水を入れた。次いで、用水路の周辺の畦を数秒覗いていたかと思うと、その手には小さなオスのアマガエルが載っていて、カエルは力なくクワックワッと二度ほど鳴いた後、伊佐夫が取り出した釣り竿の仕掛けの先端の針に片足を引っかけられ、ぴくぴく跳ねながらぶら下がっていた。梅雨の間、毎日自分を見ていたカエルたちのうちの一匹だということは伊佐夫も考えなかったわけではないが、「悪いな」「ごめんな」と、うわのそらの謝罪だけですませた。そして、大きなタモを畦に置き、釣り竿を手に、板でせき止めてある用水路をそっと覗き込むのだが、梅雨明けを予感して一斉に田に出てきていた垣内の人びとがその振る舞いを見とがめないわけがなかった。

そら、上谷の伊佐夫がまた何か始めた。あそこに鯰がおるんや。大事に飼うてたのに、獲って食う気やろか。誰が料理するんや。それよりほんまに釣れるんか――？　口々に交わされた呟きが互いに伝播し、増幅されてゆく間、人びとは二十年以上も昔、伊佐夫と昭代の夫婦が用水路のウシガエルを捕まえようとして棚田の畦で大騒ぎをしていた光景を思い出したりもしたが、そのあと昭代が手際よく捌いて唐揚げにしたウシガエルの足や身をお相伴に与ると意外に美味だったものの、何やら上谷の女の奇矯な晴れやかさに当てられるようだった夏の日が、また一寸甦ってきたかと思ったのかもしれない。誰からともなく畦の伊佐夫を覗きに集まってきて、見る間に四、五人の人だかりができていたものだった。

あ、おる。でかいな。雌か。シッ、静かに――。

鯰は耳がいい。人間たちの話し声に聞き耳を立てながら、用水路の縁に繁った田芹の陰から小さな丸い眼を覗かせて空を見つめ、片や伊佐夫はその鼻先にテグス付きのアマガエルをそっと下ろしてゆく。すると、水面すれすれのところで息を吹き返したカエルが勢いよく跳ね、水の縁から眼を凝らしていた鯰がゆらりと尾びれをくねらせると、見物人たちはぞくっとして息を呑む。伊佐夫はさらにテグスを水面に近づける。釣り針に引っかけられたカエルの視界は水の下の鯰と水の上のテグスと人間たちの間で引き裂かれたはずだが、所詮小さなアマガエル一匹、あまりに無力ではあった。水の下の鯰の眼がちらりと動いたかと思うと、水の壁を突き破るようにして一気に跳ね上がってくる灰色の塊があり、おおっという人間たちの声があり、田芹の緑があり、薄く晴れてゆく空があり、アマガエルは一瞬ふうと溜め息をつく。

あ、かかった！　そら、じわっと引け。焦るな、じわっと引け、と外野の声が飛ぶ。タモ！　そこや、そこ！　タモ入れろ！　伊佐夫がじわりとテグスを引き、外野の一人が用水路の縁にタモを突き出すと、鯰は呑み込んだご馳走に満足したか、人間たちのはしゃぎっぷりに当てられたか、するりと網に収まって空中を運ばれ、畦の草の上ですぐに釣り針を外されたあと、食いかけのご馳走と一緒に即席のビニールプールに入れられた。

それを代わる代わる覗き込みながら、凄いな、久しぶりに見たわ、これどうするんや？　あらためて口々に言いだす人びとのなかには、いつの間にか下の道路にレッカー車を停めて田んぼまで上がってきた松野の顔もある。何を騒いどるんかと思うたら、鯰か。美味そうやな。松野は早速言い、誰が食うて言うた、半坂の川へ放してやるんや。伊佐夫が応じると、半坂より本郷の溜池はどうや。宇陀川でもいいやろ。あかん、あかん。これだけ大きかったら釣り人に狙われるわ。また外野の声が飛び、ビニールのなかで当の鯰はじっとそれを聞いている。べつに観念したわけではなく、明るいところに出されて動転していたのと、このひと月というもの、いつも見てきた仏頂面の伊佐夫がいまは一寸自慢げな顔をしているのに気を取られ、よもや自分をめぐる話だとは想像もしないまま、いったい何があったのだと訝っていただけだ。それにここは鯰の自分にはだいぶん明るすぎるし、少し息苦しくもある。

ネコ車の上のビニールプールのなかで鯰がぶるんと身震いする。あ――こいつ酸欠に弱いんやった。松野さん、手伝うてくれ。それから、みんなありがとう。伊佐夫は口先だけの礼を言うやいなや、袋状のビニールの口をアルミテープで留めて、釣り竿やタモを畦に放り出したままネコ車を押して農道へ降りてゆき、なにかと集落を騒がせる上谷劇場の第一幕はそこで幕となった。そして拍子抜けした隣人たちが各々の棚田へ帰ってゆく一方、第二幕は修理工場の松野を相手に繰り広げられることになった。観客は鯰一匹。

眉神社の前で伊佐夫は松野に手伝わせて軽四輪の荷台にネコ車を縛りつけ、その上に載せたビニール袋が落ちないようアルミテープで頑丈に張り付けた後、その軽四輪を松野がレッカーにつないで集落を出発した。十七年前と同じく県道を回って半坂へ上がってゆく五分ほどの時間は、いったいどういう走り方をしたらマフラーがちぎれるんや、脱輪でもしたんかと松野が悪態をついたほかは、タイミングベルト切れだのオイル漏れでの劣化だの、昔とほとんど同じ話が交わされ、伊佐夫も牽引されている軽四輪の荷台を気にしながら、ちゃんと調べてくれなかったら金は払わんからと、まったく同じ返事をして過ぎた。

そして半坂の集落へ入ると、薄日の気配のある曇り空の下、昨日までの雨を含んだ棚田が緑の絵の具を流したようにべたりと広がっており、梅雨明けを見込んで農作業に出てきた人びとの姿を呑み込んで、やはり真空かと思う静けさだった。そして、杉山に沿って走る集落の道を下りながら、レッカーの車窓から反対側の山裾を流れる川のほうを眺めたときだ。何かが伊佐夫の眼に沁み込み、ハッとしたというよりは、もっと鈍い記憶の揺れのようなものを感じたのだが、自分が何を見たのかも分からない。通りすぎてゆく景色を首をひねって眼で追っていると、何かあるんかと松野が言い、何か見えたような気がするんやが——、伊佐夫が応えると、鯰に足が生えて歩いとったか、などと嗤って松野は相手にしない。そうだ、たぶん気のせいだと思い直し、あらためて荷台の鯰は大丈夫かと車窓から頭を出して振り返るうちに、レッカーは小峠を越えて工場の前に到着していた。

伊佐夫は急いで軽四輪からネコ車を下ろすと、半時間で戻るから見積もりを頼むと松野に告げるやいなや、鯰のビニールプールを積んだネコ車を押して小峠に戻り、そこから元来た道を逸れて川沿いの畦道に入ってゆく。つい先ほどレッカー車のなかから何かを見たと思った辺りだということも、しばし頭にはない。それよりも、少しでも早く鯰を放してやりたい一心で川べりの草地を急ぐ間、近くの田んぼに出ている集落の人びとには「おはようございます、漆河原の上谷です」「うちの田んぼに流れてきた鯰ですんや」と適当に言葉をかけ、ビニールを覗き込む者には「うちの屑神社の宮司さんがこれを見て言うには、半坂から来た田んぼのカミサマやそうで——」などと大嘘を並べ、獲って食ったらばちが当たるぞと言外に脅しながら、鯰を放つのに適した泥の浅瀬を眼で探す。その間に、またふと何かを見て〈あれだ〉と思ったのだが、何が〈あれ〉なのかはやはり分からなかった。

そのまま、川の縁に小さな白い花を咲かせているゲンノショウコの群落に行き当たると、とくに深い意味もなくこのへんでいいだろうと決めてビニールの口を塞いでいたテープを剥がし、ネコ車を水面に向けて傾け、ほらと一声かけた。すると、鯰はビニールに入っていた水と一緒にそのまま滑り落ちて草陰に沈み、たちまち水音も消えて水辺はしんと静まる。

伊佐夫は数秒その場に立ち尽くしたが、いましがたまでいたものがいなくなった空白の感じもすぐに分からなくなり、空になったビニールをネコ車に載せ直して再び畦を歩きだした。そして、数歩進んだところでふいに草地の一隅で点々と揺れるオレンジ色を眼に留め、さっきから見えていたのはあれかと思う間もなく、どこかで見た――と自分に呟いているのだ。野辺にひと抱えほどの株をつくって自生し、ちょうどいまごろオレンジ色の百合に似た花をつける野《の》萱草《かんぞう》は、とくに珍しくもない夏の野の草だが、草地の少ない漆河原では見られない。いま伊佐夫の眼が捉えたそれは、休耕田の畦沿いに十メートルほどにわたって群生し、草の緑のなかに鮮やかなオレンジの帯をつくっていたが、昔から萱草の花は茹でて酢味噌や三杯酢で食う。伊佐夫はふいに昭代が食卓に並べた萱草のぬるりとした舌触りを甦らせ、次いでどこかで摘んできた萱草の花が溢れだしていた買い物かごと、それを手に提げていた昭代の水色のワンピースなどを思い出して、茫々となった。

だって、あなたがこんなに早く帰ってくると思わへんもの。半坂のトミさんのところでお菓子をいただいて、帰りに萱草の花が咲いていていたからそれを摘んで、ぶらぶら歩いて帰ってきたら、あなたが下の道にいるんやもの――。だからどうだというほどのことではないが、ほんの少し不愉快だというふうな口調でそんなことを言いながら、昭代がテーブルに置いた小鉢に入ったオレンジ色の酢味噌和え。そう、自分がゴルフから早めに帰ってきたあの日。軽四輪が故障してレッカーが来たとき、近畿自然歩道の端に昭代が立っていた日。当時は気づかなかったが、十七年前のあの日から野萱草はここで咲いていたのか。しかし、トミさんというのは誰だ？　あの日昭代の話を聞いていた自分は、トミさんという人を知っていたのか、それとも知らないまま聞き流したのか。伊佐夫は一瞬のうちに思いがけない位相に呑み込まれており、何らかの意味があるのかないのかも分からない記憶を遡ろうとする端から、当の記憶の一部があらかじめ欠けていることに戸惑った。事実、十七年前のあのときも下の道から見上げた昭代の顔は表情がよく見えなかったのだが、夕食の食卓をはさんで向き合ったときの顔も、そこだけ紗がかかっているかのようではっきりしない。

否、それだけではない。耳に甦ってきた昭代の声もいつもとは違う。毛鉤が跳ねるような、誰もが皮膚をくすぐられるような楽しげな声ではない。それどころか、こんな声色も出せるのかと耳を穿たれた、ざらざらした粗い声。しかし、その日に限って昭代はなぜそんなに剣呑だったのか。それはもちろん、亭主の自分が何か彼女を不快にさせるようなことを言ったからだろう。では、自分はいったい何を言ったのか――？　伊佐夫はたったいま背中に昭代の憤然とした視線を浴びたような幻覚を覚えながら、心臓を締めつけられて焦り、思い出せるはずもない大昔の諍いの発端を探り当てようとしてさらに焦る。自分が先に何かを言ったのなら、自分のほうこそ不機嫌だったということだろうか。しかし、不機嫌の原因は何だ？　せっかく早めに帰ってきたのに昭代がいなかったから？　軽四輪が故障したから？　否、そんな下らないことで八つ当たりなどしない。しかし、それではほかに何がある。半坂か？　否、何者なのかも知らない半坂のトミさん云々など、理由になるはずもない。

ひょっとしたら、昭代のほうが先に何か言ったのだろうか。しかし、何を？　否、そうだとしても、言われたほうも受け流しはしなかったからこそ不機嫌の応酬になったのだとすると、双方がなにがしかの不満の種を抱えていたということだろうか。しかし、あのころは陽子の留学が決まり、費用の工面も済み、これで子育てはひとまず終了した、これからは夫婦で少しのんびりしようかと喜び合ったばかりではなかったのか。伊佐夫は一連の記憶のどこに大穴があいているのかも定かでないまま、諍いとも言えないほど隠微な夫婦それぞれの不機嫌のさざ波に包まれて野辺に立ち尽くし、さらに執拗に記憶を巡らせる。もちろん、二十年以上も夫婦をしておれば、些細な行き違いや生理的なずれはあったし、互いに相手を十分に理解していたというより、むしろ違いや齟齬に眼をつむることで破綻せずにきたのかもしれないとも思うが、それでもわりに大雑把で直情的な昭代は、ときに頭に血が上ってもすぐに冷め、根にもつこともない女だったのだ、と。では、あの日夕飯の食卓に萱草の酢味噌和えを並べながら、何やらぶつぶつ文句を言ったというのは自分の記憶違いだろうか。ほんとうはもっと違う声、違う話だったのだろうか。あるいは、文句を言ったのはべつの日だったのだろうか？

伊佐夫は畦の野萱草のオレンジ色を眼に沁み入らせたまま、ほぼ半時間もかけてやっと一つ自分に言い聞かせていたものだった。年初めに昭代が死んでから、ほんとうは山ほどあったはずのいやな記憶はほとんど甦ってこず、可もなし不可もなしの散漫な日常の断片がほろほろと剝がれ落ちてくるばかりだったことを考えると、これは昭代ではなく自分自身に起きている何かの変化なのだろう、と。仮に昭代が先になにがしかの不満を洩らしたのだとしても、もともと気が利かない上に関心のない事柄にはまったく聞く耳ももたない、娘に言わせると《歩く電柱》らしい婿養子の自分のほうに、何らかの非があったというものだろう、と。だいいち夫婦どちらに非があったにせよ、当の片割れが死んでしまってから夫婦ゲンカ一つの理由を確認していったい何になる。そうしてあらためてネコ車を押して農道を戻り始めた伊佐夫だったが、その胸にはまたすぐに否——の声が響いてくる。

意味がない、だと？　こうして知らぬ間に引き寄せては数日数十日と引きずり続けている己が記憶に、まったく意味がないということなどないだろう。むしろ、いつも予め意識の底で分かっていることを眼や耳で追認しているような気がする、というのがほんとうのところではないのか。かつてこの眼に見えていたものから年月を経て剝がれ落ちた意味の片々を、いま一度拾い集めて記憶の引き出しに収め直すよう、生き残っている者の背中を押しているのは、この山間のそこここに息づいている死者たちであり、自分もいよいよ彼らと交感する年回りになったということなのだ。もっとも、そのわりには日に日に薄れる記憶と甦る記憶が渾然とするばかりで、何が真実だったのかますます分からなくなり、そのつど柄にもない寂寥感がやってきて不機嫌になる。そう、昨日今日もちょうどそんな心地だったのであり、それ以上でも以下でもない。

伊佐夫がネコ車と一緒に小峠の下の自動車修理工場へ戻ると、ジャッキアップされた軽四輪が作業用の馬に載っており、エンジンカバーやクラッチカバーが外されて、すでに半ば解体状態だった。伊佐夫さん、きちんと調べなんだら金払わんて言うからなあ。それで鯰さんは機嫌よう川へ帰っていったんか？　松野の三代目は長閑に言い、素人が見ても破断寸前のひび割れたタイミングベルトをほいと投げてよこす。次いで、ブレードの欠けたウォーターポンプ。洩れたオイルがこびりついて黒い泥の塊のようになっているシリンダーヘッドのガスケットに、カムとクランクのプーリー。オイルシール。あ、これも。パッキンが潰れとると言いながら、ディストリビューターが外される。さらに摩擦板がぼろぼろに欠けてリベットが剝き出しになっているクラッチディスクを放り投げ、ようこんなんで走ってたな、と嗤う。そうやなあ、マフラー交換とクラッチ交換も入れて、レッカー代と工賃込みで十二万でどうや？

しかしそのとき、伊佐夫の耳には思ってもみなかった十二万という金額が突き刺さっただけで、頭のほうはほとんど回っていなかった。十二万？　ひとまず聞き返しながら、足下に転がっている真っ黒なプーリーの塊を拾い上げ、こんなのは油を落として清掃したら使えるやろと言ってみたが、内側のダンパーがいかれとるからあかんという返事がある。それを聞いて、伊佐夫の耳の奥ではまた急に寂寥感が湧きだし、ひんやりとした風になって身体のなかを吹き下ろしていった。確かに、シリンダーヘッドのガスケットとプーリー以外は自分で分かっていた故障個所でもあったし、松野の三代目がむしろ商売下手で工賃が安いことも承知していたが、理性とは裏腹に「それでいい」という一言が出てこず、交換する部品の見積もりを出してくれへんかな、などと口にしている。すると松野も、知り合いのよしみで特別に安い値段を出しているのにという顔をして、そら出さんこともないけど細かいなあ、と応じる。そして、細かいと言われたのが伊佐夫はまた少し神経に障って、ディストリビューターのパッキンなんか四、五百円のものやろ？　先代のキャリイのときは、ついでにキャップやローターヘッドも一緒に交換しておいた言うて、部品代だけで五千円も取られたからな、などと言わずもがなのことを洩らしている。それには松野が、いったいいつの話やと呆れたような苦笑いを見せたが、そのとき伊佐夫もあらためて、そうか、ゴルフから戻ってきたら昭代が家を空けていて、自分は故障した軽四輪の修理に行ったあの日のことだったと思い出しては、いつの間にかまた昭代との不和の記憶へ引き戻されている自分に驚く。

ほら、十七年前の夏の夕方。あんたがレッカーで引き取りにきてくれて、ぼくも同乗してここへ来た日。覚えてへんか？　あの向こうの草地に土地の者ではない男が立っていて、あんたが言うたんや。弟の同級生で車のディーラーをしている男や、て。営業をかねて車検に来とるんや、て――。伊佐夫は言い、松野は車体から顔を上げて数秒記憶をまさぐるような顔つきになる。弟の同級生いうたら、近藤モータースの近藤かな――。もうずっと昔に名古屋へ移って、それから病気で死んだて聞いたけど、それがどうしたんや？　どうもせんけど、昨日から夢に出てくるんや。ところで半坂のトミさんというのは知らんか？　伊佐夫がさらに話を広げるうちに、松野のほうは作業場の隅の流しで汚れた手を洗い始めていた。トミさんいうたら、昔あんたのとこの山で働いとった田崎の上さんやろ。それがどうしたんや？　そう聞かれて、伊佐夫は返事につまり、それも夢に出てきたんやけど、誰やったか思い出されへんから聞いてみただけや、と言葉を濁す。

ふうん、そんなんで弱気になってたら、俺なんかどうなる。ついこの間なんか、知らん人間から、知らん人間が死んだていう喪中ハガキが来て。世のなかにこんな間違いをするアホがおるんかと思うて、近所の幼なじみにハガキを見せたら、知らん人間いうことがあるか、中学校の恩師やないか、て――。あ、それで十二万でええんか？　ええんやったら部品を発注するけど。松野は言い、伊佐夫はそれで頼むと応えてから、また口のほうが先に動いて、それでそのトミさんはまだ元気にしてはるんか、とさらに尋ねていた。すると、もうだいぶん前に亡くなって、家も空き家や、いまは羽曳野の息子夫婦がときどき田んぼの世話に帰ってくるだけで、という返事がある。

そうか、もう鬼籍に入っている人か。少し肩すかしを食らった気分になったが、そもそも伊佐夫はトミさんという人物自身に興味があったわけではなかったし、これも十七年前にあの草地に立っていた男と同じく、見ず知らずの他人についてのありふれた世間話の一つに過ぎないと思い直した。しかしそれにしても、たびたび夢とうつつの境に立ち上がってくるあの何者かには、「近藤」という名前があったのか。ならば、あの草地の男は夢ではなかったということか。しかしそうだとすれば、あのとき松野はなぜ、こちらと眼が遇うのを避けるような素振りをしたのだ？　あるいは、これらはみな自分の記憶違いなのだろうか――？

あ、代車は？　背中に松野の声が飛んできたとき、伊佐夫はもう作業場を出て帰ろうとしていたところで、ネコ車を預かっといてくれとだけ返してそのまま歩きだした。するとその眼はたちまち誰もいない隣の草地へ、小峠へ、トミさんとかいう死者の田んぼへと彷徨いだしていったが、伊佐夫はそうして記憶の片々を拾おうとしたのではない。それらは、じっとしていても襲いかかってくるというほうが正しく、伊佐夫は逃れる代わりになおも眼と耳と鼻孔を開いて、ときに傍観者になり、ときに当事者になって、記憶の幕屋を出たり入ったりするのだ。たとえば小峠を戻る途中、野萱草のオレンジ色は伊佐夫の眼のなかでまた、花を茹でた酢味噌和えになる。新婚間もないころ、食卓に出されたそれを気味悪くて食べられないと言うと、次の日には天麩羅になって出てきて、なるほど昭代は亭主が顔をしかめるのを面白がっているが、ほんとうは自分のつくった料理を食べられないと言われて愉快ではなかったのかもしれない。また、陽子がまだ小学校に上がる前のある日、芳野川の河川敷でノビルを摘んでいたとき、陽子が野萱草の花を見つけて、お父さんの嫌いな花！　と笑いながら逃げていった姿もふいに過ってゆく。その向こうでは、日傘を差した昭代が道端からこちらへ手を振っている。伊佐夫さんも陽子も上がってきて！　アイスクリーム食べよ！　あのとき食べたのは、国道沿いの食料品店の店先の冷凍ケースに入っていた雪印かロッテのカップアイスだ。

ねえ伊佐夫さん、あのこと考えといてくれはった？　もう時間がないんよ。出願の説明会が十月やし。受験させるんやったら、夏の間に塾へ通わせなあかんし――。昭代は春先に、額井の分家のほうから、陽子ちゃん、頭がええのに奈良女子大附属へ入れへんのですかと言われて、うちは公立しか考えてませんのやけどと口では応じたものの、急にこころが動いたらしく、伊佐夫にどうするか決めてほしいと言うのだ。そして、伊佐夫が自分は公立でいいと思うと応えると、自分の娘のことやのにもっと真剣に考えてほしいと口を尖らせ、じゃあ受験させるだけはさせてみたらと言うと、親がそんな中途半端な心構えで試験に受かるわけがないでしょう、とさらに声高になる。ああ否、日傘の下でカップアイスを食べながら洩らした声はまだまだ長閑で、人並みに子どもの教育のことであれこれ思案しているこの時間をむしろ愛撫していたいというふうだった。そして、呑気な父親は父親で、娘の小学校受験云々の話を耳半分に聞き流しながら、実は、三重の松阪にある農業研究所の土壌モノリスを見に行く時間をなんとか工面できないかと考えていたりしたのだ。

だって、あなたがこんなに早く帰ってくると思わへんもの。半坂のトミさんのところでお菓子をいただいて、帰りに萱草の花が咲いていたからそれを摘んで、ぶらぶら歩いて帰ってきたら、あなたが下の道にいるんやもの――。

　そうだ、あの日、まるで亭主がいつもより早く帰ってきたのが悪いといわんばかりだったのは、昭代が家を空けていたことについて、亭主の自分が何かの理由で咎めたことに対する応答であったに違いない。昭代には昭代の自由があり、付き合いもあることぐらい自分は理解していたはずだが、にもかかわらず不在を咎めた理由は何だ？　そのころ何となく外出が増えているような気配があったということだろうか。どこにいてもぼんやり突っ立っているだけの《歩く電柱》でも、さすがに不穏なものを感じていたということだろうか――。たぶんそうかもしれないし、違うのかもしれない。そこにいたのが昔と同じではない昭代であり、自分であったことだけは確かだが、いつごろからそんなふうになったのかもすでに分からない以上、互いに変わったこと自体どこまでもあいまいでしかない。

　お父さんの嫌いな花！　幼い陽子の笑い声がまたその辺を駆け去ってゆき、伊佐夫は新たな寂寥の塊に襲われながら、萱草の花が咲く半坂の野辺を立ち去った。そして、漆河原へ通じる山道からさらに上谷の杉山に分け入り、朝見回ることのできなかった茶畑に出ると、茶の木の発する精気と、脳髄に直に沁みるような蜩の声に包まれて少し気分が晴れていった。昨日までの雨が過ぎて日が差し始めた空の下、山の空気は、艶やかな分厚い葉たちが一斉に光エネルギーを吸収して光合成をするざわめきに満ち、土の下では深く張った根が夏にかけてさらに伸びようとひしめき合う気配がある。そのただなかに立っているだけで、自分の電柱のような身体も細胞が振動し始めるような感じがする。あのね、ここにいるとね――なんか、むずむずしてくる。木の精力やろか。ねえ、そんなことあらへん？　いつだったか、そんなことを囁きながら身体をすり寄せてきた昭代は三十二、三だったろうか。

それから、明るさを増した風が杉木立を掻き鳴らして茶畑の上を吹きわたってゆくと、そのざわざわはまた数秒、茶の木の茂みを掻き分けて半坂へ抜けてゆく者たちを呼び戻し、伊佐夫はまたぞろ、あの日の昭代もトミさんの家へ行くためにここを通っていったのだろうかと考えていたが、ワンピースを着ていたのにわざわざ近畿自然歩道を逸れて茶畑に入る理由はない。してみれば迷路に入り込んでいるのはやはり自分のほうかと、伊佐夫はひとり苦笑いする。死んだ者たちをこんなにぐずぐずと引きずりながら、おまえはいったい何をしているのだ、と。否、引きずっているのではなく、引きずられているのだろうか。あの夏の夕方の一幕に登場した者のうち、半坂の「近藤」も、トミさんも、昭代もみなすでに亡い。ひるがえって、意味があるのかないのかも分からない不完全な記憶に襲われ続けるのは、生き残っている人間の、生き残っている意味というものに違いないが、その一方で、死者たちのほうもあえて欠けたところだらけのあいまいな記憶のなかに逃げ込んで、完全な姿をさらそうとはしない。捉えられることを拒絶し、触れられる寸前で逃げてゆく気体のように現れたり消えたりしながら、生きている者になにがしかのサインを送ってくるだけだ。見よ。気づけ。聞き取れ。思い出せ、と。そうして促されるままに接近すると、何をもってしても埋められない穴や、深い霧のなかに逃げ込んでしまい、生きている者には不全感と寂寥だけが残される。

しかし、そう述懐する伊佐夫を少し離れたところに立って眺めてみると、本人はその不全感や寂寥さえ糧にしてしぶとく黙々と生きている、と言うことも出来た。むしろ欠落しているものを記憶と呼び、欠落にこそ執着しながら、だ。昨日朝の軽四輪の不具合に始まったこの二十九時間も、そうしてあれこれの欠落を探り出し、覗き込み、慰みに「近藤」と「トミさん」という名前を拾いなどして過ぎたのであり、だからどうだという話でもなく、その生活に新しい展開があったわけでもなかったが、結果的にずいぶん野良仕事に精を出した格好ではあった。

そして正午前、漆河原の集落まで降りてきた伊佐夫の頭上には、かっと晴れ上がった夏空があり、ジジジと油蟬が鳴きだす。梅雨明けである。

4

七月末、中干しを終えて再び浅く水が張られた盛夏の棚田は、稲の葉の色も分蘗期よりわずかに青みが薄れて日に日に明るくなってゆく。出穂二十五日前の前後のこの時期には、どの農家も毎日、早朝の田んぼで生長のよい株から主稈を一本抜き取り、根元を割いてなかに幼穂が形成されていないかを確認して回る。田んぼによって株によって多少のずれはあるが、半透明の白い綿毛に被われた幼穂の二次枝梗原基がほんの一ミリほど顔を出しておれば、笑みの一つもこぼれ出て、原基が三ミリか四ミリに育つ数日のうちに、いよいよ穂肥を施す予定日がカレンダーに書き込まれる。

年々気が早くなってゆく伊佐夫は、中干しをした田んぼに最初の走り水を入れるやいなや、まだ早いやろと垣内の人びとに呆れられながら、顕微鏡レベルで穂の分化が始まる出穂三十日前から葉の色と幼穂の有無を調べ始め、結局、出穂二十六日前の七月二十九日の朝に西の田一枚で長さ一ミリ弱の二次枝梗原基を発見することとなった。葉の色もほぼカラースケールの《3・5》となり、これも葉鞘に蓄積したデンプンが追肥に適した量になったことを示していた。ひとたび原基が形成されたあとの幼穂の成長は早く、二日後には穎花《えいか》原基の分化、六日後には雄蕊・雌蕊原基の分化が始まる。そうして伊佐夫は早速日数を数え、手作業になる穂肥の散布は八月三日と十三日の二回と決めて、その日のうちに小学校に貸している三枚を含めた六枚分の化成肥料の準備もした。

この時期、伊佐夫は出穂の日をこころから待ちわびながら、自分でも気づかぬうちに活動過多の躁状態になる。二十九日の朝は、幼穂を確認してひとり小躍りしていると、近くを通りかかった区長の堀井が、道つくりは今度の日曜やから頼みましたで！　と威勢のいい声を飛ばしていった。毎夏、お盆前の日曜の昼前に集落の男が総出で農道や林道と屑神社の整備をし、終えたあとには女たちが簡単な肴を用意して酒を呑む。伊佐夫自身はそれほど呑むわけではないし、垣内の付き合いは何であれ気が重いほうだが、そのときは年中行事の道つくりの一語になぜかこころが跳ね、身体が浮き立つのを感じた。また道つくりと前後して、毎年八月四日には榛原下井足《しもいだに》で大きな花火大会があり、十六日には菟田野《うたの》の宇太水分《うだみくまり》神社で盆踊りもある、その賑わいが一瞬耳の傍で沸き立ったのだろうか。貝の口に結んだ半幅帯に団扇をさした浴衣姿の昭代が、カラカラと下駄を鳴らしながらそのへんを過っていったのだろうか。否、昭代の事故以来、足を運ぶこともなくなった夏祭りそのものではなく、骨か内臓のどこかで起きた季節の記憶の体性反射のようなものか。そう、その場で自身の気分を解剖することまでしていたのも、まさに躁の為せるわざではあった。

それから、杉山の上に日が昇って油蟬が鳴きだし、最初の汗が噴き出すころ、宮奥の久代が、孫娘の子守がてら土用に干した伊佐夫の裏庭の梅干しと煮物などを届けにやってきた。そのとき畦の草刈りを始めていた伊佐夫は、農道に軽自動車を停めた久代に向かって、うちの稲の幼穂が出ましたよ！　と珍しく自分のほうから声をかけていたが、へえ、もうそんな季節やったかしらと言いながら畦に上がってきた久代の顔には、それがどうしたと書いてあった。伊佐夫はそれを眼の端で捉えたもののすぐに忘れて、去年は未熟米が多かったから、今年は籾数を抑えるよう穂肥を調整しようかと思っているんですが、などと舌が回るままに続けており、伊佐夫さんの米づくりは理科の実験なんやから、何でも試してみはったらよろしいやないですか、と久代は身もふたもない返事をよこす。しかし伊佐夫のほうも、施肥の仕方など本気で相談しようとしたわけでもなく、ほれほれアーちゃん、今日も暑いぞ、おばあちゃんにアイスクリーム食べさせてもらいや、仏頂面の幼女に笑いかけ、いややわ、伊佐夫さんがそんなに上機嫌やと雹が降る、と久代も苦笑いした。

もっとも、躁のときの上機嫌ほど当てにならないものもない。それより――と言葉を継いだ久代の声の、かすかな苛立ちがさざ波になって伝わるやいなや、話を聞く前から予定外の雑事が紛れ込んでくるのを察して伊佐夫の気持ちはたちまち翳ってゆく。草刈り作業に戻った伊佐夫の傍らで久代曰く、今朝、陽子ちゃんからうちに電話がありましたんやけど。実家のほうは、いつかけてもつながらへんからって。

不快その一。陽子が実家ではなく宮奥へ電話をかけてきたこと。不快その二。たまに娘が連絡をよこすときは面倒な話があるときと決まっていること。不快その三。そういえば、こちらは実の娘や孫の声をもう四カ月も聞いていないこと。それにしても、薄く紅を引いた久代の頰は角度によっては昭代のそれと生き写しで、ふとした拍子に薄い皮膚の下の脂肪のひんやりした手触りが甦ってきて背筋がざわつく。

電話がつながらん、いうことはないでしょう。夜は家におるのに。伊佐夫はひとまず反論したが、いまどき携帯電話を持ってないほうが悪いとすぐに久代に言い返された。それで電話の用件ですけど、国立の由紀夫さんがもう長くないとかいうことで、奥さんが陽子ちゃんのところへ電話をかけてきはったんやそうですよ。そうそう奥さんも、漆河原はいつ電話をかけても留守やからて言うてはったとか。そういえば由紀夫さんの奥さんというと、姉さんのお葬式に来てくれはった、あの背の高い人でしょう？　旦那さんの具合が悪いのに、義理堅いことで恐縮しましたけど。ともかく陽子ちゃんは、実のお兄さんのことでもあるし、生きてはるうちにお見舞いに行ったらどうかとお父さんに伝えて、いうことでしたよ。

もう長くないと言われて三年目です。あとで先方へ電話してみます。伊佐夫は適当に応えて草刈り機を動かし続け、甲高いモーター音をものともせずに久代はまた、それより――と言いだす。母親の初盆やのに、陽子ちゃんは帰って来いへんて言うてましたよ。仕事が忙しいのは分かりますけど、初盆ぐらいは顔を出すよう、伊佐夫さんも本人に言うてみはったらどうですか。どうしても陽子ちゃんの都合がつかへんのやったら、彩子ちゃんだけでも帰省できひんかしら。彩子ちゃん、もう高校生なんやし、東京から一人で来られるでしょう、などなど。久代の語調には、自分たちの代で上谷の家を絶やすことになるのを承知の上で一人娘を他家に出してしまった伊佐夫と昭代への、永遠の憤懣がひそんでいる。久代さん、無茶を言わんといてください。家にはぼく一人しかおらんのに、孫が帰ってきたら誰がご飯をつくるんですか。伊佐夫は一蹴してみたが、それにも即座に反論された。高校生なんやから、自分でご飯ぐらい作らせたらええやないですか、と。

まあ、帰ってきたかったら帰ってくるでしょう。伊佐夫は早々に切り上げるつもりで適当に返す傍ら、それにしても陽子というのはどこの誰だ、彩子というのは何者だと自問しており、名前と顔かたちが一つにならない見知らぬ人物の、名前の響きだけをやり取りしているかのような会話だと思った。四カ月間声を聞いていないというだけで娘や孫が実感を失ってしまうのは、これも歳のせいなのか、それとも昔から親兄弟との関係が薄かった自分自身の性格によるのか。どちらにしろ、帰ってきたかったら帰ってくるだろうと言う以外に言いようがないというのが、掛け値なしの現実だった。

あ、それから姉さんの初盆とお墓参り。八月七日で間違いないですね？　料理屋の予約、しはりました？　準備の手が要るということでしたら手伝いますから、言うてくださいね。お寺さんと親戚関係への連絡、お願いしますよ。久代はせわしげに言い残して立ち去り、伊佐夫はほっとひと息つくやいなや一段と高くなった油蟬の声と、草刈り機の唸りとカッターの周囲に飛び散る草の臭気のなかへ逃げ込んだ。道つくりに、穂肥の施肥に、昭代の初盆。初盆の前には仏壇と墓の掃除をして散髪をし、お供えの買い物に奈良市内へ出るついでに、啓林堂で長い夜を潰すための本を少し多めに買い込んで――といった胸算用をすると、八月の一週目のカレンダーは一層賑やかになり、東京の実兄の消息とともに忍び込んできた違和感は、少し薄れた気がした。土台、国立とは秋に米を送る以外に行き来もなくなって久しく、昭代の葬儀に東京から由紀夫の奥さんがやって来たことについては、義理堅いというより理解しがたい珍事というべきだったのだ。

国立の実家は、伊佐夫が上谷に婿入りしたあと、母の大病や、所有する賃貸マンションの火災に加えて、由紀夫夫婦の一人息子が交通事故で亡くなるという不幸が続いた。八〇年に母が死んだのを機に実家と疎遠になったのは、他家へ出た伊佐夫を由紀夫が疎んじるようになったことと、伊佐夫のほうにもなにかしら気がひけるところがあったことなどに因るが、歳が三つしか離れていない男兄弟など、長じて仲良くしているほうが希有だし、それぞれ家庭をもてばなおさら他人以上に他人となるのがふつうだろう。大宇陀の集落でも、長男が継いだ本家と次男三男が構えた分家はたいがい行き来が少なく、道つくりや氏子中や庚申講でも、むしろ垣内の家同士のほうが強いつながりをもつ。それに実の兄ではあっても、齢七十五にもなる爺一人の寿命が尽きそうだからといって、騒ぐほどのことだろうか――。伊佐夫は慰みに自分に呟いてみた傍ら、当人や生家に対する積年の疎外感はもちろん、佐野由紀夫という人物の輪郭さえいまやはっきりしないことに思い至って脱力した。今晩あたり、やはり電話だけはかけてみるか。そう、それから陽子にも。彩子はともかく、いったい夫婦の仲はどうなっている？　まだもっているのか、もうだめなのか。

伊佐夫は草刈りの手を止めて、ポケットから幼穂の出た茎を取り出し、高くなった日の下で二次枝梗原基の白いふわふわした頭をもう一度なめるように眺めた。これから次々に分化して生長し、やがてたわわな穂になる原基の、いまはたった一ミリの頭に見入るうちに、東京から伝わってきた重苦しさが霧散するのを感じ、重しの取れた頭には元気だったころの昭代の声が響く。幼穂の出た朝、走り穂の出た朝、開花の朝。出たよ！　出たよ！　見て！　花が咲いたよ！　そのつど嬉しげに畦から手を振り、高台の家にいる伊佐夫に吉報を知らせる歓喜の声。その周りで稲穂が高らかに波うち、夏の日差しの下で山も空も土も爆発する光と一つになる。見て！　見て！　穂が出たよ！　花が咲いたよ！

昔の伊佐夫は、稲の生長に一喜一憂する農家の気持ちを理解できなかったが、昭代の歓喜を通して、幼穂や出穂などのそれぞれがいかに大きな出来事であるかを学んだ。謂わば昭代の身体を通して田んぼがあり、米づくりがあったのだが、いまも見えない昭代の身体がそここに遍満しており、自分の身体と重なり合い混じり合うように感じながら、伊佐夫は田んぼに立っているのだった。事実、一ミリの幼穂を発見した朝一番の自分の歓喜は、昭代の歓喜が乗り移ったに違いなかったし、そのあと小まめに草刈り機を持ち出したのも、カメムシが田に入らないよう出穂前に畦のイヌビエを刈り取っていた昭代の身体であったのかもしれない。伊佐夫は誰もいない畦で、そら、幼穂が出たよ、と日差しに向かって独りごちてみる。すると、出たよ！　出たよ！　という昭代の声が重なり合って杉山に谺し、陽気な輪唱になった。

その夜、伊佐夫は由紀夫の奥さんが病院から戻る時刻を見計らって、由紀夫の青梅の留守宅へ電話をかけた。伊佐夫の住所録は、自身が引いた線で国立市内の実家の住所と〇四二で始まる市外局番の電話番号を消してあり、代わりに青梅市の住所と〇四二八で始まる電話番号に書き換えてあったためだ。思えば、十年ほど前に住所が変わったことを知らせるハガキ一枚が届いたとき、住所録の記載部分を訂正することはしたが、由紀夫夫婦が国立の実家を売却して青梅市に移った事情などは知る由もなく、面倒なので伊佐夫の周辺ではいまも「国立の佐野由紀夫・晴美」で通っている。

電話はその青梅のどこかへかかり、ひからびたかんぴょうを思わせる細い老女の声が「はい」と応じた。夜分あいすみません。大宇陀の上谷です。そちらはお変わりございませんか。陽子のほうへご連絡をいただいたようで、お手数をおかけいたしました。ぼくのほうも少々耳が遠くなりまして、電話が鳴っていても聞こえないことがあるようです。で、兄の容体はどんなものでしょうか――。ほとんどひと息で言う間、電話の向こうではこほこほと咳き込む気配があり、ついこの間まで伊佐夫自身の生活もそうだったのだが、病気の伴侶を抱えた逼塞の、夏の夜らしからぬ冷え冷えとした空気が伝わってきた。いいえ、こちらこそ陽子さんのほうへお電話を差し上げてしまって、かえってご迷惑をおかけしました。それに主人のほうも、もう長くはないのは確かなんですけども、今朝などは突然かっと眼を覚ましたかと思うと、鰻を食べたいなどと申しまして。まあそんな具合でございますので――。奥さんの起伏に乏しい声は、まるで予定の商品が入荷しなかったことを詫びる商店主のようで、そうそう、こういう物言いの人だったと、年初にあった昭代の葬式で対面した老女の姿や声を脳裏に甦らせる。

もっとも肝心の由紀夫の容体は今回もやはりあいまいしごくで、これは結局、臓器のあちこちに転移して増殖したり停滞したりしている癌細胞の実態に、最先端の医学の知見が届いていないということだろうかと思ったり、そうは言っても所詮、早晩死に至る有限の肉体の話ではないかと思い直してみたりした数秒の間に、屋根の上の夜半の山を陰気にくぐもったコノハズクの声が駆けていった。

そうですか。兄が生きている間に一度見舞いに行ければと思ってはおるんですが――。伊佐夫は言い、そちらも田んぼが忙しいのは承知しておりますし、いよいよというときにはあらためてお知らせいたしますのでと先方は応じて、結局見舞いに行くのか行かないのか、行くとしたらいつごろになるのか、病人の容体と同じように何もかもあいまいにしたまま、重苦しい電話を終えた。それから、ついでに娘夫婦の自宅にも電話をかけてみたが、午後十時前だというのに誰も出ず、留守番電話に切り替わったところでそのまま受話器を置いた。そら、おまえは四カ月も娘らの声を聞いていないと言うが、長く離れている人間とは、たとえそれが娘であっても、口をきくのが少し重荷に感じられ、緊張するというのが本音ではないのか。一瞬、そんな思いも過っていったことだった。そして、それに続いてフンヌエスト・ガーマネスト・エコエコ・ズンダラー・ラムラム王という呪文のような名前が一つ。フンヌエスト・ガーマネスト・エコエコ——。伊佐夫は数秒放心し、そうか、子どものころ由紀夫が親に隠れて読んでいた武井武雄の童話の主人公の名前だと思い出す端から、あまりの意味の無さにさらに放心した。ともあれ、ふだんは滅多に電話をかけるということをしない座敷に再び物音が絶えると、やがて電灯に群がる蛾の羽音と、梁や鴨居をかさこそと這うカメムシの足音が戻ってきて、伊佐夫の耳をやわらかく包んだ。一方、山ではコノハズクに代わって、ヒィ——、ヒィ——と細く糸を引くようにトラツグミが鳴き始める。山の夜が深まってゆく。

幼穂の二次枝梗原基が顔を覗かせてから二日後の七月三十一日、予定どおり穂先が〇・五ミリほど膨らんで穎花原基の分化が始まった。集落の棚田では一回目の穂肥を施す日が八月三日、もしくは四日といったところでほぼ揃い、天候も梅雨明けからそれほど高温にもならずに安定していたので、このままゆけばひとまず八月二十四日ごろに一斉に出穂を迎えることになる。

それまで集落の米農家に課された仕事は、穂肥の施肥と気温を見ながらの水管理だけであり、炎天下では畑仕事もまばらになって、お盆前の集落はしばしばしんと静まるが、その前触れとなる道つくりが今年も集落をあげて八月一日の午後に行われた。

伊佐夫たち集落の男十八名は朝から草刈り機のカッターを研ぎ、竹箒と手箕と鎌などを用意して、正午前に軽四輪や徒歩で屑神社に集まると、それだけで一寸した祭りの風情ではあった。もっとも、そこで誰かが出欠を取るわけでもなく、なんとなく垣内毎に分かれて三つの班ができると、それぞれ神社周辺と集落内の農道、林道、半坂へ通じる近畿自然歩道の受け持ちが決まって三々五々、雑談しながらゆるゆると移動が始まる。それから間もなく、集落の棚田とその周辺で草刈り機のエンジン音がいくつも湧きだしてゆったりと渦を巻きながら広がってゆく一方、草刈り機を動かす当の男たちと、各戸でそのあとの慰労会の準備に追われる女たちの耳の傍では、それらは山に谺しては打ち寄せ続ける夏の昼の眠たげな子守歌になる。

実際、伊佐夫がいつも軽四輪で行き来している農道では、高くなり低くなりする長閑な草刈り機の音に誘われたか、あたりを行き交う死者たちもしばし午睡に入ったかのようだったし、伊佐夫たちの間でときどき思い出したように交わされる雑談も少しずつ絶えて、誰もが黙々となってゆくのだった。そうしてときに顔を見合わせ、慎ましく照れ笑いしながら、男たちは雑念を払うようにして路肩のエノコログサやセイタカアワダチソウを刈り、用水路を侵略するガマやヒルムシロを浚え、ハウス用のビニールの切れ端や出所不明のゴミを拾い集めることに精を出すのだ。そして一時間もすると、あたりは刈り取られた草の臭気でいっぱいになり、それが棚田に広がってどこからか集まってきたヒバリたちが騒ぐ。その晴れ晴れとしたさえずりを背に雑草の消えた路肩を竹箒で掃くころには、各戸の女たちがそれぞれ寿司や煮物や蒲鉾などを区長の家へ運ぶ姿が見られ、ではこのへんにしましょうか、と市役所勤めの桑野が音頭を取って、年に一度の共同作業は終わった。

その後、近畿自然歩道の整備に出ていた者たちも戻ってきて、午後一時を回るころには堀井の家の開け放たれた座敷に男たちが集まり、持ち寄られた料理を囲んで缶ビールや日本酒が開けられた。伊佐夫は冷えたビールをコップに半分ほど呑めば十分で、代わりに手近に並んでいた柿の葉寿司を二つ、カボチャを一かけ、キュウリの漬け物を一切れと手をだした。ところが気がつくと、どこからか回ってきた紙コップに冷や酒を注がれ、まあいいかとひと口ふた口すると、たちまち額の内側がぼうと膨らんで熱を持ち、見えるもの聞こえるものがやわやわとふやけて滲みだしてゆく。今日はもう仕事もないので別段困るわけではなかったが、夏の午後を酔いつぶれて過ごすのも惜しい。ならば断ればいいものを、あまり付き合いが悪いと思われるのも本意ではなく、そうしてぐずぐずするうちに、酒が入って口が回りだした男たちに次々に話しかけられ、それがまた娘さんは帰ってくるんか、お孫さんは帰って来いひんのか、もう長いこと会うてへんなあ、昭代さんのお葬式以来か、といった具合で、ここでも久代の物言いと同じく、早晩上谷の家が絶えることについての集落の困惑の響きを聞き取りながら、うん、まあ、いや――と仕方なく言葉を濁し、またひと口、さらにひと口と無為な気分でコップ酒を舐め続ける。しかも、頃合いを見て逃げだそうと思ったときにはすでに遅く、足のほうがふらついて立てそうにない。かくして酒宴の只中でときどき垂れそうになる瞼をこじ開け、頭上を飛び交う話し声に埋もれて伊佐夫は漬け物石になる。

聞こえてくる話題に、耳新しさはない。息子夫婦ときたら――と誰かが言い出せば、最後まで聞かなくても大筋は分かる。別のところでは、孫の進学塾の費用を年寄り夫婦が出しているという話が聞こえ、その近くでは某老健施設の介護内容が云々といった話が聞こえ、そこに腰痛ならどこそこの整形外科が一番という話が割り込んでくる。かと思えば、区長の堀井の孫が秋にアメリカへ留学するらしい。するとどこからか、へえ伊佐夫さんのところと一緒か、金持ちは違うな、といった酔っぱらいの声が上がり、何が一緒なものかとこちらが作り笑いを返す間もなく話題はまたべつの地平へ飛んでゆく。大宇陀小学校に教育実習で来ている女子大生たち。介護ヘルパーの亭主のぎっくり腰。ほんに、あれは地獄やな。這うてトイレに行くだけで脂汗が出る。そういえば伊佐夫さん、胸のほうはどないですか。まあ、お蔭様で何とか――。そうしてまた話は飛び、大宇陀内原のパチスロ店の出玉が云々。近くの大宇陀西山の自称こだわりの蕎麦屋の味が云々。蕎麦よりどこそこの札幌ラーメンが云々。それから一寸くぐもった話し声は、農協の役員選挙をめぐる猟官運動の一件のようで、少し離れたところでは農協で幾ばくかの融資を受ける際の担保が云々という声もする。

そのうち、伊佐夫はぐらぐらする頭でふと思い巡らせていたものだ。自分が上谷の入り婿になってからこのかた、毎夏同じような話が繰り返されてきたというより、ひょっとしたらこの四十年間自分はここに坐り続けており、垣内の男たちも四十年間というもの、息子夫婦が云々、整形外科が云々、農協の融資が云々と話し続けているのではないだろうか、と。それとも、昨晩寝酒の代わりに古い文庫本を引っ張りだして読んだ上田秋成の『雨月物語』のなかの一編に、似たような趣向の話があったせいで、あらぬ感覚に襲われたか。否、これがあらぬ感覚だという根拠こそどこにある。その『仏法僧』という題の話では、息子連れの或る老隠居が高野山に参拝した折り、日も暮れた深山の燈籠堂で豊臣秀次とその家臣たちの風雅な酒宴が開かれるのを見るが、秀次も家臣たちも実は半世紀以上も前に自刃して果てているのだ。彼ら死者たちが、成仏できないまま数十年もの間、そうして人知れず夜陰の燈籠堂に上がって酒を酌み交わし、粛々と俳諧に興じ続けているという幻想は、酔いの回った伊佐夫の脳裏では幻想でなく、ついさっきまで一緒に草刈りをしていた男たちの現身と重なって、個別の名前をもたない男A、男B、男Cになる。代替わりしながら四十年もしくは五十年、百年と集落に暮らし、米をつくり、道つくりをし、酒を呑み、息子夫婦のことや腰痛のことや資金繰りについて話し続けている男A、男B、男Cだ。

そうして細めた伊佐夫の眼に、座敷の縁側越しに広がる棚田の光があり、酒宴のさんざめきと、盆地を渡る風の下でざわざわざわと鳴り続ける稲の海の波音があり、それらが伊佐夫の眼や耳の器官の、さらに奥深くにある海馬をそっと揺さぶる。四十年前は集落の世帯数はいまより六軒多く、世帯主の男は全部で二十四人いたが、そうした頭数の大小を除けば、ここでは四十年間時間が止まっており、ここにいる一人ひとりが男A、男B、男Cであると同時に、死者A、死者B、死者Cであるに違いない。あるいは、生き変わり、死に変わりして棚田に臨む座敷に坐り続け、単純でもあり、雑事まみれでもある山間の暮らしの、他愛ない日々のあれこれを話し続けるのは生者でも死者でもない、人の姿を借りたもののけかもしれない。

いや待て。そういえばここに欠けているのは女たちだ、と伊佐夫はまた新たな思いに駆られる。二十年ほど前までは、男たちの間を割烹着を着けた女房たちがお盆や一升瓶を手に忙しく行き来し、そのうちまあ一杯と女たちにも酒が勧められるうちに話し声も一層高くなって、そこここで艶やかな笑い声が沸き上がった。近年はどの家も代替わりし、若いお嫁さんたちの手間を省くために料理も簡素になったが、昭代が元気だったころは鯉を洗いにしたり、七色の和えものをつくったり、天麩羅を揚げたりと豪勢だった。鯰や鹿肉が出ることもあった。台所のことは伊佐夫には分からず、昭代が料理上手だというのも周囲から言われてそうかと思う程度だったが、料理の出来よりも、からりと日焼けした夏仕様の裸足でそのへんの畳を行き来していた昭代は、若い伊佐夫にとって、まさに道つくりの日の酒宴であり、区長の家の座敷であり、盛夏の暑さであり、集落の暮らしそのものだった。昭代の身体や動きや声や匂いを通過することなしには、ここでの暮らしのすべてが存在しなかったわけだが、いまも伊佐夫の細めた眼の先には、一升瓶を手に男たちに酒を注いで回る昭代の日焼けした脚がある。ほら、伊佐夫さんも一杯呑みはったら？　一升瓶を突き出されて、湯飲み茶碗を差し出す伊佐夫の耳元で、酔うたらわたしが背負うたげるから、と昭代が囁いて笑う。

伊佐夫さん、何をにやにやしてはりますんや。そう言って笑いながら、誰かが伊佐夫の紙コップにもう一杯酒を注いでゆき、いまのは男Aか、それとも死者Aかと数秒戸惑って伊佐夫は座敷を見渡す。そして、そこからさらに一転して、いま自分が探していたのは昭代の姿だろうかと訝ると、そういえばいつの道つくりのときだったか、昭代の姿が途中で見えなくなったことがあったのだと唐突に思い出し、かすかに冷気が湧きだすような悪寒を覚えた。昭代さんやったら、さっき頭痛がするとかで帰らはりましたけど、などと堀井の家人が言うのを聞きながら、頭痛というのは嘘だと突然考えていたのは、こちらの記憶違いだろうか。頭痛がしたという昭代の弁のどこが、どういう理由で嘘だと思ったのだろうか。否、それ以前に酔いの回ったこんな頭で何を、どこまで思い出せるというのだ。そうだ、昭代の姿が見えなくなったという記憶自体、いったいどこまで正しいことか。

伊佐夫の細めた眼のなかで少しずつ翳りが差してゆく座敷では、男A、男B、男C、あるいは死者A、死者B、死者Cの酒盛りが続く。伊佐夫は重くなってゆく瞼をこじ開けて眼を凝らしてみるが、そこに昭代はいない。垣内の女たちの姿もない。それを眺めながら、そういえばかの高野の燈籠堂の夜宴にも女はいないのだと思い至る。おおかた女人禁制の山だったから男だけなのかもしれないが、それならばなぜ高野なのか。歴史上、豊臣秀次の粛清では女たちも処刑されたのだから、本来であれば、せめて女たちも上がれる寺社で宴が開かれるべきではないのか——。どうでもいい結論を一つだしたと同時に、そうか、そういう話をしていたのは中学時代の陽子だったと思い出し、その端から伊佐夫の頭はまた少し飛んで、そういえばあれから陽子に電話をかけ直していない、と密かに溜め息をつく。

結局、伊佐夫は堀井の座敷で二時間ほど寝てしまい、家人に不調法を詫びてひとり辞去したときには、すでに夕暮れだった。少し寝たぐらいではアルコールも抜けず、草刈り機を担ぎ、ふらつく足で高台の自宅まで歩いて帰る十数分の間に、赤々と焼けた空の下で棚田の稲は黒い海になって沈んでゆき、蜩も油蟬も鳴き止んだ杉山はカジカガエルの声が谺するばかりとなった。そして、ひりり、ひりりりという声が、ゆっくりと坂道を登る伊佐夫の耳をしばし聾していたのだが、自宅の屋根が見えてきたあたりで今度は、ちりり、ちりりりという電話の音がそれに重なり、伊佐夫は少し慌てた。電話をかけることも、電話がかかってくることも滅多にない生活では、電話が鳴るだけで一寸緊張が走る。無意識に駆け出して玄関に飛び込むと、薄昏い板間の奥で出る者のいない電話がちりり、ちりりと鳴り続けており、一瞬、虫の知らせのような感覚が過るままに受話器を取ると、お父さん？　なんだ、留守かと思った、という陽子の乾いた声が聞こえた。いま国立の晴美さんから電話があってね、由紀夫さんが亡くなられたって。午前中に容体が急変したんですって。

——そうか。それにしても急だな。いやまあ、時期だけの問題だったから——。伊佐夫は驚きとも困惑とも違う浅い放心とともに口ごもり、一方それを聞き取った様子もなく陽子は早口に続けた。それでお通夜が明日の午後七時半で、お葬式が明後日の午前十時。場所は青梅の市民斎場。新しく出来た斎場ですって。私もお通夜には出させていただくわ。お父さん、もちろん来るでしょ？　晴美さんにはその旨伝えておくから。それからお通夜のあと、久しぶりだから食事でもしない？　彩子はテニスの合宿でいないけど。市内にかんぽの宿があったと思うから、予約しておくわ。斎場は宿泊もできるらしいけれど、いやでしょ？　じゃあ、ともかく明日は斎場で会いましょう。お父さん、私の携帯電話の番号を知っているわね？　じゃあ、気をつけて来てね。

伊佐夫はふと、山のような違和感の塊に押しやられるようにして受話器を置き、そのまま数秒立ち尽くした。宿などはどこでもいい。携帯電話も、こちらが持っていないのだから、向こうの番号を知っていても意味はない。それよりも、国立のほうとはほとんど付き合いもなかった陽子が、いったいどういうわけで佐野家の葬儀に出るのだ？　一応は伯父だった人物だからというのが理由だとしても、仕事が多忙すぎて長らく帰省もせず、たまの電話さえ通じない娘が、いったいどういうやり繰りをして時間をつくるというのだ？　伊佐夫は自分の想像力の及ばない地平を垣間見せられた戸惑いに押しやられ、娘と自分の間にある距離が年々広がってゆくのをあらためて実感しながら、まさしく電信柱になった。そうだ、三日に予定していた穂肥も一日延期しなければならない。そうなると、二回目の散布も一日ずらせるか。
　肝心の由紀夫の死は、その生前と同程度に現実感もなく、代わりに同じ血を分けていたことの意味の無さや、兄弟が一つ屋根の下で暮らした子ども時代の記憶の跡形もない、齢七十二の心身の無残についてなにがしかの思いが浮かんだが、それらも鮮明な輪郭があったわけではなかった。唯一、フンヌエスト・ガーマネスト・エコエコ・ズンダラー・ラムラム王という、暴力的なほど下らない名前を除いて。とまれ、明かりのない板間の薄闇に立っていると、すぐ外のカジカガエルの声に混じって電話の音が残響になって響いているように感じられ、伊佐夫はふと、昭代が死んだ一月八日の早朝には、自分もこうして親戚たちの家の電話を鳴らしたのだろうか、などと考えてみる。

　浅い眠りの縁で、伊佐夫の海馬からは土埃の立つ薄茶色の路地が呼び出される。路肩の草の向こうに小学校の木造校舎があり、ときどきオルガンの音や時間を告げる鐘の音が流れてくるのを聞きながら、就学前の伊佐夫は田んぼの畦でザリガニを釣ったり、路肩のぬかるみで泥だんごをつくったりする。口のなかには、祖母が水屋の奥に隠しているのを盗み食いした水飴の味の名残、あるいは嚙みつぶした仁丹の苦みがあり、頭上には寂しく伸びた松かコナラと、さえぎるものもない武蔵野の空がある。住所はまだ谷保村大字国立であったかと思う。伊佐夫の身体は手のひらを転がる泥だんごのひたひたとした手触りと、草の向こうの小学校から間もなく兄の由紀夫が出てくるかもしれない不安の間で引き裂かれており、恍惚には必ず不安がくっついていることを学習して妙な興奮を覚える。否、それよりも、学校の前で弟を見つけると、連れて帰らなければならないので兄が嫌がることを重々知りながら遊びに来ることをやめない自分は、悪いことを平気でする子どもかもしれないといった想像を楽しんでいたのだろうか。一方、生真面目な優等生だった兄は、泥だらけの弟の手を引いて帰りながら、友だちと遊ぶ時間を奪われた孤独や憤懣をその腹に溜め続けていたのかもしれない。兄はそのとき、弟に何か言ったか？　弟は兄に何か言ったか？　互いに叱責したり抗弁したりのケンカごしだったはずだが、自分の声も兄の声もそのときの顔つきや姿も、もう淡雪のようにかたちがない。

続いて伊佐夫は、今度は同じ時代らしい実家の薄昏い茶の間にいる。ささくれ立った古畳に尻をちくちく刺されながら、隠れて絵本を読むその先では、数学教師の父が成績のことで兄を叱りつけており、傍らには押し黙ったまま割烹着の裾を手でもみ続けている母親がいる。叱責の内容は定かでないが、兄はいつも学年で一番とか二番であることを求められており、家には年じゅう同じような父の怒声が響いていた。それが天井や梁や土壁にしみこんで家の空気をしんとさせ、要領よく逃げたり隠れたりして兄ほど厳しく躾けられなかった弟ですら、息をするのが苦しいと感じる窮屈さだった。ああ否――家の空気はそうだったとしても、弟の自分はそれほど繊細ではなかったはずだ、と伊佐夫は思い直す。

そら、父にこっぴどくしかられて背中を震わせている兄を尻目に、仁丹を嚙みつぶしながら父親公認の『講談社の繪本』や『コドモノクニ』を読むふりをし、それにもすぐに飽きると、兄が本棚の後ろに隠している武井武雄の本を盗みにゆく伊佐夫がいる。夜、兄が蒲団のなかでこっそり読みながら、ひくひく笑いだすのをこらえている本。兄は弟に貸してくれないが、弟はそれがどこにあるのか知っていて、ときどき盗み読みをする。東京から九万マイル、ロンドンから九万マイルのエッペ国とやらに生まれた不思議なラムラム王の、とんでもなくふざけた夢物語。後年、兄がその本の存在を忘れたとき、それは伊佐夫の本棚に居場所を移し、東京を出るときにも荷物の底に忍ばされて、いまも押し入れのどこかにある。フンヌエスト・ガーマネスト・エコエコ・ズンダラー・ラムラム王——。

かくして伊佐夫は、いまや自分自身には何の興奮も喚起しないそんな名前一つと、子ども向けの荒唐無稽の変身譚に笑い転げていたこともあった兄の素朴さの間に新たな溝を一つ発見して、痛みにも似た戸惑いを覚えたが、それもすぐに分からなくなった。そうして一片の悲嘆も感傷もやって来ない遠い死者の周りを一晩じゅう回り続けた末に、結局、土埃と草とまばらな雑木しかない国立の風景と実家の陰鬱な茶の間のほかには、なにかしら胸を刺してやまない恍惚と不安の混合物に出会うばかりで、夢のなかでひどく疲労したのだった。

そして翌日は朝早く田んぼの見回りをした後、宮奥の久代と垣内の桑野に二日ほど家を空けることを伝えて、昼前、取るものも取りあえず夏の喪服に袖を通し、ボストンバッグ一つに着替えと香典袋を詰めてタクシーで家を出た。近鉄榛原駅から名古屋へ出て新幹線に乗り継ぎ、東京駅に着いたのは午後四時半過ぎだった。そこからまた在来線に乗り換えて青梅へ向かい、まだ少し時間が早すぎたので、日が傾いても日中の熱が引かないアスファルトの道路を五十分近くも歩いて午後七時過ぎに市民斎場に辿り着いたときには、長距離の移動が細胞を賦活化させたのか、長旅の疲れよりも、身体や頭の芯に小さな火が入ったような熱がこもっていた。

伊佐夫の見るところ、死者が寿命を全うした年寄りの場合、通夜や本葬の会葬者たちは死者を送る沈痛より不思議な安堵の空気に包まれているもので、故人が生前に占めていた空間が一つ、ぽっかりと空いているのに見入りながら、死とは結局不在の別名なのだと思い至って、ほっとしたり放心したりするように見える。漆河原でも、今年は年初に昭代が死んだほか、春先に垣内の年寄りが二人相次いで死んだため、全部で三回葬式があったのだが、それぞれ斎場は異なっていたにもかかわらず、どれもが区別がつかないほど似ており、そのつど誰が死んだのか分からなくなった。それと同じ感覚を伊佐夫はここ青梅でも見いだし、死んだのが誰なのか二重三重に分からなくなるままに、会葬者の一人になったのだった。

佐野家の通夜の会場は、定年退職して十六年も経つ元公務員の最期はこんなものだろうと想像していたとおり、四、五十揃っている椅子の三分の一も埋まらない、こぢんまりした風情だった。それでも、そこにある顔のうち、伊佐夫が判別できたのは由紀夫の妻の晴美、従兄と従妹、大伯母に留まり、自分が忘れてしまったのか、もともと知らない人びとなのかも定かではなかった。結局、見知っている者たちには、ご無沙汰しておりますと挨拶をして回り、誰だか分からない者たちには、由紀夫の弟の伊佐夫ですと挨拶をすると、何人かは、もう昔のことで誰だか分からなかった、ああお宅が伊佐夫さんですかといった言葉を返してきた。伊佐夫が佐野の姓を捨てて四十年、佐野の親戚筋の間では未だになにがしかの語り種になっているのかもしれない。とまれ、いくつかの鈍い視線を感じながら、伊佐夫は祭壇の柩に開けられた窓から由紀夫の顔を覗いた。びっくりするぐらい小さく萎んだ灰白色の顔は、これも見覚えがあるような、ないようなで、鼻腔に詰められた白い綿が実に間の抜けた感じだった。若いころはわりに身だしなみに気を遣うほうだったのに、死んだとたん早々と生前の習慣や暮らしから切り離されて、まさに死者らしくなる。

それから、娘の陽子がやって来た。中肉中背だった昭代ではなく伊佐夫に似たらしいのっぽの痩身を黒い喪服に包むと、西洋の童話に出てくる魔女のように見える。加えて、一月には長かった髪を短く切ってしまったせいで、余計に上背が目立つ痩軀を少し前屈みにしながら急ぎ足で入ってくると、伊佐夫には眼だけくれて先に晴美に挨拶をしにゆく。その晴美も、陽子にとっては一月の昭代の葬式で対面しただけの間柄で、ほかには知った顔もないはずだったが、奇人一歩手前を自認していた大学生のころから比べると、いつの間にか、ほとんど縁のない人びとと同席するのを厭わない程度には平板な社会生活に埋もれつつあるようだった。しかし一方では、挨拶をすませてあらためて伊佐夫の隣の椅子に坐った陽子は、喪服から強い樟脳の臭いをさせており、四十間近の女がこれで電車に乗ってきたのかと呆れてしまった。

何時に家を出てきたの？　向こうも暑い？　彩子、テニスに夢中よ。コーチに才能があるっておだてられて。いやだ父さん、脇に汗じみができている——。陽子は目尻に細い皺を刻んだ横顔でささやき、伊佐夫もやっと一つ、仕事が忙しいのかとささやき返す。大手銀行系シンクタンクの上席研究員といっても、実際には地方の中小企業経営者向けの講演や、経済団体や企業向けのレポート作成といった仕事が、この不況下でそれほど立て込んでいるはずもないと思うので尋ねてみたのだったが、返ってきたのは、ええ、まあ——の一言だった。それ以上話は続かず、亭主の仁史君はどうしているのだという一言も、伊佐夫はひとまず口に出せずに終わって、代わりに周りから聞こえてくる親戚たちの会話に聞き入りながら通夜までの時間を潰した。折しもそこでは、ほんの数日前に由紀夫が鰻を食べたという話を親戚の誰かがしており、実は昨日の朝も——と奥さんが話を継いで曰く、ずっとうつらうつらしていましたのに、突然眼を覚まして、おい、何か食いたいと言い出すんですよ。それでコンビニへおにぎりを買いに走って、結局半分ほど食べたんですけど、それから半時間も経たないうちにもう意識がないんですから。

そういえば長患いの人が、急に元気になって飯を食ったりすると、もう長くない徴だと聞いたことがありますな。また別の声が言い、うちの人もそうでした、うちの父も死ぬ前に突然元気になったわ、などと続くのを聞きながら、そういえば八〇年に死んだ国立の母もそれに近かったことを伊佐夫は思い出し、さらには、あのトラック運転手の山崎某もそうだったのだろうか、こと切れる前に何か食ったのだろうかと思いは飛んだ。またあるいは、あの近藤モータースの近藤も、半坂のトミさんとやらも、上谷のおばあやおじいたちも、昭代も――。否、植物状態だった上に夜明け前に気がついたら息をしていなかった昭代の死からは、ひとまずそっと退き、伊佐夫はさらに考えるともなく考える。寿命の尽きかけている人間が鰻なんか食いたいと言いだすのは、端的に自分が間もなく死ぬとは思っていないということだろう。生命自体は自己の死が近いことを知っているのだろうに、人間のほうはどこまでも能天気なことだ。最後に立ち上がってくるのが自分の人生を彩ってきた出来事や喜怒哀楽への思いではない、一片の食欲だったということに気づくでもなく、やれ鰻だのおにぎりだの。これが東大出の元地方公務員の人生の最期か。それにしても、なにがしかのものを胃袋に収めてから意識がなくなるまでの半時間は、いったいどういう時間だったのだろうか。本人は自分の身体に起きようとしている異変に気づいたのか、それとも気づく間もなかったのか。自分が死ぬことをついに知ったのか、知らなかったのか。

伊佐夫の傍らで死者をめぐる親戚筋たちの会話は続き、ああいう人だったしね――と誰かが言う。闘病生活が長かった由紀夫の存在は、奥さんだけでなく親戚一同にも重荷だったに違いない。ああいう人という、〈ああいう〉の具体的な中身は伊佐夫には分からないが、病人がそう呼ばれていたからには、由紀夫はよほどわがままだったか。そういえば昔からプライドだけは高い男だったような記憶がある。女たちが言う。晴美さん、よくやったわよ。あたしなら、とっくの昔に匙を投げている。でも、公務員はやっぱり安定しているしねえ。へんな宗教にはまらなければ、国立の家を売ることもなかったのに。〈へんな宗教〉というのは何だ？　伊佐夫は一寸耳をすませるが、話題は交通事故死した息子へ移ってしまい、茂樹ちゃんさえ生きていたら——などと続いてゆく。宗教の話、何か聞いているか？　伊佐夫は娘にささやく。娘は、ときどき週刊誌を騒がせている宗教団体の名前を一つ挙げて、奥さんがずいぶん苦労なさったみたい、とささやき返す。伊佐夫は、自分の知らない間に陽子は由紀夫の妻といつそんな話をしていたのかと思ったが、ともあれ宗教の話は兄由紀夫をますます遠いところへ押しやり、長らく疎遠にしていてかえってよかったのだというのが、伊佐夫の当座の結論になった。

一方、僧侶が着座してようやく始まった通夜の読経は、自分がそれをどこまで聞いていたのかも分からない。もっともお経などは土台、信心のない人間が何十年聞き続けても耳に馴染まず、言葉の意味も一つ一つは捉えきれないように出来ているのだろうし、仮に一般人に聞き取れるようなものであったら、ありがたみがなくなって坊主のほうが困るというものだろう。ともあれ、伊佐夫は国立の実家の宗派が何だったのか思い出せず、眼の前に現れた僧侶の衣や所作を見てもやはり宗派は不明のまま、大宇陀西山の上谷の菩提寺とは感じが違うと思っただけだったが、一定の節をつけて唱えられるお経を聞いているうちに、前後もなく誰かれの末期へと物思いはうつろい、交わり、渾然とし続けた。

たとえば、臓器のほとんどが死にかけていてもなお鰻やおにぎりを食いたいと思う人間のあっぱれ。そういえば春先に死んだ垣内の堀田のおじいも、死ぬ二日前に急に起き出して、お彼岸のおはぎをむしゃむしゃと食ったのではなかったか。前後して老人ホームで死んだ木下のおばあも、五尺ほどの身長にしては体重が八十キロもあったと聞いたが、集落で一番の米農家の木下の家で、いったい生涯にどれほどの量の米を食ったことか。片や上谷の家も、美人で名を通した代々の女性たちはみな健啖家の上に酒豪で、昭代も田舎の女性にしては珍しく、一番好きなのがウィスキーときていた。夜、小さなグラスを二つ、夫婦の枕許に置いてウィスキーを注ぎ、一日の終わりのこのときが一番幸福だという顔をする——そういう昭代がいたのはしかし、いつごろまでだったろうか。体質や好みの変化というのでもなく、気がつくと寝酒をやめていたのだが、あれは事故に遇う前の年あたりだったか。あれほど好きだったウィスキーを断ったのは、いったいどういう理由だったのか。

それにしても上谷の菩提寺のそれと比べると陰気な感じのする読経だと思いながら、伊佐夫は自分が何かにひっかかっているような気がし続ける。おまえはさっきから通るべき何かを迂回しているのではないか？　何か考えようとしていたことがあったのではないか？　明け方おむつを替えにいったら息をしていなかった昭代の死に方は、あれは彼女が一人で逝ったということなのか、それともおまえが一人で逝かせたということになるのか。植物状態だからといって、死の直前に覚醒しなかったという証拠はあるか。仮に昭代なら、最後に何を食べたいと言っただろう。舟和の芋ようかん。ユーハイムのフランクフルタークランツ。否、やはりウィスキーだろうか。

ああ否、迂回しているのはそんな話だろうか。不仲と無関心に終始した兄由紀夫との関係について。あるいは亭主と別居している娘の行く末について。あるいは、いずれ娘が相続することになる上谷の山や棚田の行く末について。あるいは未だに手をつけていない昭代の遺品の整理について。それにしても昭代はいったいいつ、どうして寝酒をやめたのか。道つくりのあとの酒宴を抜け出したあの日、昭代は呑んでいたのか、いなかったのか。

お父さん、居眠りしていたわ。昔から、映画館でも音楽会でも居眠りばっかり。通夜の帰りに入った街道沿いの古い蕎麦屋で天麩羅とビールを注文し、出てきたおしぼりで手を拭きながら、陽子がやっと一言いったのがそれだった。斎場に現れたときから頭の半分しかこちらに向いておらずうわのそらだったが、二人だけになると一層ぼんやりして、ときどき我に返ったようにどうでもいいことを洩らすのが、事故に遇う前の昭代にそっくりだと思いながら、伊佐夫は昨日と同じく呑みたくもないビールに口をつける。

そうしてアルコールの勢いで話の接ぎ穂を探しては、彩子の高校生活のことや、陽子自身の仕事のことなどを尋ねてみたが、どれも話は続かず、それよりお父さん、このごろ少し耳が遠くなった？　電話に出ないと心配だから、補聴器を買ったら？　久代叔母さんもお父さんのことを心配していらっしゃるわ、いまでも毎朝茶畑まで杉山の斜面を登ってゆくんですって？　少し自分の歳を考えて、などとはぐらかされて終わる。その口調も声も、四十代のころの昭代が喋っているのかと思うほどで、娘は年齢とともに母親に似てくるというが、ならば陽子もいずれ上谷の女の血が騒ぎだすときが来るのだろうかと、ふと考えていたりもした。留学先で出会って親に相談もなく結婚してしまった亭主と、いまでは価値観が合わなくなったという理由で別居している陽子だが、別居の原因が陽子にあるということはないだろうか、と。ああ否、樟脳の臭いのついた服を平気で着ているこんな小母さんが、高校生の娘を抱えていまさら恋でもあるまいと思い直し、それにしても彩子も思春期の難しい時期だろうに、陽子のこのうわそらは何なのだと最後は腹が立ってきた。君も仁史君もいい大人なんだから、自分たちの始末はきちんとつけたほうがいい。それから、父さんはどこも悪くないし、耳も聞こえる。明日は葬式が終わったらすぐに大宇陀へ帰って、明後日は朝から穂肥を撒くんだ。今年も米が穫れたら送るよ。例年どおり、仁史君のほうの実家にも送っていいだろう？　ええ、べつにいいけど。陽子の返事はまたしても中身と声と顔の向きがばらばらだった。

かんぽの宿に泊まり、翌日は午前十時から同じ斎場で本葬があった。通夜よりさらに参列者の減った寒々しい会場で、通夜と同じ僧侶が一時間いくらで動くパーキングメーターのようにお経を読み上げてゆき、焼香もあっという間に終わってしまったあとは、観客席に喪主と親戚十人と伊佐夫がいるのみの消化試合さながらだった。その後、柩の蓋を閉じる前にもう一度由紀夫の顔を見たとき、一昨日からふつふつとしていた感情の濁りはすでになく、武井武雄の『ラムラム王』を探してもってきてやればよかったという思いが一つ、胸を過っていった。柩に納まった兄は一日経ってさらに生前の名前や暮らしの一切から断ち切られ、いよいよ死者らしくなった感じがしたが、最後に兄はもう一段の跳躍をしなければならなかった。すなわち、午前十一時半に斎場の炉に入れられ、一時間後にわずかな骨と灰になって、兄はようやく死者の身分を離れ、ついに伊佐夫たち生きている縁者の記憶となったのだ。

もっとも、火葬を終えて急ぎ帰路に就いた後、衣服に沁み込んだ線香の匂いに誘われたか、新幹線や在来線の車中で、伊佐夫の心身はなおもどこかの斎場から斎場へとうつろい続けたものだった。いずれも誰の葬儀なのかも定かではなく、なかには葬儀ですらない場面もあったかもしれない。知らぬ間に眼で昭代を探していたこともあり、実際、大宇陀西山の光明寺らしい寺の本堂に喪服を着けた昭代が坐っていたこともあったが、やはり誰の葬儀なのか分からないのだった。伊佐夫が上谷に入って間もなく亡くなった昭代の父の芳彦か。あるいは垣内の誰かか。菩提寺の光明寺の声明は節回しが独特の上に、打ち鳴らされる鉦や銅鑼の音が次々に残響となって耳の周りを回り続けるうちに、弔いの薄昏さも寂しさもどこかへ行ってしまう。しかも春は草木の新芽の匂い、夏は蟬時雨、秋冬は庫裏の煮炊きの甘辛い匂いが漂ってくる。そんななか喪の厳粛さから逃れた会葬者たちはそれぞれあらぬ思いをめぐらせ、祭壇の遺影が刻々と現実味を失ってゆくのを眺めながら、誰かが死んでいなくなったことの存外な平板さを前に宙づりになるのだ。しかも高齢者世帯ばかりの集落では、先月喪服を着けて本堂に坐っていた者が、今月の葬儀では祭壇の遺影になり、かと思えば、野や山の至るところに棲む先祖たちがいつの間にか辺りにその気配をまき散らしながら、しっぽりと葬儀の場を包み込んでいたりする。おや、おじい、そこにいはりましたか。おや、おばあもお元気そうで。ほんに皆さん、お達者そうで何よりですな。あはは、あはは、おほほ、おほほ。

集落では葬式など日常の一部であるせいか、僧侶の読経が心地よいBGMになって、ある者は気持ちよさそうに舟をこぎ、ある者は世間話に花を咲かせる。某の息子夫婦が――。うちの嫁が――。某の介護サービスが――。どこそこの整形外科が――。集落の道つくりの酒宴で聞かれたのとほとんど変わらない話がふつふつと渦巻くのを聞くうちに、葬儀の場はいつの間にか区長の堀井の家の座敷へとうつろっており、伊佐夫はまた昭代の姿を探すともなく探していたりもした。考えてみれば、いつも同じ顔が並ぶ以上、道つくりの酒宴も誰かの通夜や葬儀も伊佐夫たち集落の者にとっては大きな差はないばかりか、今月と先月、今年と去年、三年前と三十年前、十年前と百年前といった時間軸の差も自然に溶けだしてゆくように感じられる。そして、そこでは個々人もまた溶けだして男Aになり、死者Aになり、先祖Aになり、ざわざわ、ひそひそと話し声を響かせ続けるのだ。某の息子夫婦が――。うちの嫁が――。某の介護サービスが――。どこそこの整形外科が――。

見れば、広縁の先に棚田が広がる座敷はまたいつしか寺の本堂へとうつろい、そこには上谷の座敷の鴨居の上の写真でしか見たことのない昭代の祖母ヤヱの顔がある。太平洋戦争が始まった年のある日、杉山を這い登ってゆく姿を垣内の人びとに目撃された後に行方知れずとなったヤヱが、いまごろ喪服を着けて寺の本堂に坐っているとは何ごとか。いったい弔われているのは誰か。ヤヱの夫の義久か？　否、義久が死んだのはヤヱの失踪から何年もしてからのことであったはずだ。では、これは自分の知らない時代の誰かの葬式なのか。いや待て、ヤヱの隣に坐っているのは、自分が上谷に入る前に五十半ばで早世したという昭代の母のシズヱではないか。その隣はシズヱの夫の芳彦。そういえば県庁に勤めていた婿養子の芳彦も農家の仕事のほうはさっぱりで、シズヱが一人で米づくりをしていたというが、そのシズヱが早世したため、長女の昭代が役立たずの父の代わりに田んぼに出るようになったのだ。

そのシズヱと芳彦の夫婦の隣は、曾祖父母の義一郎とタヱ。さらに四代前の高祖父母の宗三郎とソヱ。数えてみれば、写真になって残っている上谷の先祖八名が並んでおり、こんなところで全員揃って何をしているのだと伊佐夫は思わず眼を凝らす。先祖たちを照らす灯明は一人ひとりの表情を見分けるには昏すぎ、そのために誰の顔にもことさら陰気な翳が差しているのだったが、それを眺めながら、そういえば総じて穏やかなものが多い集落の葬儀のなかでも、上谷のそれだけはいくらか隠微な空気に包まれるのが常なのだと、いままた伊佐夫は考えている。行方知れずのまま、十年後にかたちだけ執り行われたというヤヱの葬儀は言うまでもない。その夫の義久の葬儀も、ヤヱのことがあるので垣内の人びとはどういう言葉で送ればよいのか分からなかっただろうし、ヤヱの娘のシズヱのときも、その夫の芳彦のときも、何とも言えない空気ではあっただろう。そして、おかしな事故だと囁かれた昭代のときも――。否、上谷の女たちについては、その行状を誰もはっきりと見たわけではなく、よその男と密通があったという証拠があるわけでもなく、折々に人の耳目を刺激するような振る舞いが見られたことはあったにしろ、特別な空気に包まれて年々ことさらに謎めいていっただけのことだろうが、とまれ死者に口はない。

否、耳をすませると、先祖たちのそぞろ語り合う声がざわざわと波打ち、押し寄せてくるのが分かった。某の息子夫婦が――。某の家の嫁御が――。あそこのヤブ医者が――。ぼくの腰痛が――。今年の田んぼが――。どれもこれも可笑しいほど卑近な世間話だったが、遠目にはかの燈籠堂で夜毎催されている酒宴のようでもあり、なるほど、誰もかれも未だ成仏できないでいるのか、そりゃあそうだろうと軽く吹き出して、奇妙にもほっとしている自分がいる。否、それでもやはり死者たちの集う場らしい冷え冷えした気配も感じながら、そういえば若いころに昭代と一度訪ねたことのある高野の奥之院の燈籠堂は昼間でもしんとして昏く、まさに墳墓そのものだったことを思い出したりもした。もっともその燈籠堂も、昭代とともに参列した萬燈会の夜には無数の灯火と僧侶たちの高らかな読経の声に埋めつくされて華やぎ、杉木立に埋もれて立つ二十万基の墓や供養塔が何やら生きてざわめきだすようでもあったのだ。いやや、ここ――。何か居るわ――。昭代が珍しく真顔で囁きながら伊佐夫の腕にしがみついてきた、その肉の感触を自分の腕に甦らせながら、伊佐夫はこころなしか明るさを増してゆく灯明にさらに見入った、そのときだ。灯明の傍らに、いつの間にか先祖たちに混じって喪服を着けた昭代が坐っており、伊佐夫は思わず声を嗄らしていたものだった。おい、昭代。そんなところで何をしているのだ。そこは君の居場所ではない。君はそこにいてはいかん。早くそこを離れてくれ。早く！

とはいえ声を嗄らしたというのも夢の出来事であったからか、昭代もほかの者たちも伊佐夫の声が聞こえた様子はなく、伊佐夫は腹の底から困惑し、落胆し、悲哀を覚えた。昭代が未だ由紀夫のようには己が海馬の記憶になれないでいることを思い、ひょっとしたら昭代は十分に死にきれていないのだろうか、否、この手で骨揚げしたというのは偽の記憶であって、昭代はほんとうは生きているのではないか、病院に戻っているのではないか、いったいどういうわけで自分は昭代が死んだと思い込んでいたのだろう——などと、当てどない自問をしては前後を失い続けることとなった。

そうして伊佐夫は深夜、四方八方を死者たちに囲まれて漆河原に帰り着くと、旅装も解かずにそのまま座敷の座蒲団を枕に横になり、なおもしばし区長の家の[illegible]や菩提寺の本堂を行き来したものだった。それから夜明けに雨戸の隙間から差し込む黎明を見、誰もいない座敷の薄闇を見、板間に放り出したままのボストンバッグと土産袋を見た後、昭代は死んだのだ、死んだのは年明けの一月八日だ、と自分に呟き、おもむろに起き上がった。雨戸を開けて赤く染まり始めた北東の山塊とその下のガスの海を望み、足下に充満する土と草の匂いを肺いっぱいに吸い込んで、ようやく三日前までの時間といま現在がつながりを取り戻し、伊佐夫は杉山や棚田とともに呼吸する小さな生きものに返るのだ。

そこからは遠出の疲れも霧散し、穂肥を撒く忙しい一日が始まった。洗面もそこそこに神棚と仏壇の水を替えて、東京駅で買ってきた舟和の芋ようかんを供え、自分も朝飯代わりに食った後、身支度をして外へ出た。さすが穂肥散布の時期らしく、涼しいうちに作業をすませようという人びとが早くも棚田のあちこちに出ており、集落の家々にもふだんにはない人の気配があって、都会から帰ってきた子どもらの車も見える。今夜の榛原下井足の花火大会に合わせてわずかに人口が膨らんだ集落の様子は一瞬、四十年前に伊佐夫が初めて漆河原で過ごしたお盆前後のそれと重なり、当時屑神社の前で行われていた早朝のラジオ体操の音楽も遠く流れてきて、また少し気分が華やいでゆく。また、後年そのラジオ体操に出るために幼い娘の手を引いて女房と一緒に坂道を下っていった男が、ほかならぬ自分だったことへの小さな驚きや幸福を新たにしたりするのも、この季節ならではだった。

そうして伊佐夫は心身に一日分のエネルギーを充たし、一回分約十四キロの肥料を積んだ軽四輪を駆って棚田へ出る。真っ先に三枚の田でそれぞれ稲の主稈一本を抜き取って二ミリほどに膨らんだ幼穂の原基を確認し、よし！　と独りごちた後に、いよいよ施肥に取りかかる。追肥専用の尿素入り化成肥料の分量は、籾数を減らして整粒歩合を高めるために一回目は一反当たり二・三キロとし、去年より〇・二キロ減らしてみた。その二・三キロの顆粒状の肥料を入れた手箕を小脇に抱え、畦をゆっくり回りながら手で、稲の海原の上に均等にぱらりぱらりと撒いてゆく。そういえば、穂肥を撒く日の朝といえば、父と娘の朝飯は早朝から田んぼへ出てしまった昭代が作りおいたおにぎりと味噌汁だけで、農家の暮らしの煩雑さが肌に合わない陽子は、ふくれっ面をして箸もつけないことが多かった。一方、出穂を控えたこの時期の昭代は稲の精力と一つになったように活き活きとして、娘の不機嫌など歯牙にもかけない。陽子、食べたくないんなら、食べなくてもいいから、よく聞きなさい。この肥は、穂ばらみが始まるときに、窒素不足で穂の下のほうの勢いの弱い穎花が退化して無くなるのを防ぐために施すものなの。粒数を増やすための大事な肥なの。みんなが十分食べてゆくために絶対に欠かせない肥なの。陽子、聞いてる？　昭代が真剣になればなるほど、陽子はふんと横を向く。

手箕に入れた肥料をぱらりぱらり田んぼに撒いてゆく伊佐夫の手は昭代の手になり、高くなってゆく日差しに焼かれてゆく背中は昭代の背中と一つになって、力が倍になったような身体の軽さでもあった。二枚目の施肥を終えたころには、市役所勤めの桑野が出勤するのを見送りがてら、あとで舟和の芋ようかんを持ってゆくから！　と声をかけ、気ぃ遣わんでええのに、と気のいい桑野が満面の笑みで応じる。その傍の桑野の棚田では、今年八十二になる桑野の隠居のおじいが麦藁帽のつばの下に隠れるようにしてゆらりゆらりと穂肥を撒いており、かと思えばおじいの何番目の息子の家族なのか、帰省中の身ぎれいな夫婦と小学生ぐらいの男の子が、何やらばかみたいに前栽に突っ立ったまま固まっているのが見える。さては井戸にスイカでも落としたか、寝間にカメムシが襲来したか。穂肥を撒く手とその先の稲の海、さらにはその上に差し始めた盛夏の光、背後の杉山から雪崩落ちてくる油蟬の声などが今年も稲は順調だと告げているなか、伊佐夫はいつになく茫洋となる。

5

八月七日のお盆の朝、漆河原では上谷の分家や傍系姻族の十人と伊佐夫が集落の入り口に車を連ね、菩提寺の僧侶の到着を待つ姿がある。やがて、午前七時のまだ薄い日差しのなかから現れた単車には、彼らが見たことのない若い坊主が乗っており、宮奥の久代からは、あらまあ、見習いさんに当たってしもうた——という呟きが洩れた。しかし、またすぐに久代と同じ傍系の某が、仕方ないわねえ、この時期はどこのお寺さんも総出やから、などと口をはさむと、一同の落胆はそこで早くもかたちを失ってしまい、代わりに今日も真夏日が続きそうな熱気の気配が彼らの喪服の首筋を襲った。早朝から日暮れまでお盆の読経に駆けずり回る坊主たちと同じく、上谷の一統も今日はそれぞれ朝から本家、分家、傍系の墓をハシゴする。昭代の初盆でもある伊佐夫の本家はその一番手だった。

大宇陀西山の菩提寺からやってきた見習い坊主は、鼻の頭に汗の粒を光らせて合掌し、いやあ暑いですね、遅うなってすみません、ほな行きましょか、愛想よく言うとすぐに再び単車のエンジンをかけ、上谷の一同も車四台に分乗して、一行は県道から半坂に向かう途中にある漆河原の共同墓地を目指す。距離的には集落から旧林道の近畿自然歩道を歩くほうがずっと近いが、伊佐夫と額井の分家の隆一を除けば、親族はおおかた整形外科通いか、自分の脚で歩くのは向こう三軒両隣の範囲だけとなって久しい年寄りばかりのことだ。かくして伊佐夫も、この日ばかりは実兄の葬式で着たのと同じ喪服を着て久代夫婦の大きなベンツに乗せてもらい、現地まで十数分の間、甲子園は今日からでした？　天理高校はどうかなあ、一回戦で当たるのが大阪代表やから——といった、久代と亭主の倉木の気のない会話の聞き役になった。そういえば上谷の家は、いつもラジオの高校野球の実況が聞こえてたの、吉男さん覚えてはります？あれ、姉さんの野良仕事のＢＧＭで、肝心の試合には興味あらへんかったんやそうで。久代は言い、へえと亭主の吉男が応じる傍らで伊佐夫も、自分はその場にいたり、いなかったりだったいくつもの夏へと物思いの虫が飛んでいった。農道に停めた軽四輪のカーラジオ。畦道に置いたトランジスターラジオ。台所の茶箪笥の上のラジオ。お盆の時期、至るところで昭代の上に降り注いでいた盛夏の音へ。

一行の車と単車は林道に入り、一気に薄昏い蜩の声に吸い込まれてゆく。伊佐夫が当地に来たころには大宇陀の多くの集落が土葬で、漆河原でも上谷の杉山に隣接した共有林の斜面を一反ほど整地したところに、家毎に卒塔婆を立てて先祖代々の埋め墓としていた。火葬となったいまでも骨壺を埋めて盛り土をし、目印の塔婆を立てるのは変わらない。また、いまも両墓制が残っている集落では、埋め墓とは別に各家の敷地のそばに各々参り墓を構えているが、どの家も山肌に張りつくようにして建っている漆河原では、代々埋め墓の端に墓石代わりの小さな石塔、もしくは夫婦石を建てて参り墓としてきた。おかげで、すでに氏素性も分からない江戸時代あたりのものから現代のものまで数十の石塔が、あるものは傾き、あるものは苔むして半ば土に埋もれ、宝暦五年、明和四年などと刻まれながら乱立している風景はまるで杉木立の下の地蔵の群れのようで、森閑としているのか賑やかなのか分からない妖しさが、いつ来ても伊佐夫のこころを捉える。実際、昭代の骨を埋葬したとき、山々をわたる死者たちのざわめきの一部はここから湧きだすのだと確信した一方、ふとした拍子に生きものの声が絶えて真空に落ち込んだかと思う静けさに包まれており、またはっとして我に返ると蜩のカナカナカナカナの谺が耳に戻ってきて、ああ夢かと思ったりするのだ。

昨日、伊佐夫はそうして物思いとうたた寝と山の音たちの間を行き来しながら、半日かけて上谷の一角の墓掃除をした。年代が新しいものから順にシズヱと芳彦夫婦、ヤヱと義久夫婦、タヱと義一郎夫婦、ソヱと宗三郎夫婦のそれぞれの夫婦石を洗い、草を刈り、名も知らぬ遠いご先祖たちの石を、掘り出せるものは掘り出して、そのつど湿りけのある褐色森林土と土壌有機物の濃厚な匂いを嗅いだ。明治以降、石塔は夫婦に一つ夫婦石として建てるようになったため、行方知れずのヤヱの夫の義久が鬼籍に入ったあと、シズヱ夫婦がヤヱの名前も一緒に刻んで醜聞を封印しようとしたらしいが、どっこい、おばあの怨念が石に刻んだ名前一つで鎮まるようなものでなかったのは集落の誰もが知るところで、いまでは夫婦石のその名はみな見て見ぬふりをするしかない。ちなみに夫婦石は埋葬から数年置いて建てるのが慣習のため、新しい死者である昭代はひとりそれらから離れて、埋め墓に木製の卒塔婆を建ててもらっているだけなのだったが、伊佐夫は昨夜、自分も七十を越えているのだから、早いうちに昭代と自分の夫婦石を建てるべきではないかと思い立った。どのみち自分が死んで家が絶えたあとは、いずれ傾いて土に埋もれてゆくのだ。何を遠慮することがあるか、と。

高祖父母の前の前の代までの石塔六基と昭代の卒塔婆の前に、伊佐夫と親族たちが手分けして花と缶ビールを手向ける間、見習い坊主は携帯電話を相手に押し殺した笑い声を上げ、額井の隆一も鳴り出した携帯電話を急いで開くので、何事かと思えば、息子のボーイズリーグの反省会が云々。それから、端から心ここにあらずの眼をしてその携帯電話を閉じると、レギュラーになれるかどうかこの夏の成績にかかっているんですわ、誰も尋ねていない話をして照れ笑いし、傍らでは奥さんが所在なげに腕時計を覗く素振りをする。彼らはいまどきの世代の気楽さで、本家の法事に顔をだしたあとは、自分たち分家の墓参りを親族に任せてその反省会とやらにすっ飛んでゆく。

さあ、そろそろ始めましょうか。ほら、伊佐夫さんはここへ。お寺さんはどうぞこちらへ。少しでも早く切り上げたいと顔に書いてある倉木が手際よく声をかけて促し、総勢十一人の一族と坊主一人が先祖たちの石塔と昭代の卒塔婆に向き合って、今夏のお盆の法要となった。ところが、にょ――ぜ――が――もん、いちじ――ぶつざい、ふだんでも一音毎に重たげに引き延ばされて唱えられる阿弥陀経の読経は、若い見習い坊主にかかると、つきたての餅がどこまで伸びるか、試しに伸ばしてみたといったスローペースで、伊佐夫たちはのっけから各々腹のなかで呻くことになった。阿弥陀経ならゆっくり唱えても十五、六分で終わると踏んでいたのに、これでは倍の時間がかかりそうで、日差しが強くなれば年寄りは倒れてしまうかもしれない。案の定、数分も経たないうちに倉木は腕時計を覗き始めるし、隆一はまたしても携帯電話がシャンシャン鳴り出すやいなや列を離れてどこかへ行ってしまい、気を散らした久代が首をぐるりと回してそれを眼で追う。その久代も、間もなくハンドバッグのなかの携帯電話が飛び跳ねるような音をまき散らし、あわててごそごそ手を動かしていたかと思えば、い、さ、お、さん、陽子ちゃんから――と声をひそめる。すると、声をかけられた伊佐夫も、五日前に会ったばかりなのにまた何の用事だ、いよいよ亭主と別れるのか、などと想像をめぐらせて、しばし読経は耳から遠のいてゆく。しかしそれも長くは続かず、じゅ――ぜ――い――さいほ――、か――じゅ――まんのくぶつど――に引き戻されると、これは阿弥陀経のどのあたりだったか、三分の一は過ぎたか、まだ過ぎていないかと思い始める。

高くなってゆく日の下で石塔が燃えだし、山の杉木立の蜩も鳴き止んだ。代わりに卒塔婆の下の土の粒が日差しを浴びて光り、眼に見えない光の泡の爆ぜる気配が新しい死者たちの囁きになる。垣内の堀田のおじい。木下のおばあ。そして昭代。ひそひそ嗤っているような。陰口を叩いているような。好いた惚れたの与太話ににやにやしているような。ちりちり。ひりひり。ちりちり。坊主がひとり肉付きのいい襟足から汗を滴らせ、伊佐夫たちの鼻腔に熱がこもる。女性たちが日傘を開く音がパタッ、パタッと折り重なる。それを耳に留めながら、伊佐夫はふと青梅の斎場に現れた陽子の日傘を思い浮かべていたりする。喪服用の黒い傘ではなく、白っぽい色のふだん遣いの傘をそのまま持ってきたのは、また考え事でもしていたか。仕事がうまくいっていないのか、亭主との離婚に踏み出せない何かがあるというのか。陽子が電話をかけてきた――？　その傍らでは、またぞろ何人かの携帯電話が立て続けに鳴りだして、さすがに自分の読経が長すぎるのかもしれないと気づいたらしい坊主が、ごそごそと居住まいを正して急に読誦のスピードを上げ、伊佐夫たちの間にはようやくほっとした空気が流れる。

どうもみなさん、お参りお疲れさまでした。すみません、慣れませんもので。頭を下げる見習い坊主に、伊佐夫は十万円のお車代を包んだ封筒を渡して、いやいや、ご丁寧なお勤めをしていただきましたと口先だけの短い礼を言った。一方、ボーイズリーグの反省会へ急ぐ隆一夫婦は、身体も気持ちもすでに車のほうへ向けながら伊佐夫らにかたちばかり辞去の会釈をし、あっという間に走り去ってしまった。それを、箸にも棒にもかからないという眼で見送った久代が、今度は携帯電話を片手に思い出したように小走りに駆けつけてきて言う。伊佐夫さん、彩子ちゃんが大宇陀へ来るそうですよ！　ほら、陽子ちゃんが急いでいるから、早く電話に出て。

伊佐夫は渡された電話に出る。お盆の朝っぱらから——と思う傍らで一寸こころが跳ねる。

お父さん？　急な話で悪いんだけど、明日彩子をそっちへやるから二週間ほど預かって。私、急用があってニューヨークへ行くの。

それはいいけども——。彩子のテニスの練習はいいのか。せっかく来てくれても、こっちは何もしてやれんよ。伊佐夫が応じると、何言っているの、ホテルじゃないんだからと陽子は一蹴し、今晩また電話するからと言い残して通話は切れてしまった。入れ替わりに、待ち構えていたように早速久代が首を伸ばしてきて曰く、彩子ちゃん、いつ来るんですって？　久しぶりにおじいちゃんに会いに来るんですから、ちゃんと迎えてあげませんと。そうそう、うちの人の甥っこの子どもが彩子ちゃんと同い歳ですから、一緒に大阪のユニヴァーサル・スタジオ・ジャパンへ行ったらどうですやろ。今日、早速先方へ電話してみますけど、伊佐夫さんも一緒に行きはります？　たまには若い子と遊園地というのもええもんですよ。

想像するのは勝手だが、孫は大宇陀の祖父に会いに来るのではない。母親が日本を留守にする間、仕方なく預けられるだけなのだ。伊佐夫はいちいち訂正するのも面倒で黙って聞き流したが、一方では思いがけない出来事が降ってきたおかげで心身の整理がつかない、一寸した放心を味わうことになった。いくら仕事とはいえ、娘を実家に預けて急に外国へ飛んで行くような陽子の暮らしは、いったいどれほど安定しているというのだろうか。年初の昭代の葬儀に母娘でやって来たはいいが、彩子が受験前だったために二人ともほんの二時間ほどでとんぼ返りしていった。おかげで孫娘と言っても、こちらには制服姿ののっぽの少女のぼんやりした印象があるばかりで、正確な目鼻だちも記憶にない。高校生になって、テニスのほかにどんなことに興味があるのかも知らない。食べ物の好みも知らないし、気性さえ知らない。しかしそれにしても、いきなり明日行くからとは何事か。どうせ来るのなら、昭代の初盆の今日に合わせて来られなかったのか。しかも二週間も！　アメリカ生まれの東京育ちの十六歳の娘が、こんな田舎でどうやって二週間も過ごすのだ？　しかも、いくら孫でも客は客だし、こちらは蒲団を干して、掃除をして、少しは食料品も買い込まなければなるまい。そんな時間がどこにある？今日は夕方までずっと墓参りではないか。万事休す。

　再び車を連ねて大宇陀本郷、大宇陀春日、榛原額井、榛原赤瀬、室生大野、桜井市初瀬と一族の墓を回る間、彩子ちゃんが帰ってきはるんですか、そらよろしいですね、これで伊佐夫さんのとこも一寸賑やかになりますな、そやけど年頃の娘と一つ屋根の下いうのも気ぃ遣いますわな、それにしても昭代さんが生きてはったらなあ、などと聞き違いや勘違いを含めて親戚たちから声をかけられ、伊佐夫は大して返す言葉も見つからないまま、いやまあ、そうですなあ――適当な相槌を打ち続けた。そうして墓によってそれぞれ違う寺の違う坊主たちの、それぞれ別もののような阿弥陀経や観音経を聞き続け、昼には予約してあった榛原の有名な蕎麦屋で、初盆の接待を兼ねた会席料理を一統にふるまって、少し酒も入った後、さらなる移動の途中で青々と波うつ田んぼを眺め続けるうちに、風船の空気が抜けるようにしてあれこれの算段も遠のいてしまい、最後には娘の急なアメリカ行きについてのやんわりとした不安、もしくは違和感が腹の底に残った。それはあるいは、赤く染まり始めた夏空が一瞬、昭代の事故を思い出させたせいだったかもしれない。そして、無意識にそれを振り払おうとしたか、明日から二週間と言えばうちの田んぼはちょうど最初の走り穂が出るころだ、と頭を切り換えてみたりした。うまくゆけば、出穂の様子を彩子に見せてやれるかもしれない、と。

翌日は、白い盆提灯を掲げた高台の上谷の家で、伊佐夫が早朝から掃除機をかけたり、蒲団を干したりする姿が見られた。ふだんなら茶畑に登っていて留守のはずの時刻に掃除機の音がするというので、隣の桑野が何事かと覗きにきて、東京から上谷の孫娘が来るという話は、たちまち垣内から垣内へと伝播した。その後、田んぼに出て穂ばらみにはまだ少し早い稲を見て回る間、今朝は鼻の下が伸びてますで、今日はご機嫌ですな、張り切りすぎたら血圧上がりますで、近くを通る人や車から次々に声がかかり、それを聞くうちに伊佐夫自身、自分の気分がやはり少々高ぶっているのを確認して心外な心地にもなった。正確に言えば、ほとんど交流もない孫娘の来訪よりも、むしろ昨日から陽子が漆河原で暮らしていた時代のあれこれを急に思い出したのが原因だろうと自己分析もしてみたが、子どものころの陽子の何がどうだというのか、肝心のところが不透明なまま、気分だけがざらついているというのが真相だった。

とまれ、周囲にそんなことが分かろうはずもない。垣内の家々はどこも興味津々で、孫に食わせてやれと言いながら畑のトウモロコシやスイカを置いてゆき、伊佐夫が田んぼにいる間に宮奥の久代も子ども向けのポテトサラダや鶏の唐揚げを届けがてら、ひとしきり家の雑巾がけをし、ついでに倉木の甥の娘で由香里という十六歳の子が、彩子と一緒にユニヴァーサル・スタジオ・ジャパンへ行きたがっている旨、本人に忘れずに話しておいてくれと念を押していった。もっとも、彩子がそんなテーマパークに行きたいと言うかどうかは伊佐夫にも分からなかったし、昨晩陽子と電話で話したところでは、彩子は東京のテニスコーチの友人が勤めている学園前のテニスクラブに、二週間だけでも通うつもりのようだった。否、それもまだはっきりしない、大宇陀からは遠いし、お金もかかるし——陽子はすぐに言葉を濁したが、彩子は何かと難しい年ごろのようで、そういう陽子も十五、六のころは親と口もきかない反抗期だったことを思い出すと、伊佐夫はまた少し放心したり、そうか、陽子も子育てに疲れているのだろうと思い至ったところで、今度は気分が翳ってきたりだった。

気温は順調に上がり、午前中に三〇度を超えた。伊佐夫の田んぼでは、稲の葉鞘の奥で約十ミリに生長した幼穂が人間の眼には見えないところで間断なく穎花原基の分化を続けており、すでに外穎が花器を被い始めているものもあった。その薄い外穎の内側では雄蕊や雌蕊がひしめき、雄蕊には葯《やく》や花糸もでき始めており、葯のなかではそろそろ花粉母細胞の分化も始まる。麦藁帽のつば越しに照りつける熱は伊佐夫の首筋や腕の皮膚を焼き、花粉の母細胞はその同じ熱に感応して順調に減数分裂に取りかかるのだ。

伊佐夫は、カメムシが田に入るのを防ぐための畦の草刈りを二時間ほどで切り上げると、家に戻って軽四輪の泥をホースの水で洗い、フロントガラスと座席も拭いた。早めに素麵とぬか漬けで昼をすませ、シャツとスラックスに着替えて珍しく鏡の前に立った。そうして、ふだんはしないことをしている自分を訝り、一寸自嘲してみたのも束の間、一張羅のパナマ帽を頭に載せてみてひとまず納得すると、さらに、最近はほとんど履く機会もなかったお気に入りのチロリアンシューズを履いて、午後一時半に家を出た。昨晩の陽子の電話では、孫は午後二時十七分に近鉄の榛原駅に着くということだったが、いつも結論しか言わない性急さと近ごろのうわのそらのせいで、陽子は新幹線の名古屋経由なのか、京都経由なのかも言わず、こちらも確認はせず終いだった。おかげで、ほんとうに孫が来るという実感もない、ふわふわとして捉えどころのない心地のまま、伊佐夫は軽四輪のアクセルを踏む。

軽四輪は油蟬の声と日差しの白熱のほかには何もない県道を下ってゆく。その運転席に白いパナマ帽の頭が見えると、すれ違う車や通りすがりの畑から〈え?〉という視線が投げかけられる。その一つ二つは顔見知りの農家のものだったため、驚きはすぐに失笑に変わると、そこからさらに噂話に化け、お盆の帰省シーズンにこそ増してゆく田舎の退屈の餌食になる。しかし当の伊佐夫は、二十年も前に神戸大丸でパナマ帽を買ったときのことや、大学生だった陽子が夏に帰省したとき、それを被った父を〈意外に似合う〉と評して、珍しくにっこりしたことなどを思い浮かべており、その間に赤信号を二つばかり無視したことにも気づかない。

買い物はどこでするか。榛原には大きなスーパーマーケットはないから、桜井まで出るか。桜井まで出るのなら、いっそ橿原へ出るべきか。そうだ、十六歳なら食べ盛りだろうから、神戸牛でも買ってやろうか。いや待て、肉の塊など誰が料理するのだ？　それとも、肉ぐらい自分でも焼けるだろうか。それより彩子はほんとうに来るのか？　午後二時十七分に榛原というのは間違いないか？　名古屋経由と京都経由では、同じ近鉄でも賢島行きと難波行きでホームが違うではないか。否、改札は一つだから入れ違いになることはないはずだが、それ以前に名古屋や京都での乗り換えこそ大丈夫か。違う電車に乗ってしまったときはどうする？　そうしてふいに携帯電話をもっていない不便さを突きつけられ、考えるのを諦めたところで伊佐夫の軽四輪は榛原駅前のロータリーに着いていた。

駅舎の正面は客待ちのタクシーだけが列をつくり、バス乗場に人影はなかった。去年、北口側に高層マンションが建ったのを機に駅舎も化粧直しされてきれいになったが、一流の観光地になり損ねた土地の無為と脱力感は、伊佐夫が当地に来たときから四十年変わらず、盛夏の真っ昼間の鉄道駅は、真新しいペンキをぴかぴか光らせながら午睡をしており、音一つ、微風一つないのだった。そんな駅に予定の時刻の半時間も前に着いてしまい、伊佐夫はあたりを見回すが、駅前で時間を潰せるような場所は、入ったこともない小さなドーナツ店しかない。仕方なく駐車場に軽四輪を入れてから空きのその店に入り、アイスコーヒーを注文して、この時節には息苦しいドーナツの甘い匂いとともに所在ない時間を過ごすはめになった。

それにしても、この店はいつからあったのだろう――。昭代と訪れた記憶はない。ましてや学生時代の陽子と訪れた記憶もない。伊佐夫はまた考えるともなく考え始める。しかし、伊佐夫は奈良高校に進学した陽子を毎朝、奈良市内まで通勤の車で送り届けるのが日課だったが、帰りは榛原駅まで昭代が軽四輪で迎えに行っていたので、昭代や陽子とこの駅で一緒だったこと自体、ほとんどなかったのだった。そのことに気づかないまま、しかし陽子と彩子の母娘なら、年初の昭代の葬式に帰省した帰りに、電車を待ちながらドーナツを食べたかもしれない、などとさらに想像してみる。例年に比べても寒さがきつく、年末に降った雪が凍って陽子も彩子も革靴の底が痛いほど冷たいと言っていたあの日なら、温かい飲み物とドーナツが似合っただろう、と。十代のころ、陽子は法事の席で饅頭や干菓子の甘さには頭痛がすると言い放って親戚や垣内を呆れさせたものだったが、六日前に青梅の葬祭会館で会ったときは、ほんの少し顎のあたりに肉がついているのも見た。中年太りというほどではないが、年頃の娘のいる暮しでは、きっと甘いものも食べるようになったに違いない。

店の後ろの線路から電車の音が聞こえてくるのに誘われて、午後二時、伊佐夫はアイスコーヒーを半分呑み残して店を出る。エスカレーターで階上に上がり、改札の前に立つと、そういえばここで陽子の帰りを待ったことがあったのを思い出して、また少し放心した。そうだ、昭代が不在だったか、あるいは昭代と陽子が冷戦状態だったたか、会社から帰宅してからあらためて車を出し、予備校の授業で遅くなる陽子を榛原駅まで迎えにいったことがある――、と。季節は受験を間近に控えた晩秋か、年明けの冬だ。奈良市内からJRと近鉄を乗り継ぎ、約一時間かけて帰ってくる娘が降り立つのは、名張行きの準急か快速急行が入る2番線ホームで、娘はそこから階段を上がってくる。その方向と時計を交互に見つめながら、午後十時台ともなると一時間に二本しかない急行の到着を待つ間、自分がいかにも慣れないことをしている気ずつなさでそわそわしてくる。朝、娘は車の助手席でずっと『詳説日本史研究』を開いたまま、言葉もかわさなかったことを思い出したり、奈良市内で別れるときに、じゃあと一声残していった娘の、なんということもない表情を思い浮かべてみたりするが、だからどうだという結論には行き着かず、なにかしら落ち着かない心地がする理由も定かでない。

そういうときに限って時計の針は足踏みでもしているように感じられ、待っているのとは別の電車の発着の物音と乗降客の行き来の、ほんの一、二分のざわめきが所在なさをかきたてて、またぞろ当てどない物思いが始まる。母と娘はどうしてあんなにいがみ合う？　いったい衝突の理由は何だ？　早稲田の政経学部か慶應の経済学部が陽子の第一志望というのはほんとうか？　文学部史学科からいつ鞍替えしたのだ？　それより、母娘の不機嫌について父親の自分に出番はあるのか、ないのか。ああ否、それ以前にこの自分の居場所がはっきりしないことこそ、この寄る辺無さの核心にあるものではないだろうか――。そんな自省をするうちに、名張行きの急行がホームに入ってくる音と構内アナウンスがあり、たちまち伊佐夫の頭は目下の懸案に切り替わって、新たな緊張を託っているのだ。陽子が現れたら最初にどんな顔をするべきか。「お帰り」という以外にどんな声をかけるべきか。それとも余計なことは言わないほうがよいか云々。続いて、数十人の勤め人の列に混じって、紺色のオーバーコートと学生カバン姿ののっぽの娘がひょっこり現れ、見ると片手にはまた読みかけの『詳説日本史研究』がある。猫背気味の背を一寸前へ伸ばし、改札の外の父に気づくと、首を一瞬かくんと前に倒して〈どうも〉と会釈をする。機嫌は良くも悪くもない、いつもの陽子の挨拶だったが、そのときの正確な表情などは浮かんでこず、自分がどんなふうに声をかけたのかも不明だ。

間もなく3番線に上本町行きの急行が到着するというアナウンスがあり、時計の針は二時十七分を指す。上本町行きに乗ったのなら、孫は名古屋経由で名張まで特急で来たということだった。跨線橋に靴音が上がってくる。昼下がりの乗降客は数えるほどしかおらず、伊佐夫は眼を凝らすまでもなく、それらしい娘を見つけだして心臓が一寸跳ねた。なんと、陽子と瓜二つ。南方から来たかと思うほど焦げ茶色に日焼けした長い手足をTシャツと短パンから突き出させて、大きなダッフルバッグとテニスのラケットをぶら下げ、十メートルの距離から伊佐夫に眼を止めると、かくんと首を前に倒す。はにかむでなし、こちらの表情を窺うでなし、旅行先で駅まで迎えにきた宿屋の従業員に〈どうも〉と会釈するような感じで、そういえば年初に会ったときもこうだったと思い出しながら、伊佐夫もひとまず首だけで会釈を返した。

ええと——お母さんがよろしくと言ってた。私、お手伝いするから何でも言って。でも、料理は期待しないでね。それから、これから学園前へ寄りたいんだけど——。改札を通ってくるやいなや、孫は言うべきことを極力短く、エネルギーを節約して言い、テニスクラブへ通うという話はお母さんから聞いている、伊佐夫も単刀直入に応じた。——そう、よかった。孫はそうして初めてほんの少しにっこりし、それなりに緊張していたのかと思ったが、それにしても若いころの陽子に輪をかけて無愛想なのが思いがけず愉快で、伊佐夫は奇妙にこころが晴れてしまったものだ。

では、まずは学園前へ行くか。この時間帯なら一時間もかからんよ。そう孫娘に告げて駐車場から出した軽四輪を駆る。孫はポンコツの軽四輪がもの珍しいといった顔をするが、何も言わない。陽子は東京でベンツに乗っているが、伊佐夫も何も言わない。車と言えば、陽子の亭主は何か特別な信条があってのことか、アメリカでの暮らしには不可欠の車の運転免許を取らず、そんな独りよがりの阿呆と結婚するなんてと昭代は憤慨し、さすがの伊佐夫もこの亭主はいわゆる無為徒食のヒッピーの末裔ではないかと案じた通り、まともな結婚生活は数年も続かなかった。一方で、お父さんこそ娘の夫婦生活をあれこれ言えた立場じゃないでしょう、お母さんがあんな事故を起こすまで何も気づかなかったような人に、夫婦の何が分かるというのよ、陽子は自身の生活に触れられるといつもそういう言い方でかわしてきたのだったが、元気だった時代の昭代を知らない孫娘の心身には、母親の口から聞かされてきたはずの上谷の実家のあれこれが、いったいどんなふうに刻まれていることか。それとも仕事に追われ続けてきた陽子のことだから、実家の話など家族にしているひまもなかったか。

奈良って、わりに田舎——。国道の風景に眼をやっていた孫が言う。そうだなあ、ぼくも四十年前にそう思った。伊佐夫が応えると、へえ——孫は言い、続く言葉はしばらくどちらからもない。伊佐夫の軽四輪は、エキゾーストパイプか排気ダクトの固定ネジが緩みかけている音をカタカタ鳴らしながら、昼下がりの国道をひた走る。橿原から国道二十四号線に入って奈良市内まで北上し、近鉄奈良線に沿って学園前を目指す。走りながら、榛原から電車で通うとなると大和八木と大和西大寺で二回乗り換えて五十分ぐらいかかると計算し、学園前には週に何回通うんだ？　尋ねてみると、毎日という返事だ。毎日か。遠いぞ。榛原までは送り迎えしてやるが、大丈夫か？　大丈夫、好きなことをやるんだから。孫は言う。自分も昭代も、陽子も、とくに運動が得意だったわけではないのに、彩子の運動の才能は誰の遺伝子だ？　ひょっとして運転免許ももっていないという父親か？　ひとり想像して可笑しくなったが、孫は国道の風景に眼をやっていて気づかれることはなかった。

近鉄奈良線沿線の大和西大寺、菖蒲池、学園前あたりは私立学校が集まり、大宇陀とはまるで違う、都市近郊の匂いのする閑静な住宅地が広がる。その学園前の住宅地にあるテニスクラブを、孫の持参してきた入会案内パンフレットの地図を頼りに探しあてると、孫は十五分で戻ると言ってひとりで入会手続きをしにゆき、伊佐夫はクラブハウスの外で待つことになった。その間、コートでボールを打つリズミカルな音を聞くともなく聞いていると、昭代の事故以降はゴルフもしなくなった錆びついた身体が、気のせいか一寸ほぐれるような心地になり、孫とテニスをあらためて結び直しては、へえと思ったりした。入会案内パンフレットによれば、入会金と年会費を合わせて五千円。一回のレッスンが二千五百円。定休日の火曜日を除いて仮に十日間通うと、合計二万五千円。一日に二回レッスンを受ければ五万円。榛原から学園前までの電車賃も、往復で千円以上はかかる。自分の出張中、一人娘に留守番をさせる代わりに、陽子は旅費や小遣いとは別に少なくとも七万円ほどを渡したということだ。もっとも、陽子は高校三年のときに予備校に通っただけで習い事はしなかったが、慶應の学費と東京での生活費に加えてアメリカへの留学費用が嵩み、家の修繕やリフォームが犠牲になった。伊佐夫はこちらのテニスの費用くらいは祖父として援助してやることに決め、また一つ気になっていたことを片づけて、気が楽になる。

コーチに会えたよ。思っていたよりおじさんだった。レッスンは明日の十時から。

孫は小鼻を少しふくらませ、意欲満々だ。何やら急に大人びて見えると思いながら、そうか、毎日暑いから熱射病に気をつけて、と伊佐夫も応じる。帰りに橿原のショッピングモールに寄ったが、孫は肉も魚もあまり食べない、牛乳は嫌い、三食ともご飯と味噌汁に、豆腐と卵があったら十分ということで、ほとんど何も買わずじまいだった。それから、気がつくと孫は助手席で居眠りをしており、漆河原まで戻ってきたところで眼を覚ますと、しまったという顔をして涎を手の甲で拭う。すでに午後五時を過ぎ、長く伸びた杉山の影が棚田の半分をくっきりと切り取って、カジカガエルのひりりひりりりという鳴き声のほかには野良作業の音もすでにない。昼間の暑さも退いて涼しさが襟足に忍び込んでくる。孫が昭代の葬式に来たとき、棚田は薄く雪を被って凍っていたはずだ。

かくして伊佐夫と孫娘の共同生活は始まり、伊佐夫の日課はしばし多少の変更を余儀なくされることとなった。まず、朝八時に孫を榛原駅に送ってゆかなければならないので、早朝の茶畑の見回りは休止になった。代わりに朝一番に棚田と畑の見回りをしたあとは、洗濯機を回し、孫を起こしてご飯と味噌汁の朝飯を用意する。孫は蒲団を干し、掃除機をかける。一緒に仏壇に手を合わせてから、朝飯を食う。さすがに運動をしているだけあって、孫はどんぶり飯だ。生卵、豆腐、納豆、何でもご飯にのせて勢いよく食う。豆腐を潰して薬味の青ネギを混ぜ、醬油と胡麻油をかけてご飯にのせたりするのを見ると呆気にとられるが、お米がおいしいと言われると、悪い気はしない。しかし、いまどきの子どもらしく、根菜や青菜はあまり食わない。キュウリやトマトはなんとか食う。昼の弁当代わりに梅干しを入れた大きな塩にぎりを二つ、もたせてやる。

孫を榛原駅に送り届けて棚田に戻ると、出穂までの日数を数えながら畦の草取りを続け、畑は収穫の終わったキュウリとインゲンを抜いて整地をし、秋蒔きの大根やニンジンに備えて土つくりに取りかかる。四月に植えたジャガイモも、そろそろ葉が枯れかけてきたので芋を掘らなければならない。昼は素麵を食い、一時間ほど昼寝をし、洗濯物と蒲団を取り込み、午後三時に榛原へ孫を迎えに行く。改札に現れる孫は、炎天下で三時間もテニスをして、日焼けした皮膚が放熱の続く焼けた鉄板のようだ。練習はどうだった？　うん、まあまあ。一寸暑かった。漆河原までの半時間ほどの間に孫は助手席で大口を開けて居眠りをし、家に着くと冷えた麦茶を一リットルも一気に呑みほして、開け放した座敷で扇風機の風に当たる。そうしてテニスの専門誌を開いているかと思うと、またいつの間にか畳に転がって寝てしまっている。その孫の頭の先の広縁の向こうには、夕日を受けて焼けてゆく額井岳や戒場山がある。それを眺めながら伊佐夫は風呂を沸かし、畑の野菜を煮て、豆腐や豆を添えただけの簡単な夕飯をつくると、孫を起こして風呂に入らせ、自分は缶ビールを開ける。

それにしても、孫が来た翌日には早速、宮奥の久代が倉木の親戚の由香里も来るから夕飯をうちでと誘いに来て、その席で、十五日の阿騎野の夏祭りの大花火と翌十六日の菟田野の宇太水分神社の盆踊り、さらには由香里と一緒に大阪のユニヴァーサル某へ行く日が十七日火曜日と、あっという間に決まっていたりした。そうして、当初は長く思えた二週間という滞在期間が急に短くあわただしいものに感じられると、伊佐夫は自分も孫に何かしてやりたいことがあったのではないかと胸に手を当ててみたものの何も浮かばず、結局、テニスクラブの定休日の十日火曜日の早朝、まだ寝ぼけている孫をひとまず裏山の共同墓地へ連れていった。すると、まだ午前六時だというのに、埋め墓の盛り土と夫婦石の上には、三日前と同じように真夏日を予感させる、噎せるような日差しが降り、その下で切り花が早くも枯れてすえた臭いを立てるなか、そら、ここは死者が集う場所だ、おまえたちとは切り離された時間が流れている場所だと、先祖たちが口々に声を上げるのが聞こえたか、孫はぶるっとひとつ身震いする。お祖母ちゃん、ここにいるの？　孫はつぶやき、伊佐夫はあの卒塔婆のところだと教えてやったが、そう言われてもどうしてよいのか分からなかったのだろう、盛り土の近くまで行って三秒ほど手を合わせると、逃れるように背を向けて元来た杉木立の斜面を戻ってゆく。

伊佐夫はあとを追い、そのまま茶畑のほうへ歩を進めた。何があるのと孫が尋ねるので、秘密の茶の木と伊佐夫が応じると孫は曰く、あ、知ってる！　お母さんが、お祖父ちゃんは山で秘密のお茶を育てているって言ってた。そうして、死者の気配から逃れた若い脚は、途中からカモシカになって斜面を飛び跳ねるように登ってゆき、自分の背丈ほどに生い茂った茶の木のジャングルに飛び込むやいなや、すごぉい！　と叫ぶ。これが秘密の茶の木？　昨日お祖父ちゃんところで呑んだお茶がこれ？　すごぉい――！

当面はテニスにしか興味がない醒めた十六歳が、茶の木の群落の真ん中でいったい何のスイッチが入ったというのか、突然口が軽くなって喋りだしたのには伊佐夫のほうが驚いた。海の向こうから渡来した茶の木が、いつの間にか日本の風土に自らを適応させて生き延び、いくらかは遺伝子も変化させて、二十一世紀のいま、栽培種とは似ても似つかぬ野生に近い姿になってここにある、といった話も出来ればしたかったのだが、それ以前に、孫の神経は大丈夫かと、予想もしていなかった方向へ思わず意識が向いてしまった。ひょっとしたら、よく動き、よく食べ、よく寝る健康優良児は表の顔で、早朝や真夜中にはひそかに別の生きものになるのか。よく日焼けした皮膚の下に、なにがしかの不安定な魔物を忍ばせているのか。否、仮にそんなことがあるのなら、母親のほうが娘を二週間も置いてゆかないだろう。そうだ、心配すべきは孫の上機嫌に不安を感じる自分のほうだろう。七十二歳の自問自答をよそに、孫は天地四方に伸びて絡み合う茶の木がよほど気に入った様子で、ジャングルジムと戯れるようにして、絡み合った枝の下に潜ったり、掻き分けたりして飛び回ったあと、今度はふいに、ねえ、野萱草の花を見たい！　と言い出す。お母さんが子どものころ、よく食べさせられたんだって。ねえ、近くに生えてる？　見たい！

伊佐夫は二秒思案し、その前に朝飯だ、と応じた。洗濯も掃除もあるし、畑仕事もある。それから半坂へ野萱草を摘みに行って、昼の素麺の具にしよう。伊佐夫は言い、先に立って杉山を下り始めると、あとから来た孫が突風のように追い越してゆき、あっという間に姿が見えなくなったかと思うと、はるか下のほうから、着いた——！　という明るい叫び声が届いた。

そしてその日は、朝飯のあと孫を畑に連れ出して、ジャガイモの芋掘りを手伝わせた。孫は土を相手にときどき笑い声をあげ、カナヘビを踏んで叫び声をあげ、垣内の年寄りたちが笑みや軽口を投げかけてゆく。梅雨明け前に土寄せをして水捌けを改善したのがよかったのか、四キロほどの種芋が五十キロの真新しい芋になり、竹カゴに納めてしばらく土が乾くのを待つ。例年、土が乾いたところで二十キロほどを東京の陽子に送ってきたが、今年も送るからと孫に声をかけたときだ。何か聞こえたというふうに振り向き、一秒か二秒空白の表情になったあと、うんとうなずいて応えたのが、どこかにひそんでいた不安を一瞬揺り起こして、伊佐夫もまたしばし空白の心地になった。

結局、昼前に野萱草を摘みにゆくかと声をかけると、孫は、疲れたからいいと素っ気なく応え、慣れない畑仕事をしたこと以上に、年頃の娘の気分も興味もジェットコースターのようだと呆れながら、午後は孫を家に残して、伊佐夫はひとりジャガイモを抜いたあとの畑の整地と草取りをした。その間に、孫はたっぷり昼寝をしたらしい。伊佐夫が家に戻ると、洗濯物が取り込んであり、カレーの匂いがして、孫が夕飯の支度をしていた。その日は、孫のつくった新ジャガイモのカレーと、トマトとキュウリのサラダが夕飯になった。その夕飯のときに、とくに意図したわけでもなかったが、将来は何になりたいのかと尋ねてみると、孫は数秒天井を仰いでから一言、インターハイに出てから決める、と応えた。

そうして孫はまた学園前のテニスクラブに通いだし、伊佐夫は榛原駅までの送り迎えと、稲の穂ばらみを待ちながらの水管理と草取りの日々になった。否、孫からインターハイの話を聞いた翌日には、榛原駅へ孫を送ったついでに、近くまで来たからと言い訳をしつつ、市役所のそばに設計事務所を構える区長の堀井を訪ね、孫がインターハイに出たいと言うんだが、どんなものだろうかと尋ねていたりもした。これまでまるで思い出したこともなかったのに、堀井が昔、奈良高校のテニス部で県大会に出ていたことを突然思い出したためだった。堀井は垣内の噂で上谷の孫がテニスをすることは聞いていたらしいが、インターハイを狙うレベルの話だとは思っていなかったようで、へえ、それは楽しみやないですか、応援してますよと相好を崩した。とはいえ、聞けばまずは東京都の体育連盟の強化選手になる必要があるとか、そのためには都の高校団体戦や個人戦、関東の高校テニス大会、高校総体の出場者決定戦、都の選抜高校テニス大会や、関東の選抜高校テニス大会に出場して成績を残す必要がある云々。なに、有力なコーチについて努力すれば、十分できますよ。それにしても伊佐夫さん、老後の楽しみが一つ増えましたな！

そんな話を聞いたあと、七日夜に電話で聞いた陽子のあいまいな口調があらためて思いだされて伊佐夫は困惑し、孫本人と陽子の間には認識のずれがあるのではないか、母と娘の二人暮らしなのにどうしてこうなるのだ、それともインターハイに向けたいくつものハードルを自分が大層に捉えすぎているだけだろうか、などと考えるともなく考え続けた。

十五日の日曜日には、かねてからの予定通り、宮奥の久代の一家や親戚の由香里と、すぐ近くの大宇陀拾生の丘陵で開かれる阿騎野の大花火を見に行った。夕方、孫がテニスから戻る時刻を見計らってやってきた久代が、昭代の浴衣を孫に着せてみたが、背が高すぎて着丈が合わず、結局孫はふだんのTシャツとジーパンの格好で出かけることになった。由香里と会うのは二度目だったからか、すぐに打ち解けた様子になって二人で笑い声を立てたり、ふざけあったりし、なるほど、同い年の同性同士なら孫は少しも無愛想ではないのだと思うと、伊佐夫としては肩の荷が下りたような、少し気が抜けたような、だった。

ほんに気が合うて、よかったわ。ほら伊佐夫さん、彩子ちゃんが笑うてる——。久代の笑みがこちらに飛んでくる。久代は涼やかな綿絽の浴衣に半襟をつけ、博多織の半幅帯に下駄という姿が、いかにも上谷の女らしい年甲斐もない艶やかさで、田舎の夏祭りでは否応なしに人目を引く。亭主の倉木は年じゅう見慣れているせいで気にも留めていないが、伊佐夫はあらためて眼をどこへやっていいのか分からない戸惑いを覚えながら、最近は自分のなかで昭代と久代の区別がつかなくなりかけていることや、日々影が薄くなってゆく昭代の上に久代の顔や声や物言いが上書きされてゆくような感じでもあることを思い出し、無意識に身構える。もっとも、だからどうだというところまでは行かない、こんな感覚はみな、皮膚の下の神経回路を走る意味不明の刺激に過ぎないと頭で思う反面、とうの昔に萎えたはずの下半身が中途半端に生き返りそうな薄気味悪い衝動もあり、自分で自分に驚いたり、辟易したりする。否、これも孫への詮索のあれこれと同じく、大半は七十二歳の爺の自惚れと勘違いのたまものだと思いなおす端から、薄笑いをしてごまかし、ほら、一杯やりましょうや、亭主の倉木が差し出してきた缶ビールを開ける。

まだ日の高いうちから食い物や金魚すくいなどの出店が出ていた夏祭りの会場は、日が落ちるころには一寸した雑踏なみの人出になり、孫たちや久代の姿を見失わないよう首を伸ばしながら、伊佐夫は片方の耳だけで倉木の世間話を聞く。曰く、八月は会社もヒマやと思うてたら、急な工事が入ってきましてな。そやけど作業員もお盆やし、ただでは人のやり繰りがつかしません。結局、日当にいくらか上乗せしますんやけど、見積もり価格にその分を乗せられるわけやなし——。へえ、どこの工事ですか。伊佐夫が尋ねると、市の総合体育館のボイラー室の床が云々という返事がある。ボイラー室なんかいますぐ使う施設やないのに、九月に市長の視察があるから、不良箇所があるとまずいんやそうで。いやまあ、税金で食わせてもろうてる身としては、文句を言うたらばちが当たりますけど、と。そういえば、その体育館の工事にも、いま自分たちが立っている約七ヘクタールの大宇陀拾生の丘陵に広場やグラウンド・ゴルフ場や野外ステージを整備して総合公園にする事業にも、倉木の建設会社はジョイントベンチャーで参加していた。年に一度の夏祭りの花火大会のほかには、スポーツイベントなどが開かれている気配もない、だだっ広いばかりの閑散とした公園整備に投じられた税金の一部で、倉木はたしか今年もベンツを最新モデルに買い替えたはずだ。

雑踏の少し先に見え隠れする孫と由香里の手には、いつの間にかかき氷に代わって顔ほどの大きさのある綿あめが握られており、その傍では久代の扇子がぱたぱたと揺れ、紺色の綿絽の浴衣の袖が揺れる。そういえば、昭代が最後のころに着ていた浴衣が、ちょうどあんな色と柄だった。いつだったか、大阪の高島屋で誂えた竺仙《ちくせん》の浴衣——。陽子のアメリカ留学で大枚をはたいたこともあり、毎夏家族で新調してきた浴衣を初めて新調しなかった夏へと、数秒か十数秒伊佐夫の思いは飛ぶ。いまだ五十前半の女盛りの昭代が、浴衣の襟足から覗かせていた淡い小麦色の皮膚の熱へ。その汗ばんだ首筋に張り付いていた後れ毛へ。それを見つめながら、やはりどこかに男がいるのだと突然確信していた自分自身の心身のざわつきへ。

否、それはしごくあいまいなさざ波に留まり、代わりに夏祭りの出店の傍で、昭代が綿あめでべたべたになった陽子の手を拭いてやりながら、ほら陽子ちゃん、こんなにお砂糖をつけていたら蟻さんが来るよぉ、寝ている間に蟻さんがお蒲団に入ってくるよぉと節をつけて歌うようにささやいていた光景へ。蟻さんが——というのは、もちろん陽子がまだ乳母車に収まっていたころの話だ。そういえば、陽子はあまり夏祭りの類が好きではない風変りな子どもで、中学になると頑として花火大会や盆踊りには行かなくなり、今年も行かへんのですか、娘さんの勉強もたいへんですなあと垣内の人びとに呆れられながら、一家は毎年、漆河原の高台の家で山越しに伝わってくる花火の音を聞くだけの夏を過ごしたのだった。もっとも陽子はそんな話を覚えている様子もなく、ましてや娘の彩子に話しているとも思えない。孫は、由香里と何を話しているのか、綿あめに顔を突っ込みそうな勢いで大口を開けて笑っている。

あ、これは一雨来るな。明日、コンクリの打設があるのに——。倉木が二缶目の缶ビールを開けながら、ちらりと虚空を仰いで独りごちる。昼の熱の名残を含んだ夜気には、たしかに分厚い湿気の層が忍び込んでおり、いつの間にか宇陀盆地の上空で夜の積乱雲が発達していることを、伊佐夫も鼻腔の奥の繊毛で知る。しかし、降ったとしても短い通り雨か雷雨だろう。雹が降らない限り、出穂前の稲にそれほどの影響はないし、畑の野菜たちはむしろ喜ぶだろう。

なに、本降りにはならんでしょう。伊佐夫が言うと、明日は菟田野の盆踊りですしな、と倉木も相槌を打つ。うちのも境内で大人しく炭坑節でも踊ってくれていたらよろしいんやが、昼間の出し物でフラ教室の仲間とアロハ〜オエ〜ですからな。速秋津彦命《はやあきつひこのみこと》でしたか、国水分神《くにのみくまりのかみ》でしたか、カミサマが社殿で眼を白黒させますやろな、アハハ、アハハ——。伊佐夫は、鎌倉時代の創建になる国宝の神社の境内に流れるたおやかなハワイアンの音色を耳に過らせながら、そうだ、明日テニスの帰りに、橿原かどこかで孫に浴衣を買ってやるのはどうだろうか、などと考えている。

そして、黒々とした草の丘陵のどこからか地虫のようなさざめきが湧き出し、あっという間に広がったかと思うと、ひゅうと音を立てて花火が一つ上がった。歓声が上がり、ドン。続いてまた一つ、ひゅう——、ドン。十数メートル先の人混みのなかで、孫と由香里が小鹿のようにぴょんぴょん飛び跳ねる。そしてまた一つ、ひゅう——、ドン。伊佐夫はふと、何やら淋しげな音だと思う。毎年聞き続けてきた音も、この己が耳や脳の性能が衰え、変化したことの証のように違ったものになるか。そんなことを考える伊佐夫の眼と鼻の先で、孫の笑みが躍る。否、それがいつの間にか陽子の笑みに重なり、伊佐夫の思いはまたしばしあらぬところへ飛んでいった。そういえば、大学生の娘が最後に帰省らしい帰省をした九二年夏、自分たち一家は珍しく榛原のほうの花火大会へ親子三人で出かけたことがあったのだ、と——。

かくして伊佐夫はまた少し茫々となる。その夏、陽子がもともと興味のなかった地元の祭りにどうして参加したのか、昭代もしくは親戚や垣内の有形無形の圧力があったのか、などなど、いまとなっては真相を知る由もなく、いまさら詮索する理由も見当たらなかったが、それにしても、一度だけ榛原の花火を見に行ったときの話が、今日まで陽子の口から一度も出たことがないのはなぜか。記憶に残らないほどの出来事だったのか。夏祭りなど、娘にとってあらためて口にするほどの意味もない出来事なのか。それとも、何か理由があって話題にしないのか。否、これはどこまでも、ある年に家族三人で花火を見に行ったというだけの話であり、仮に何かあったのだとしても、凡百の家族が個々に抱え込むひそやかな記憶の一つではないか。意味があるようでなく、折々に散漫に思い出されることでかたちになり、また少し経てばどこからともなく崩れてゆき、いつの間にか呼び戻されては、いつの間にか崩れ去る。それ以上でも以下でもないというより、家族の記憶とは、そもそもそういうものでしかないのではないか。ひゅう——、ドン。

ここの花火もそろそろ二十年ですやろ。二千発なんてケチなこと言わんと、せめて倍ぐらいにしたらよろしいのにな。いやそうは言うても、人件費や設備費を入れたら一発あたり一万円ぐらいはかかりますよって。倉木は顔見知りの誰かと協賛金の話を始めており、傍らでは幼稚園児ぐらいの息子を肩車したどこかの父親が、一つ一つ花火の説明をして聞かせている。ほら、まんまるのあれが菊。菊の花みたいやろ。ひゅう——、ドドン。あ、今度は牡丹と菊や。花びらが散らないのが牡丹やで。続いて、いくつもの小さな花が明滅しながら飛び散ってゆく。千輪菊というらしい。ひゅう――、ドン。薄桃色の火花をまき散らしながら開くのは、花雷。ひゅう――、ドン、ドドン。あ、星！　肩車の幼児が歓声を上げ、あれは土星、よう見つけたなと父親も声の調子を上げる。続いて、しだれ柳。昇り龍。なかには夜空にピィ――と笛の音を引きながら昇ってゆく龍もある。

やがて次第に打ち上げの間隔が狭まってゆき、次々に開く花火で山間のそれほど広くない空に火薬の煙が白々と照り輝く。菊。牡丹。菊。菊。千輪菊。花雷。花雷。花雷。昇り龍。菊。牡丹。しだれ柳。ドン、ドン、ドン。ひゅう――、ドン、ドドン。いつの間にか幼児を肩車した父親の説明の声も絶え、伊佐夫の耳のなかは夜空に降りそそぐ音と丘陵を埋めた人びとのどよめきだけになる。否、そこにはかつてここにいたことのある昭代の声や、榛原下井足の花火会場のほうにあった家族三人の声がひそみ、一つ一つの音節は聞き取れない断続的な耳鳴りになって、伊佐夫の内耳の奥へ、蝸牛神経へ、一次、二次、三次聴覚野へと伝わってゆくのだ。すると、それはやがて大脳辺縁系へと伝播して、何とは特定できない感情の波のひと揺れが起き、伊佐夫は落ち着かない心地になって無意識に足踏みをする。そうだ、先日今年もジャガイモを送るからと言ったとき、孫が見せた一瞬の空白の表情は何だったのだろうか――。

ほら、もうすぐスターマインが上がるよ。連発花火やで！　幼児を肩車した若い父親の声が上がり、丘陵も新たにざわめき立つ。二千発の最後を飾るスターマインの連射が始まり、火薬玉が次々に駆け上がってゆく。ドン、ドン、ドン、ドン。菊。菊。菊。牡丹。牡丹。菊。花雷。

花雷。しだれ柳。しだれ柳。しだれ柳。ドン、ドン、ドン、ドン。千輪菊。昇り龍。菊。菊。菊。最後はドドドン、ドドドドンドドドドドドンという速射になり、火の粉が明るい尾を引いて空いっぱいに飛び散ってゆき、一寸我を忘れた。

あのね、ここの花火、手を伸ばしたら届きそうな感じで好きだな。来年も見たいな——。帰り道、孫は言い、見に来たらいいと伊佐夫は応じたが、そういえばそのときも、返ってきたのは「うん」という少しくぐもったひと声だったものだ。

午後十時前、漆河原に戻って家の雨戸を閉めたとき、三方の山肌をガスがゆっくり下ってゆくところで、これはやはりひと雨来るなと思った。孫が手を伸ばしたら届きそうと言ったとおり、当地の花火が上がる高さはせいぜい二百メートル前後だが、二千発の火薬の熱が上昇気流を生み、五、六百メートルの高さに達したあたりで山間のガスが煙の微粒子を核にして急速に雨粒になるときがある。あるいは、たんに西から気圧の谷が近づいており、そこに南から暖かく湿った空気が流れ込んできているか。どちらにしろ、間もなく雨が降り出すに十分な湿気が伊佐夫の鼻腔を包み、風呂上がりの熱でほてった孫の皮膚を包んで、ひたひたと広がっていった。それから、孫はいつもの奥座敷で扇風機のタイマーをかけて床に就くと、すぐに夏蒲団がかさこそ擦れる音もなくなって寝入ってしまい、前後して伊佐夫も、元は娘の部屋だった寝間で浅い眠りに落ちる。

しかし、大宇陀の空に差しかかった低気圧は、実際には伊佐夫や倉木が予想したより急速に発達していったのであり、日付が変わるころには山間のあちこちで稲妻を走らせ始めた。そして、間もなく最初の雨粒が落ちてくるやいなや雨はあっという間に滝になり、屋根や地面を叩く音が、ぼとぼと、ばたばた、ぼとぼと、ばたばた、重たげな連打になった。一方、その音で伊佐夫は眠りの淵から引き揚げられて眼を覚まし、まずは、稲は——と独りごちた。次いで、風はあるか、と。とっさに耳をすまし、出穂前の稲をなぎ倒すような風はないことを確認し、枕に頭を載せなおすと、安堵というのでもない宙吊りの感覚の下で浅いため息をつく。眠りと覚醒のあわいにいるのは、幸も不幸もない、輪郭がはっきりしないという意味では希望と絶望の境もない、とりたてて楽しいわけではないが憤懣があるというのでもない何ものかだ。否、それ以前に、こうして蒲団に横たわって眼を半開きにしている男はこの〈いま〉、どの程度生きていると言えるのだろうか。八〇パーセントか。五〇パーセントか。はたまた三〇パーセントぐらいか。その場合、残りの七〇パーセントは譬えて言えば、表面は平らかに凪いでいても、その上を歩くことはできない水面のようなものか。手を触れられるのにある種の不可能性と不確かさを湛えて、この心身の七〇パーセントをぴちゃぴちゃと満たしている昏い水。

ぼとぼと、ばたばた、ぼとぼと、ばたばた。大宇陀の山と集落に降り注ぐ雨は、一刻一刻、その下に横たわる伊佐夫の身体一つを昏い水で満たしてゆき、それと同時に生の水位は二〇パーセントに下がり、代わりに昏い水の水位が八〇パーセントへと増加する。それが九〇パーセントに近づくころには感覚や思考が停止し、貯水池となった伊佐夫の身体はいつの間にか反転して山になり田んぼになり土になって、さらに茫々と雨を吸い込むのだ。そして、三たび反転すると、大地は土の下に広がる海になり、伊佐夫は泳ぐ。水の壁には閉鎖空間の息苦しさがあるが、泳ぎ回れる空間の自由さもある。そういえば、初夏の大雨で流されてきた鯰の花子が味わっていたのも、こんな感じだったのではないだろうか。花子は元気か。

ぼとぼと、ばたばた、ぼとぼと、ばたばた。雨音に呑み込まれるままに眠りの淵を漂っていたのは、どのくらいの時間だったろうか。頭の芯にビリッと電気が走ったかと思うと、岩のような雷鳴の塊が空気を断ち割って轟き、伊佐夫は覚醒へと引きずりあげられる。山々を走る稲妻が雨戸の隙間を光らせ、闇が降り、また光が走る。放電の衝撃波は雷雲と大地の間を瞬時に伝播しながら杉山へ、棚田へ、集落へと駆け回る。上谷の古家の屋根や柱を震わせ、ガラスを鳴り響かせて寝間へ迫ってきたかと思うと駆け去り、遠くで渦を巻く。落ちたか——？ 数秒の静寂があり、次いでまた新たな稲妻が走り出す。雷鳴が空を割り、耳を割り、眼を冴えさせて伊佐夫はついに眠れなくなる。孫は寝ているだろうか。寝られないと、明日のテニスがしんどくなるだろう。

そうして孫の顔を思い浮かべたのは虫の知らせだったか、暗がりで「おじいちゃん」と呼ぶ当人の声がし、見ると自分の蒲団を抱えた孫が寝間の入り口に立っていた。どうした、寝られないのか。うん、まあ。雷、凄いし。孫は運んできた蒲団をさっさと伊佐夫の隣に敷き、横になる。山の雷は地面から湧いてくるんだもの、びっくりした——。孫は、怖いとは言わない。

そうだな、花火と一緒だ。雷と地面の距離が近いから、湧いてくるように聞こえるんだろう。伊佐夫は説明してみたが、孫の眼はもう、寝間のそこここで層をなしている古本や土壌のモノリスのほうへ向かっており、話はそこへ飛ぶ。あの土の標本、上野の国立科学博物館にあるのと同じでしょう？　私の友だちが土や石が好きで、一緒に見に行ったことがある。日本じゅうの石や隕石を集めた展示室は面白かったな。土を掘るの、楽しい？　楽しいかと聞かれてもすぐには言葉を集められず、真夜中に話すことでもない気がして、伊佐夫はうん、まあとだけ応える。孫もそれ以上は言わない。埃を被った土のモノリスたちも、稲妻を浴びて薄っすらと輝きながら沈黙し、代わりに孫がまた口を開いて言う。ほんとうのことを言うね。お母さん、ニューヨークで新しい仕事見つけたの。だから、向こうで働くことになるし、私もアメリカへ行くことになると思う。お母さんを一人で置いておけないし。でも、アメリカはヴィーナス・ウィリアムズとセリーナ・ウィリアムズがいるから――。

孫は、もっと早く話したかったが話せなかったと言って、わびた。ここに至るまでに山ほどの怒りや困惑や悲哀を乗り越えてきて、もう何も残っていないといった乾いた声だった。とまれ、話の大半はずっと前から予想できたことであり、伊佐夫にも強い感情の起伏はやってこなかった。娘と孫はこの秋にはニューヨークへ移住する。娘はどこかのシンクタンクで働き、孫は現地のハイスクールに転校し、テニスクラブに通う。そして、たぶんウィリアムズ姉妹のテニスの試合を観に行くのだろう。また娘の陽子は、実は八月六日に正式に離婚をし、孫とどもに上谷の姓で新しい戸籍をつくったということだ。由紀夫の通夜で本人に会ったときのうわのそらも、これでいくらかは説明がつく。おじいちゃん、私、上谷彩子になったのよ。なんか、へんな感じ――。そう言って、孫は初めて小さく笑った。

伊佐夫は、自身の身辺に起きた新しい事態と今後のことなどのすべてを思考のとば口に並べたまま、それらを眺め続ける。耳と身体はいつの間にかまた雷雨の真っ只中にあり、蒲団に横たえた身体の貯水池が増水してゆく。孫の話で少し現実に引き戻されたので、昏い水の水位は六〇パーセントぐらいか。稲妻は大宇陀盆地のすみずみを瞬間移動しながら駆け続け、夜を割いてあたり一面を真昼の明るさにする、その下では虫や鳥や川の生きものたちが身をすくめて固まり、半坂の川底では花子が息をひそめ、彼女を狙っていた蛇やイタチは狩りをあきらめて草地を逃げてゆく。また集落の家々では、この一週間あまり羽を伸ばしていた新旧の先祖たちが蒸し暑さの取れた驟雨の空を仰ぎ見、もうこんな時節かと我に返っている。

そうして彼らが急ぎ帰り支度をして散っていったあとにはもう、山間にさんざめいていた声はなく、かくして山も集落も棚田もいよいよ降りしきる雨音と雷鳴だけになる。あと八日か九日もすれば、稲も出穂を迎える。夏が過ぎようとしている。

6

伊佐夫は救急車のサイレンを聞いたような気がしてふと耳を澄まし、否、以前どこかで聞いたものだろう、そら、まだ夜も明けていないのにと思い直して浅い溜め息をつく。

八月二十四日の出穂から、昨日で十四日目。今日が十五日目、と数えてみる。二十三日朝、あわただしく東京へ発つ前に孫が見たのは、よく注意しなければ気づかないほどひっそりと開いた本年一番乗りの走り穂で、一斉に穂が出揃う出穂は二十五日早朝になった。こちらとしてはたった二日の差が残念だったが、テニスと新生活で頭がいっぱいの孫本人は、それほどでもなかったかもしれない。それから、その翌日には明日ニューヨークへ発つと陽子が電話で知らせてきた。現地の学校の入試の出願などがあるからと早口に言葉を濁しながら、しばらく会えないのに顔を見に行けなくてごめんなさい、もっと早く話をしたかったのだけれどなんとなく言い出しそびれて——といったしおらしい口調が、なにやら知らない女性の話を聞いているようだったのは、自分のほうこそ何かに気を取られていたのだろうか。近ごろ、陽子の声を聞くたびに、無意識に何かを考えているのはどうしたことだろう。

いまごろ何を言っているのだ。二十年このかた好き放題に生きてきた君らしくもない、親に詫びるひまがあったら娘と二人でちゃんと生きてゆくことだ、何かあったら連絡をくれ。あまり身の入らない言葉を返す間、受話器からはずっと夏の夜の雷鳴と救急車のサイレンが聞こえていた。あえて東京は夕立かとも尋ねなかったが、ついに一度も訪ねることがなかった娘のマンションの、おそらく生活感に乏しいのだろう風情や、日夜救急車のサイレンが響き合うような都心の空気をふと肌に感じていたものだった。しかし、だからどうというのではないし、娘も孫ももうそこにはいない。

そうだ、出穂から十三日目の九月五日は夕方に突然豪雨になり、雨のすだれの下で見る間に水没してゆく棚田を眺めていると呼吸が苦しくなるほどだった。出穂後、直ちに開花・受粉した稲は澱粉を籾に蓄える登熟期に入っており、この時期、ブドウ糖を生成する光合成の働きが何より大事なのに、今年は九月に入ってから気温が高いわりに不安定な天気が多くなっている。垣内の桑野にそう言うと、うちの親父も孫たちが帰ってしもうたとたん急にひまになって、考えんでもええことを考えよりますわ、と歯牙にもかけない。土の具合ひとつ見たことのない男が何を偉そうに。先祖伝来の田んぼを老いた父親に任せて、自分は親方日の丸の公務員をやっているうちに、生存本能さえあやしくなってしまった隣人をひそかに唾棄してみたが、だからどうだというのでもない。実際のところ、この先収穫までのひと月の天気がどうなるか、残暑はいつまで続くか、台風は来るか、ひまさえあれば考えているせいか、こちらは滅多にかかってこない娘からの電話さえ半日経てばもう詳細を思い出せず、垣内の回覧板や農協の請求書などに至っては見た端から忘れ去る。

否、そういえば一昨日の豪雨が通り過ぎた直後、棚田の下の県道を救急車のサイレンが駆け去っていったのだ。国道ではなく、わざわざ県道のほうを通って行ったので、とっさに大宇陀西山か迫間《はさま》、もしくは岩室のどこかに急病人が出たかと思った。しかしそうだとしても、知り合いの不幸ならいずれ連絡が入ることだと思い直して、水浸しになった棚田の水抜きを始めると、今度はパトカーのサイレンが走ってゆく。同じように水抜きのために畦に出ていた垣内の男が、事故やろか、えらい雨やったから、などと呟いたが、夜には大宇陀西山の一軒で鬱病の年寄りが首を吊ったのだと分かった。

実際には聞こえたはずのないサイレンの音が内耳の奥深くでなおもヒリヒリしているのを気に留めながら、ニューヨークはいま何時かと暗算する。サマータイムの間は日本時間から十三時間を引いたのがニューヨーク時間だと孫に教わった。冬はマイナス十四時間。しかし簡単なはずの引き算ができず、ほぼ夕方だと適当な答えをだして、川をはさんだ対岸にマンハッタンが見えるというブルックリンの夕暮れを思い浮かべた。先週、宮奥の久代が自分の携帯電話に送られてきたと言って見せにきた現地の写真には、赤い夕空に聳える石の橋が写っており、ああこれなら昔映画で見たことがある、と思った。水兵の格好をしたジーン・ケリーとフランク・シナトラがその上で歌って踊っていた橋。否、もう一人いたはずだが、名前は忘れた。娘と孫は、いまはその橋が見える比較的新しいアパートの十階の部屋に住む。

八月三十日に、やっと落ち着くだけは落ち着いたという娘の電話があったとき、寝室二つで家賃が三千ドルだと聞いた。耳を疑うような値段だが、こちらの聞き間違いだろうか。それから、慶應義塾のニューヨーク校の秋期AO入試の出願が九月二日から。テニスができる高校ということで孫が自分で選んだそこも、年間の学費が四万ドル近くかかる。ほかには、アパートのすぐ前の路上に出るヴェンダーとかいう屋台の、黄色いライスに山盛りのチキンを載せてクリームソースをかけた当地のファストフードの、なま温かい脂の匂いが十階の部屋まで上がってくること。隣の部屋に住む老夫婦のトイ・プードルが全身ピンク色なこと。ドアマンのジャケットの下のシャツもピンク色で、サスペンダーが緑と赤のストライプ柄なこと。受話器を手にピンク色のトイ・プードルとやらを思い浮かべながら、伊佐夫はそのときもなぜか耳の奥で救急車のサイレンを聞いていたのだが、日本のそれとは違う甲高い一本調子のサイレンは、あの電話のさなか娘の住むアパートの周辺に響いていたもののはずだ。

それにしても、いまは娘と孫が住むニューヨークは、大昔にジーン・ケリーが踊っていたそれより、ずっと卑近で生活の匂いに満ちているように感じられ、伊佐夫はしばし漆河原の古家の畳の上にいることも忘れて、感嘆の混じった新たな溜め息をつく。古畳とカメムシの臭いの代わりに、娘たちが歩いている舗道の分厚い石の臭気や排気ガス、屋台のチキン載せライスの脂の匂いさえ嗅いだような心地がするところから察するに、一晩のうちにこの身体から魂だけが抜け出して、ひょいとブルックリンを一周してきたか。なるほど、こういう時間の潰し方も悪くはない。

伊佐夫は小さな発見をして満足し、枕元の時計で午前四時半という時刻を確認した後、のそりと起き出した。広縁の雨戸を開け放ち、額井岳にかかるガスとその上の薄曇りの空を仰ぎ、板間の柱の日めくりをめくる。出穂から十五日目、九月七日火曜日となる。

洗面をすませて牛乳を一杯呑み、まだ明けきらないガスの海へ出て一心に杉山を登る。残暑の下でも、山は確実に秋の支度に入っており、杉林の端の雑木の下ではナラタケやハラタケが日々眼に見えて株を増やし、伊佐夫の手で摘み取られるのを待っている。アケビやサルナシの実が太る傍らで、葉のほうは瑞々しさを失いながら色づき始め、秋波を送るように傍らを通る生きものの眼を射る。伊佐夫の茶の木も十月の開花に向けて花芽が膨らみ、夏の間に伸び放題に伸びた枝と葉の陰でつやつやと朝露をまとって輝く。

とはいえ、昨日までとは何かが違うような心地がしながら一昨日の雨水を含んで重く湿った腐葉土を踏み、発酵する有機物の匂いを嗅ぎ、杉の枯れ枝を払いつつ山を歩いてゆくと、ふいに伊佐夫の腹の片隅でランラン、ラーラランラン、ランラン、ラーラランと鳴りだすメロディがある。そこにニューヨーク、ニューヨークと歌うフランク・シナトラの声が重なってしばしスウィングし、そうだ、こちらのほうは昔、昭代と一緒に神戸のキャバレーで聴いた『ニューヨーク・ニューヨーク』だと自分に呟いているのだ。

かと思えば、空を覆う杉木立の下で、知らぬ間にピンク色のトイ・プードルを連れたアメリカ人夫婦のドラム缶のような尻が額の片隅に据わっていたり、陽子が留学先のメタセコイアの並木道を評して曰く、アメリカ東海岸の秋は鬱病になりそうなレンガ色だと書いていたことを思い出したりする。陽子の留学時代は世間が思うほど幸福なものではなかったということだろうか？　漆河原の沈鬱な杉木立の山から逃れるための留学だったということなのだろうか？　慰みに自問してみる傍らから、鍵のかかった娘の引き出しを為すすべもなく眺めているような心地になる。それでも、扱いにくい子どもだった陽子の、年代さえばらばらな記憶の断片をかき集めようとするうちに、いつの間にか本人が電話で話していたチキン載せライスとやらの、脂の匂いがそれに取って代わっている。肉や脂を調理する匂いが煙突や排気口の換気扇を通してこれでもかと通りに洩れ、排気ガスと混じり合って石を伝い、ガラスを伝って街じゅうに広がる。娘や孫の鼻腔に吸い込まれ、その脳のどこかで〈ニューヨーク〉と名付けられる。至るところで脂と快楽の欲望が匂いになって渦を巻くニューヨーク。昼も夜も救急車のサイレンが街の皮膚の下から湧き出すニューヨークだ。ランラン、ラーララン、ランラン、ラーララン。孫はテニスのラケットケースを肩に用心深く周囲に眼を配りながら、いまごろあのバカ長い脚でブルックリンの石の舗道を勢いよく歩いているか。そんな姿を思い浮かべる一方、伊佐夫のゴム長の足は、一歩毎に杉山の斜面の濡れた腐葉土に、こぽ、こぽと沈む。

午前六時前、再び集落まで降りてきた伊佐夫は、ゆっくりと薄らいでゆく早朝のガスの下に並ぶ案山子たちの幽霊と対面する。小学校に貸している三枚の田に子どもらが立てたそれは、もう少し日が高くなれば、ドラえもんだのピカチュウだの、騒々しいアニメのキャラクターに戻り、棚田は夏祭りの夜店の残骸のような風情になる。しかも、今年の学年は学年主任がいい加減な男で、穂肥を撒く八月初旬以降は稲を傷めるので田んぼには入れないから、案山子は七月中に設置してほしいと伊佐夫が伝えると、夏休みがあるので、子どもたちが案山子を制作して現地に設置するのは九月一日の始業式の日しかない、それ以外は無理だと言う。受粉して籾のなかに米が出来始める大切な時期には、田んぼに入るものではないことすら子どもに教えないで、大した自然教育だ。

子どもらの案山子は結局、畦に立ち並ぶことになったが、水色のドラえもんでは腹を空かせたスズメたちに効き目はなく、伊佐夫は半日かけて鳥よけのテープを三枚の田に張り直さなければならなかった。子どもらのためではなく、そうしなければ隣接する自家用米の田にもスズメが押し寄せ、登熟期を迎えて籾のなかで日に日に育ってゆく柔らかい米の乳を吸い尽くされてしまうからだ。その黄金色のテープが早朝の微風にあおられ、伊佐夫の眼のなかでゆったりと上下左右に揺れ動き、そのリズムがまた数秒、ランラン、ラーララン、ランラン、ラーラランのスウィングになる。すると、畦のドラえもんやピカチュウたちも心なしかゆらり、ゆらりスウィングしているように見え、またどこからかニューヨーク、ニューヨークの歌声が沸き上がり、走り去る。

畦のドラえもんたちが朝日とともに禍々しく輝き出す少し前、伊佐夫は一旦高台の自宅に戻り、ラジオの天気予報を聞きながら簡単な朝飯と洗濯と、前栽のすぐ下の畑の世話で午前九時まで――ニューヨーク時間の午後八時までを潰した。その時刻、娘はまだ仕事先にいるほうが多いが、新学期が始まるまで近所のテニスクラブに通っている孫は家に戻っているので、何かあったときに電話が通じると安心なのだけれどという娘の、ほとんど実質的な意味はない不器用な甘えに付き合ったかたちだった。仮に電話が通じたところで、大宇陀とニューヨークの距離では互いに出来ることは何もない。ああ否、魂だけでいいのなら、いつでもどこへでも飛んでゆけるというものか。そう思うと今度は意味もなく可笑しくなり、電話が鳴れば聞こえる距離の畑で秋まきの大根の芽を間引きながら、知らぬ間にニューヨーク、ニューヨークと口ずさんでいたりし、やがてその傍らで、自分に何かが起きている、娘たちの渡米とは関係のない、もっと根深い事柄に足を取られていると感じ、己が胸のうちを覗き込んでいたりする。

午前九時を回った明るい薄曇りの空がある。畑も野菜はみな秋まきの苗に変わり、畑の端に立つ栃の木も、夏の終わりにたわわにぶら下がっていた黄色い房が弾けて、例年より少し早目に大粒の黒い実を地面に落とし始めている。三日前にはその実を五キロほど拾い、虫を落とすために晒の袋に入れて棚田の用水路に漬けた。今日あたり引き揚げてザルに空け、ひと月ほど乾燥させたら、桜井の雑穀商に二束三文で買い取ってもらうことになる。少し前までは垣内にも栃餅をつく家があったが、近年はあく抜きの手間をかけてまで栃の実を食う者はいない。

次いで、伊佐夫は日に日に重量を増してゆく稲穂を見に棚田に降りる。毎日それほど大きな変化があるはずもないが、稲の青が少し薄すぎるような気がしたり、籾が小さいような気がしたりで、登熟が順調に進んでいるかどうか毎朝不安を更新し、眼を皿にして稲穂を覗き込む。実肥の施肥はしないよう農協から指導されている品種なので、いまから出来ることは何もないが、予報では明日はまた雨になる。土台、出穂から稲刈りまでの六、七週間は毎年、米農家は雨と気温と台風との闘いになり、イライラを募らせた末にパチンコと麻雀と夫婦喧嘩で発散することになるが、昭代の事故からこのかた、伊佐夫は心配と諦めの間を行き来する以外に文字通り為すすべがない。挙句の果てにこの未明からはどういうわけか壊れたレコードのようなニューヨーク、ニューヨークなのだったが、その声もいまは近づいたり遠ざかったりだ。

農道を近づいてくる赤いフォルクスワーゲンがある。どこかで見た車だと思ううちに伊佐夫の棚田の近くでそれは止まり、宮奥の久代の娘の初美が降りてきた。二歳の娘がいるとは思えない童顔と、高校時代はバレーボール選手だったという大柄な身体と、愛犬のトイ・プードルと婿養子とバリ風の住まいのどれもがちぐはぐで、昔からあまりまとまった印象がない。それがいまごろ何の用だと訝りながら、挨拶のために麦藁帽を取ったところで、あのね伯父さん、うちの父が昨日入院しましてん、ときた。

確かに〈入院〉と聞こえた。夏祭りで会ったときはぴんぴんしていた男が――。思わず、えっ、と声を上げると、初美は気だるそうな薄笑いを浮かべて曰く、春ごろから貧血気味やったらしいんですけど、父はあんな人やから家族にも言わへんし。それで昨日、ちょっとだるいから病院へ行ってくる言うて出かけていったら、病院から電話がかかってきて、すぐ入院ですから手続きに来てくれって言いますねん。急性骨髄性白血病の疑いがあるからって。ほんまに冗談みたいな話でしょ――。口をすぼめてぼそぼそと繰り出す喋り方は、社交的な母親の久代とは似ていない。陽子も昭代とは似ていないが、初美と久代は、表立って対立するような険しさはない分、似ていない者同士が無頓着に同じ化粧をしているような、どうしようもない感じもある。慰みにそんなことを思いながら、初美の顔の向こうに当の倉木吉男と久代の顔を思い浮かべた。

それで、母さんが伯父さんに知らせてほしいて言うから寄らせてもらったんですけど。病院は宇陀市立病院です。昔、昭代伯母さんが入院してはったところでしょ？　伯父さん、時間のあるときに見舞いに行ってやってくれます？　うちの父も、入院したとたんにほんまに病人になってしもうて。これやから、病院て嫌いなんやけど――。

そう言う初美の後ろのほうから、子どものふぇ、ふぇという泣き声が聞こえ、初美は路肩の車のほうへ振り返りながら、ほなお願いしますね、と言い残して足早に帰っていった。なるほど、久代が亭主の付き添いに追われるようになって、初美は早速、娘を母親に預けられなくなったか。いましがたの奇妙な薄笑いは、家族の入院という事態が個々の生活にもたらす抜き差しならない変化について、初めていくらか実感した自嘲のそれだったか。そんなことを思ったが、昨日の今日なら確定診断はこれからであり、本人も家族も、伊佐夫たち親戚も、人生の暗転というほどでもない宙吊りの所在なさに、しばし投げ込まれたということではあった。

またそれに比べると、ニューヨークに脱出した陽子は、娘とともに文字通り親からも上谷の一統からも解き放たれたのだと言ってもよかったが、伊佐夫の思考はそこでもう一回転し、待てよと思い至るのだ。娘の渡米は、言い換えれば陽子と親の自分が未だに各々の根にもつものが、ついに行き場を失ったということでもあるだろうか、と。父も娘も積年のわだかまりを清算しないまま、その機会を失ったということだろうか。そうだ、ひょっとすると娘はもう日本には戻らないつもりで渡米したのだろうか——？　伊佐夫は棚田の稲穂の黄緑のなかで茫洋とし、いや上谷にしろ倉木にしろ、家族とは土台こんなものではないのかというあいまいなところに再着地する一方、いままた自分が核心を一つ迂回したことに気づいて、あてどない気分になった。いったいどうして宇陀市立病院なのだ？　たんに植物状態の昭代がいた病院というだけではない、そこに連なる雑多な記憶が詰まり過ぎていて、名前を聞くだけで気が重くなるあんな病院。

それでも伊佐夫は、昼飯を済ませた午後一番には間引いたばかりの大根の双葉を茹でてタッパーウェアに詰め、朝に山で採ったアケビ三つと一緒に袋に入れて、開襟シャツとスラックスに着替えて軽四輪を駆っていた。その車中では、あれこれ気を配り始めて収拾がつかなくなる前に、ハンドルを握りながら滅多に出さない声を出してランラン、ラーラランと歌った。すると、耳の奥でシナトラが一緒に歌い出す。スタァ、スプレディングザ、ニューズ。アイムリーヴィン、トゥデイ。アイウォン、トゥビーア、パートブイ。意味は分からないが、そんな感じの歌詞があり、ニューヨーク、ニューヨークと甘く続く。ランラン、ラーラランラン、ランラン、ラーララン。三十年ほど前、昭代と神戸のキャバレーで踊ったことがある。たまには子育てから解放されたいという昭代に引っ張られていった、三宮の繁華街にある『月世界』という店だった。いまは伊佐夫の海馬の奥深く、その薄昏いダンスフロアが現れ、和製シナトラという触れ込みだった日本人歌手の歌に合わせて昭代のスカートがランラン、ラーラランと柔らかに揺れる。

スウィングするランラン、ラーラランの傍らで、行き場を失って宙吊りになったままの物思いや十六年分の未整理の記憶の塊が揺れ、ほろほろとほどけて崩れおちてくるかけらを伊佐夫は拾い続ける。そういえば陽子が大学生になって家を出てからも、二、三度夫婦で神戸に行ったことがあったのだ、と。神戸大丸で昭代の靴を買ったり、自分のパナマ帽を買ったりし、中突堤から遊覧船に乗ったあと、元町で中華料理を食べ、三宮のキャバレーで踊るのが夫婦の定番だった。九四年のあの夏も、前年の陽子の留学で経済的には厳しかったが、お盆休みに合わせて少し奮発し、オリエンタルホテルの部屋とレストランのメインダイニングを予約して、昭代にはあとから話した。浴衣を新調しなかった代わりに、神戸で靴か服を買おう。それぐらいいいじゃないか、と——。話したのは、事故の前々日の土曜日か、前日の日曜日だったろうか。肝心の自身の夏休みは、十二日金曜日から十六日火曜日まで。ぎりぎりまで内緒にしていたのは、そのころはもうほとんど地雷のようだった昭代の機嫌一つで話が潰れる可能性があったからだが、それ以上に自分のほうが迂回に迂回を重ね、遠巻きにして、昭代から逃げていたということなのかもしれない。ともあれ、そうして神戸のホテルを取ったことを話したとき、昭代はどんな顔をし、どんな返事をしたのだったか。否、それ以前に昭代には自分の声が聞こえていたのか、いなかったのか。

それにしても、オリエンタルホテルとは——。もうほとんど夫婦の会話などなかったあの時期に、昭代と神戸へ一泊で出かけて、自分はいったいどんな旅行をする気だったのだろうか。いまでは、自分が本気でそんなことを考えていたこと自体に実感がない。ひょっとしたら、神戸旅行の話は別の時期のそれと混同しているのではないか。実際にはあの事故の前後には、毎年の墓参り以外に特別な予定は何もなかったのではないか——。伊佐夫は、自分の軽四輪のほかには通る車など一台もいない、田んぼの真ん中の国道三七〇号線の道端でしばし車を停め、脳裏に湧き出してくるガスの向こうを凝視する。そうだ、あんな時期に一泊旅行など考えるバカがいるわけがない。否、オリエンタルホテルを予約したのがほんとうなら、夫婦の間に何かしら希望の兆しが見えていたということだろうか。否、それこそあり得ない。そんな状況でなかったことだけははっきりしている、と伊佐夫は自分に呟く。

あのころの昭代はときに二日も三日も外泊し、どこへ行っていたとも言わないのだった。その不在は狙ったように伊佐夫が休日になる土日が多く、伊佐夫も仕方なく土日に出勤したり、垣内の困惑の視線を浴びながら、荒れ始めた畑の手入れをしたりだったが、どれもこれもシロアリに喰われて半壊しかけている家屋で、当然真っ先に修理しなければならない基礎や柱を放置したまま、障子の張り替えや納戸の片づけをしているようなものだということを、知らなかったわけではなかった。知ってはいたが事態に対処する意思と能力を欠き、むしろ事態が打開されることのほうを怖れるかのように、右のものを左に動かすこともしない神経戦を繰り広げていたのだ。はっきりした理由も目的もなく、それぞれにただ焦燥を募らせ、それが次第に麻痺になり、ときに陶酔になるなか、特別なことは何もない田舎の夫婦がカメムシの臭う古家で黙って睨み合い、眼を逸らし合う。謂わば冷戦以上、修羅場未満、もしくは空中分解寸前の日々だった。そんなさなかの神戸旅行にまともな意味があったはずもないし、昭代の耳にはもう何も届いていなかったというのが真相だったのではないか。昭代はおそらく返事をせず、自分もまた次の一言を発する意思を喪失して怒ることさえせず、習い性となった無念を嚙みしめることで、だらしなく自分を慰撫しただけだったのではないか。

まだ四十になるかならないかの女盛りの昭代が踊る。ランラン、ラーラララン、ランラン、ラーラランン。ひととき大宇陀を離れ、因習や血縁の重さから解き放たれたサンダルの踵からは、山間の集落の酒席でかっぽれを踊るのとは違う、過剰な艶やかさや大胆さが噴き出していた。それが平凡なサラリーマンの夫には生理的な興奮になる反面、うっすらとした不安が生まれた夜でもあった。なるほど、そういう神戸は自分にとって、昭代との思い出の土地である以上に、あるかなしかのかすかな不安を確認しにゆく土地でもあったか。わざわざ不安の所在を確かめずにいられなかったのは、そうすることで夫婦の関係を壊死させないための隠微な刺激にしたということか。そうだとしたら、人並みに仕事に追われる一サラリーマンに、そんな微妙な夫婦生活を十分背負い切れなかったのは無理もない話ではないか。

昭代が踊る。ランラン、ラーラランラン、ランラン、ラーラララン。眼を細めてそれを眺めている四十代の自分がいる。一方昭代は、音痴に加えてダンスもできない無粋な亭主をリードしながら、当時からもう、こころがその場になかったのではないだろうか。ほかに男がいたというのではない。それより、この先の夫婦生活の退屈や憤懣を予感しながら、自分の一生はどうあるべきか自問自答していたのかもしれない。この人は一流企業に勤めているし、性格も真面目だが、刺激も面白味も特別な才能もないし、何より肌が合わない。一度きりの長い人生を、自分はこの人とほんとうに夫唱婦随でやってゆけるのだろうか、と。ひるがえって男のほうは、婿養子として大宇陀に骨を埋める腹も固まっていたころで、性格は明るく、働き者で料理の腕が立ち、しかも美人の女房に、これ以上望むことなどあっただろうか——。

伊佐夫は午後一時過ぎ、宇陀市立病院に着く。近隣では市役所に次いで立派な建物が、改装や増築を重ねられていまや昭代がいたころよりさらに白々と明るくなり、看板がなければ病院だということも分からない。否、日差しの下の明るい駐車場も、異臭一つない総合受付やロビーも、まさに三百六十五日二十四時間、市民の病と死の不安や恐怖を漂白し続けているような透明感ではあった。また、そこを行き交う外来や入院の患者たちも、看護師や医師たちもみな、無菌状態の三・五次元に落ち込んだような顔をしており、なるほど倉木の娘が言った「本ものの病人」とはこの余剰の〇・五次元の感じか、とも思った。昭代は担ぎ込まれたときには意識不明の重体だったので、本ものの病人になるひまはなかったが、死人にもならずに第三の命になったとき、やはり同じ余剰次元に落ち込んだ。そこでは、昨日まで一緒に呼吸していた家族や知り合いが、いわば姿が見えているのに手を伸ばしても触れることができない非現実の感覚に近くなる。

しかし、余計な感慨をもったのも束の間、倉木吉男の病室を訊ねた受付で、伊佐夫の耳は裏の救急入り口に到着した救急車のサイレンにこわばり、子どものように皮膚を粟立たせながら、思っていた以上の心身の反応にひそかに驚いた。記憶の扉がすでに何日か前から開きかけているのは知っていたが、いざ近づいてみると心臓が波打ち、とっさに深呼吸をしている自分がまるで自分のようでない。その伊佐夫の眼と鼻の先を救急隊員と看護師に押されたストレッチャーが駆け去り、そのあとをサンダル履きの若い女が追いかけてゆく。子どもの事故か、急病か。伊佐夫の眼のなかで、たったいま通り過ぎたストレッチャーが自分は見ることのなかった昭代の搬送時のそれになり、無意識に数秒息を止める。それからもう一度深呼吸をし、自分もたったいま〇・五次元に落ち込んでいたかと自省して、ひとまずエレベーターホールへ足を運ぶと、今度は昭代の病室へ行くために来る日も来る日もそこに立ったころの心身の感覚が、ひと塊の鈍痛になって湧き出し、溶け去る。

倉木は腕に点滴の管をつけ、見舞いの花でパチンコ店の開店祝いのようになった個室のベッドに横たわっていた。その傍らで、妻の久代は黙って『フラ事典』などを開き、病室にはテレビのショッピング・チャンネルの音ばかりが流れ続ける。伊佐夫が見たのは、これこそ正しい入院生活であり、本ものの病人はこうしてつくられるという見本のような光景だった。ああ伊佐夫さん、悪いなあ、こんな情けないことになってしもうて——。倉木は弱々しい笑みを見せ、何を言うんですか、吉男さんらしくもない、そんなに大人しく寝ていたら病気のほうがほんとうに寄ってきますよ、伊佐夫は思わず言うつもりもなかったことを言い、久代がこれもいつになく時空が五センチずれているような表情で薄笑いを返す。

それからやはり退屈していたのか、倉木はひとしきり体調の悪さをあれこれ並べ、最後には伊佐夫さんは健康そうやなあ、やっぱり毎日田んぼに出てはるからやなあ、羨ましいなあ、とくる。続いて、しばらく会社を任せることになる娘婿や気の利かない社員への不満、秋口の公共事業の少なさへの不満になり、見舞いに来た誰かれとなく同じ話が繰り返されているのだろうと思ったが、それもまた実に病人らしいことだった。そうして採りたての甘いアケビを食べてもらい、半時間ほど倉木の話に付き合ったところで、伊佐夫さんもほんまはここへ来はるのは辛いんやからと久代が割って入り、そこに久代のなにがしかの意図を感じ取ったりもしながら、まあゆっくり養生してください、また来ますから、そう言って伊佐夫は腰を上げた。

　すると案の定久代が、そこまでお送りしてきますからと亭主に告げるやいなやあとを追ってきて、そこの喫茶室でお茶でも、と言う。そうして伊佐夫と久代は、身近に病人を抱えた人びとの、おおむね似たりよったりの薄ぼんやりした顔が並ぶ喫茶室に坐ることになったが、さすがにあの多弁な久代も下を向いて口をつぐんだまま動かず、仕方なく伊佐夫のほうから、ぼくに手伝えることがあったら何でも言ってください、などと言ってみた、そのときだ。ふいに久代が顔を上げたかと思うと、射抜くような眼を伊佐夫の顔の真正面に据えて腹の底から一言絞り出すのだ。こんなことなら私、姉さんと取っ組み合いのけんかをしてでも、伊佐夫さんと一緒になっておけばよかった、と。

　伊佐夫は驚かない。とくに感情もない。同じ言葉は、ほかならぬ昭代の事故の日、まさにこの同じ病院で聞いたことがあるからで、それもまたひと塊の記憶の一部に含まれて、いつでも扉が開かれる準備はできていたことに、あらためて気づいただけだった。それに、元をただせば上谷の姉妹がかつて伊佐夫の鞘当てを繰り広げたのは、土台、伊佐夫が東京から来た男だったからに過ぎない。また、その伊佐夫も七十を越え、十六年前はまだ五十前だった久代もいまは眼尻の皺に白粉を埋め込ませた六十代となって、とんでもない告白をするほうも、されるほうも、互いにもはや臆面も遠慮も恥もないというに過ぎなかった。

　しかしそれにしても、十六年前のそのとき、自分は久代になんと応じたのだろう。久代と自分がいたのは集中治療室の外の廊下だったが、包帯のかたまりと化した昭代の姿に阻まれたか、肝心のところが思い出せないまま、伊佐夫は数秒ぼんやりする。久代も、いま吐き出した一言は腹に溜めておくことのできないゲップのようなものだと知っているからか、とくに応答を待つような素振りもなく、ミルク紅茶をスプーンでぐるぐるかき混ぜているかと思うと、あ、メールやわなどと独りごちて、マナーモードの携帯電話を開く。そして、すぐに続いて親指を器用に動かして返信のメールを打ちながら、フラのお教室のお友だちからのお見舞い、と呟いて小さく笑う。

　久代が携帯メールを打つ間、伊佐夫の耳目からその姿は消え、代わりに遠く救急車のサイレンを聞きながら、何かしら煮詰まり、ふつふつとしてゆく昭代の事故の日の空気と、そこにあった己が身体の感覚を一つ、また一つと呼び戻し続ける。たとえば、警察からの連絡を受けて取るものも取りあえず国道一六六号線を小さなフィアットで飛ばした、その運転席にあった自分の身体。工場のある葛城は一日晴れて暑かったのに、宇陀盆地に近づくにつれて国道の濡れた路面がタイヤの下でザラザラ鳴り続け、こちらは夕立があったのだと知った。警察の電話では昭代の単車がダンプカーとぶつかったこと、昭代は意識不明になっていることを告げられただけで、前も後ろもない映画のスチール写真一枚を見続けているような心地のなか、一切がせき止められて動かず、まとまった感情も、失意や恐怖もないのが、まるで自分のなかに生きた死体を住まわせているようだった。あの日以降、死に瀕している昭代を、すでに死んでいる死体の自分が見ている夢をしばしば見る。そう、ダンプカーに轢かれたと聞いても、驚愕や悲嘆より、まずは長らく止まっていた列車がゴトンと動きだしたような感覚があり、開かなかった瓶の蓋が開いたときに似た軽い解放感もあった。事故の一報から病院までの一時間、フィアットの運転席で石になっていた男は、昭代の死を一瞬期待したもう一人の自分だ。

いまの話、私、わりに真面目に言いましたんよ――。携帯電話をパタンと閉じて久代がニッと笑い、ぼくも昔同じことを思うたことがありました、そうはぐらかして伊佐夫も苦笑いを返す。しかし言葉は続かず、代わりに二人で新たな救急車のサイレンが入ってくるのを聴き、その音の向こうにまた少し事故の日のあれこれが口を開ける。――たとえば、あの夜病院に着いた伊佐夫が最初に見たのは、どこへ続いているのか分からないトンネルのような救急入り口だ。そのガラスのなかから、先に来ていた区長の堀井が、心づもりしていた言葉を全部取り落としてしまったような空白の顔をして、こちらを見る。また、その近くでは警官たちの制服の黒っぽいシミが重なり合い、右へ左へと移動しながら伊佐夫を取り囲む。ほかにご家族は？　娘がおりますが。連絡はしはりましたか。いえ、まだですが。あ、それやったら私が代わりに連絡しますから。英語が話せない伊佐夫の代わりにときどきコロンビア大学の女子寮に電話をかけてくれる堀井が、そのときも手早く公衆電話から電話をかけ始める。通話料は、まとめて渡してあったカードで間に合ったはずだ。

え、外国ですか——。警官たちが電話のほうへ振り返る。ニューヨークだという一言が出ず、ええまあ、と伊佐夫はあいまいに応じる。実際、陽子はいつの間にか一緒になっていた日本人留学生の男との間に彩子をもうけたばかりで、男のほうの母親がわざわざニューヨークにアパートを借りて赤ん坊の面倒を見ていた一方、肝心の夫婦はそれぞれ大学の寮にいるという、親にも理解しがたい状況だったからだ。ともあれ現地は月曜日の未明で陽子はおらず、寮母かルームメイトへ言伝を頼む電話口で、アンコンシャスという単語が繰り返される。そしてさらに、クリティカルコンディションとか何とか。

警官たちは再び伊佐夫を取り囲む。ところで、現場に手提げや財布が見当たらへんのですが、奥さんは単車でどこへ行きはるところやったんですかね。事故の起きた時刻や場所とご自宅の距離を考えますと、奥さんは夕立のなかを単車で出かけはったようなんですが、財布も持たずにどこへ行きはるつもりやったのか、お心あたりはないですかね——。被害者が意識不明になっているときに、これはいったいどういう質問なのだと訝る端から、伊佐夫の脳の一部ではいくつもの回路がちりちりちりとショートする。ひょっとしたら、必ずしもダンプカーに非があるとは言えない事故だということだろうか——。ひそかに臓腑を締め上げられ、声を失う傍らでは、姉さんは、姉さんはと叫びながら駆け込んでくる久代の姿もある。またその後ろには、日焼けした顔をさらにどす黒くさせて警官に制止されながら、単車を撥ねたの、うちのダンプですんや、えらいことをしてしもうて、ほんまにすみません、すみませんとこちらに向かって叫んでいる男がいる。それが事故を起こした山崎邦彦の雇主の栂野某だと知ったのは後日のことだ。そして、主役の昭代はそのころ脳圧降下剤の点滴を受けながら破裂した内臓を縫い合わされていたのだが、ひとたび起きてみれば、事故とそれに伴う事態のすべてが、混乱というよりむしろ、不可逆な厳正さというものだった感じもする。

真面目に言うたというのはほんまのことですけど、いまさら言うことでもあらへんし、いまの話は忘れてくださいね。それにしても昭代姉さんも、免許があるんやから大阪なり神戸なり、どこへでも出てゆけばええのに、よりにもよって半坂やなんて――。久代は半ば独りごち、名前知ってはります？　と唐突に続ける。誰の名前。伊佐夫はとぼける。半坂で姉さんが逢うてた人。いや、知りません。天理から来ていたホンダのディーラー。伊佐夫さん、会うたことあらしません？　いや、ないです。そう――。事故のあと、名古屋へ移ったそうですけど。

関心の有る無し以前に、そこに有るのを否定しても仕方がない疣のような昔話だと思ううちに、伊佐夫の身体には半坂の松野の自動車修理工場の先の空き地の草の匂いがこもり、昔そこに立っていた男のおぼろな姿がふわりと脳裏にゆらめき立つ。しかし松野の話では、その男ももう鬼籍に入っているとのことだ。

深い草いきれに誘われた伊佐夫の心身は、いままた昭代の不在が続いた事故前の夏へと飛ぶ。昭代の無断外泊も二日目となっていた日曜日の午後、雨戸と玄関を閉めきった高台の家の、台所の板間でひとり坐り続けていた時間へ。もはや意地などはない。万策尽きた末の全面降伏であり、あと半日この状況が続いたときには自分のほうこそ家を出る、と腹を固めて臨んだ最後の舞台で、夫はもう一人の出演者の登場を待ち続けるのだ。雨戸を閉めたそこは垣内の眼だけでなく全世界の時間と遮断された、一組の夫婦だけの濃密な時間が流れているが、どこにも出口はない。夫婦それぞれの意思や感情や決断などが果てしなく生滅を繰り返し、外部の何者も関与するすべもなく煮詰まるだけ煮詰まり、発酵するだけ発酵し、当の夫婦は自分たちがいまどういう状態にあるのか、知るすべはなく、知ろうともしない。何一つ生むことはない、その非生産の極致のなかでどちらかが根負けして白旗を揚げるまで無言の睨みあいは続き、白旗を揚げたほうが退場し、他方は再び一人になって為すすべもなく坐り続けるだけだ。

否、その意味では実に起伏に乏しく、あくびが出るほど平坦で退屈な田舎の暮らしというものでもあったか。あるいはまた、神武東征のころから人びとが行きかい、昔は旅人たちを迎える茶屋もあったという、大宇陀から桜井へ抜ける小峠の磁力に中《あ》てられた男女の話であったのか。そうだ、正体不明の沼に足を取られて動けなくなった夫婦双方にとって、あれは昏い杉山に閉ざされた集落ならではの夫婦のゲームでなければ何だったろう。現に、同じ上谷の血を引きながら、同じ山間でもダム湖のせいで比較的広々として明るい宮奥へ嫁いだ久代は、外から見る限り上谷の女たちの轍を踏んではいない。

とまれ、その舞台に佇むと、台所の流しの上の小窓から、少し下ったところにある、あの近畿自然歩道の入り口が見える。数年前から、半坂へ通じるその道を行き来する昭代の姿が垣内の住人たちの眼に留まり、上谷のヤヱの出奔がまたぞろ思い出される傍ら、強い地縁で結ばれた垣内ならではの隠微な沈黙が生まれることになった。また彼らは、よそ者の婿養子がどこまで気づいているのか最後まで測りかねていた節があり、そのためかえって具体的な噂になる機会は失われ続けて、九四年夏の昭代の交通事故に至った。一方、夫のほうも半坂へ通じる道に立つ妻の姿を二、三度眼にしていたほか、一寸した表情や声の調子や食卓に並ぶものなどなど、夫婦二人の暮らしに差し込んでくる微細な異変に気づかないほど鈍重でもなかったが、自分が勤める葛城工場の、最新鋭の太陽電池の製造ラインでは当たり前の、不具合の早急な原因究明と改善には踏み出せなかった。人間関係への生来の苦手意識やしごく凡庸な家族観、自分が婿養子であることなどが邪魔をしたのだが、何より土を観察するほどには人間を見ておらず、所詮、想像力もそれほど豊かではない男なのだ。

そんな男が、いまは妻の帰宅を待ちながら台所の小窓の外に見える自然歩道の入り口を睨み続ける。仮に妻が半坂から桜井へ出ていたなら、帰りはタクシーで農道を上がってくることになるが、その場合もタクシーは自然歩道の入り口の前を通るので、見逃すことはない。玄関は施錠してあるので、妻は夫が待つ台所の板間の勝手口から入ってくることになる。板間の上がり框には、着替えと身の回りのものと、当座の現金を詰めた自分のボストンバッグも用意した。自分からはあまり行動を起こしたことのなかった気の弱い夫の、精一杯の反撃がそれだった。

実際には必ずしもそのときのことではなく、別の日だったかもしれないが、台所の小窓の外にタクシーが見え、しばらくして昭代が勝手口に現れる。集落の眼を気にしていたのか、特段めかし込むわけではなく、普段着に毛の生えたようなスカートとブラウス、もしくは綿のワンピースにサンダルという格好で、バッグも普段使いのものを提げているのが、逆に伊佐夫の腑に落ちず、気味悪くすらある。この手の脱線をするとき、ふつうの女は放っておいてもめかし込むものだろうに、昭代はむしろ投げやりな風情で、荒れてざらざらした感じを漂わせているのが、ある種の男にはかえって蠱惑になるとでもいうふうだった。とまれ、勝手口に立ってこちらへ無表情な眼を向けるのは、昭代に似た知らない女で、私を見るな、近寄るな、私に構うな、放っておいてくれと全身で拒絶しながら挑んでくるのであり、伊佐夫のほうも、これはもうほとんど娼婦の眼ではないかと唾棄し、軽蔑し、嫌悪しながら、一言いわずもがなの言葉を発している。男か、と。

発してしまってから、あまりのばかばかしさに伊佐夫は自分でも意気消沈したが、案の定、昭代はどこかの他人がどうでもいい一声をかけてきたといった無表情な眼をちらりとよこしただけで、すぐによそを向いてしまい、伊佐夫は自分が早くも完全に関心の外に置かれたことを知る。しかし土台、初めから夫婦ゲンカですらない一方的な昭代の脱線だったのだ。そう思えば、結婚当初からつねに傍らにあったよそ者の感覚が、ついに剝き出しの物体になって眼の前に放り出されただけで、伊佐夫の心身は敗北感よりもむしろ、かすかな解放感に満たされることもあった。上谷の一統になり切れず、土地やそこに棲む祖霊たちとも一つになり切れなかった婿養子が、妻の醜聞と引き換えに己が心身の自由をいくらか得て生き返り、また次の対決に備えて昏い敵愾心を燃やすのだ。そして、伊佐夫は結局そうして心身ともに昭代から離れられない自分を冷ややかに眺めた末に、所詮昭代と釣り合わない己が凡庸を認め、何度目かの白旗を揚げることになる。もっとも昭代はとうの昔にさっさと着替えて畑に出てしまっており、夫がその日もまたどれほど隠微な物思いを巡らせたか、想像することはない。

そんな日でも——否、そんな日だからこそと言うべきか、昭代は適当な時刻になれば当たり前のように食事をつくり、夫婦二人しかいない板間のテーブルに野菜と乾物と冷凍の肉か魚を料理して並べ、どちらも黙ってそれを食う。あらためて問題を蒸し返すことはせず、食事が喉を通らないなどということもないが、互いに眼を合わすことはない。そういえば、事故の直前の八月六日か七日に伊佐夫が神戸のオリエンタルホテルを予約したことなどを告げたのは、そういう食卓でのことであり、七日日曜日には例年のごとく一統があつまってお盆の墓参りもした。昼には蕎麦を食って伊佐夫は少し酒も呑み、昭代は白々しくも女たちとの世間話に余念がなかった。

それから夜にはまた夫婦二人の無言の夕食があり、翌八日月曜日は、早朝に田んぼに出てしまった昭代の姿を遠くに見やりながら、伊佐夫は鰺の干物を潰した冷や汁と糠漬けの朝食を一人で摂り、支度をして車で出勤する途中、車窓からもう一度棚田の昭代の姿を仰ぎ見たのだった。昭代は車の音に気づいていたのか、いなかったのか、振り返ることもなかったが、そのときすでに昭代の魂のほうは、一足先にこの世を離れていたのかもしれない。いまではそんな想像もする。おそらく、かなり前から覚悟を決めていたが、最後の踏ん切りがつかなかっただけかもしれない、と。否、覚悟や踏ん切りと言うと、昭代が自らの意思のみで己が人生を清算したことになるが、たぶんそうではない、と伊佐夫は思い直す。彼女にしか聞こえない声、代々上谷の女たちが聞き、土地の者たちもその谺ぐらいは聞き取ってきた、この足の下の土から湧き出てくる声に従い、彷徨し、最後は呑み込まれたということなのだ、と。

その日の午後いっぱい、伊佐夫は棚田の畦で幻の救急車のサイレンを聞き続け、心身はたびたび十六年前の病院の救急病棟へと誘われて、これまであえて迂回してきた大小さまざまな記憶を覗き込むことになった。それはある種記憶の虫干しのようなものであり、この一ヵ月ほどの間に急に娘の声を聞く機会が増えたことに背中を押されたのは確かだったが、それ以上に、いまは伊佐夫自身がもう一度そこに身を置きたいと思ったことが大きかっただろう。昭代のいた日々のなかへ。崩壊寸前の夫婦生活に漂っていたなにがしかの濃密さのなかへ。夫婦だけにしか分からない欲望の隠微さのなかへ。それらすべてが、漆河原の己が暮らしの風景を密かに輝かせているものだという確信のなかへ。けっして陽子には説明できないし、知ってもらいたいとも思わない、自分と昭代だけの記憶のなかへ。

事故から半日経った翌九日の朝、ようやくナースステーションに回された電話で聞いたニューヨークの陽子の声は、高ぶり苛立ち、冷たく、荒かった。曰く、いつかこうなると思っていた。お母さんのあの血を私も引いているのかと思うと、それだけで吐きそうになる。でも、父さんには分からないでしょう。集落じゅうの噂になっているのに自分は何もしないで見ていただけの人には。ともかくいますぐ帰国はできないから、何かあったら知らせて。

実際、意識不明のまま集中治療室にいる母親のためだけに帰国する意味はなく、娘の合理主義からすれば驚くような返事ではなかったが、父が母の脱線を座視していたという娘の非難については、長く伊佐夫のこころに残ることとなった。母娘の間の溝に対して、もう一人の親として無力だったのは事実だとしても、夫が妻の行状に気づかなかったとか、座視していただけというのは、正確ではなかったからだ。とはいえ、そう思うばかりで言葉にできず、娘に伝えることもできなかったその思いは、対外的にはすでに時効ではあるだろう。新天地での生活をつかんだ娘にとっても、昔の父母の事情などはもう葬ってもよいもののはずだ。

そうして記憶の澱を一つ退けて、伊佐夫は独り、さらに救急病棟の薄昏い廊下を凝視する。そこには、今度は床に額をつけんばかりに腰を曲げ、集中治療室の入り口の外に立っている山崎邦彦の母親がいる。おばあはいつも、病院から直線距離にして二キロほど北東にある榛原戒場の自宅から徒歩で来ていたらしい。そして、息子は悪うない、邦彦は悪うない、廊下で誰かれとなく捕まえてはそう繰り返し、病院の職員に連れ出されながらなおも、息子は悪うないと叫び続ける。その声は謂わば戒場の田んぼから湧き出し、病院までの街道に点々とまき散らされながら病院に達した末に、意識不明の昭代とその夫を包囲するだけでなく、それを聞いた人びとの内耳にしばし棲みつき、増幅され変調された末に風や田んぼや草木の音のなかへ排出される。そして、それをさらに聞き取る者、聞き取って排出する者がおり、そのつどおばあの声は増幅と変調を繰り返してきたのだが、十七年目にして当の昭代も山崎も山崎のおばあも死んだいま、それらは戒場や漆河原の杉山の湿った腐葉土の下の水音、あるいは重く頭を垂れた稲穂のざわめきに紛れ込み、その声を聞き取る者、交感する者はもうわずかしかいない。

日暮れ前、伊佐夫は思い立って用水路から栃の実を回収し、縁側のザルに空けた。本来なら天日で乾燥させるが、この秋の天候では縁側で雨を避けながら干すことになる。その後は夕飯も摂らず、ザルに並べた栃の実の細かなゴミをちまちまと取り除きながら暮れ方の縁側に坐り、ちりぢりになりつつある物思いを慰みにかき集め、並べ換え、なおも考え続けたものだった。死者たちの記憶は年とともに薄れてゆくが、ここへ来て自分のほうは昭代への新たな執着が始まっていること。もはや娘に釈明する必要はなく、いつか娘も分かるときが来るだろうとも思わない昭代と自分のこと。立ち戻ったところで何も生まず、どこへも行き着かないことは分かっているが、それでもたとえば山崎邦彦を加害者にしたまま沈黙した者の罪が放免されるわけもない。と言って、それを償うすべもなく、その能力もない以上、なにがしかの罪悪感もまた欲望の変種ではあるだろうか。

昼間はスズメバチしかいなかった前栽の先の畑の栃の木に、大小の蛾が鱗粉をまき散らしながらひらりひらり、音もなく飛来する。栃の木の樹皮から滲み出す甘い樹液を吸おうと集まってくる、カブトムシやクワガタやコメツキたちの羽音もある。伊佐夫には見えず、羽音もないが、蛾を狙うカマキリやムカデも集まってきているだろう。これも自然のサイクルなのだろうが、この夏はなぜか樹皮の下に潜り込んだ虫が多かったようだ。彼らが通道組織を食い破ることで多糖類が外に滲み出し、それが微生物の働きで発酵し、アルコールや有機酸に分解されて芳香を放ち、今夜も盛んに虫を引き寄せているのだった。伊佐夫はふと、夫婦もある種の分泌物を滲み出させている、と思う。互いの皮下の傷や亀裂から分泌され、発酵し、芳香を放つことで互いを惹きつけ合うのは、合理的な説明のつかない夫婦の身体の奥深くで生産される秘密の樹液なのだ。

否、樹木は樹液が枯渇するとそのまま自然な死を迎えるが、人間の夫婦はどうだ——。娘の電話越しに届いたニューヨークの救急車のサイレンも、首を吊った年寄りを搬送していった大宇陀のそれも、倉木の入院も、フランク・シナトラのスウィングもみな、生きている者を自らのもとへ引き戻す死者の企みだったに違いない。それが証拠に、今日も気がつけば日がな一日死者の姿や声に身を委ねていた男がここにおり、まさにそういう耳目や皮膚や臓腑のせいというものか、いつになく夜がタールのように濃く感じられると独りごちている。

そうして山も棚田も眼球がこわばるほどの昏さに沈むなか、戒場山の東の空に、ほとんど漆黒に近い二十八夜の月が昇る。山崎邦彦を加害者に仕立てた昭代と、その共犯者の夫にふさわしい、晦《みそか》の月だ。

7

今年も籾のなかの米は一斉に登熟し、黄金に染まった漆河原の棚田はついに稲刈りの日を迎えた。十月六日、田植えから百二十三日目である。

垣内の家々はどこも世帯主が勤めを休み、親戚をかき集めて人手を確保し、夜明けとともに動き出す。男たちは機具一式の準備をし、女たちは弁当をつくる。田んぼへ運ばれる小型の稲刈り機が農道を上へ下へ行き交い、あちこちで挨拶の声や気配を察したスズメたちの声が高く響く。ええ天気ですな！　晴れましたな！

高台の上谷の家も、ふだんはがらんとしている庭先に、この日ばかりは額井の隆一と和枝夫婦のBMWの姿がある。去年までは宮奥の倉木吉男のベンツもそこに並んでいたが、今秋は本人が入院中のためその姿はない。代わりに娘婿の俊彦が手伝いに来る予定になっているが、日ごろから倉木が出来の悪さをぼやいているとおり、早速寝坊をしたと詫びる電話があって、伊佐夫や隆一たちを呆れさせたところだ。一方、隣の桑野の家は親戚の車が五台も農道に連なり、隠居の年寄り夫婦以下十四人という大人数だが、十畝一反の田んぼにこんな人手は要らんからということで、気のいい桑野は毎年大学生の息子二人と甥っ子の三人を上谷の手伝いへ回してくれる。桑野の息子たちは、真斗、真也という紛らわしい名前のせいで顔と名前が一致しないし、甥のほうはダイキという呼び名しか知らないが、三人は子どもとの付き合いが苦手な伊佐夫に代わって、間もなく稲刈り体験にやってくる小学校の四年生・五年生の総勢八十人の指導もしてくれる。その彼らの、ジーパンとTシャツ姿のいかにも屈強そうな背中が三つ、野良へ出る前のひととき、石垣のそばで携帯ゲーム機とタバコを手によく透る笑い声を上げ、それらがスズメたちの声と混じり合って下の棚田へ飛び散ってゆく。

午前八時過ぎ、上谷の納屋からも旧式の稲刈り機が押し出された。桑野の家が手放すものを安く譲り受けた一条刈りの中古品だが、稲を刈り取りながら自動的に結束もする機能は新しい機械と変わらず、毎年どこかを修理しながらもう五年も使っている。昨日、納屋の前では半日かけてそのスパークプラグを交換し、オイルを入れ、タイヤに空気を入れ、結束用の新しい麻紐のロールをセットして点検整備に余念のない、伊佐夫のご機嫌な姿が見られたものだ。それをいま、額井の隆一が覚束ない手つきで押しながら農道を下り始め、伊佐夫と和枝も軽四輪に乗り込む。荷台には鎌や稲刈り機のオイル、稲木用のスズメ除けネットとお茶のペットボトルを詰めたクーラーボックスと弁当、そして桑野の若い衆三人が乗っており、カタタンカタタン揺れながら同じく坂道を下る。前後して桑野の軽四輪と車数台も、こちらは宴会でも開けそうな大型のクーラーボックスや弁当のお重を積んで賑やかに出発する。

途中の路肩はすでに垣内の家々の軽四輪が連なり、あちこちで挨拶の声が飛び交う。早いところでは稲刈り機のエンジンを掛ける音がそれに混じり、刈り取った稲を干すための稲木を畦に立てる槌音もある。集落の全戸が兼業農家で、各々ほそぼそと自家用米をつくっているだけの漆河原ではコンバインは無用だし、乾燥機を所有している家もない。上谷も、伊佐夫が下手の横好きで中古品を改造しては無くても困らないような道具をあれこれ揃えているが、さすがに乾燥機はなく、一週間をかけて六枚の田んぼのために十二組の稲木を組んだ。うち六組は小学校に貸している田んぼで使う。稲木は、長さ三メートルの横木を二段に組んだものを田んぼ一枚につき二組。その二組に架けられる稲穂は、例年なら籾の状態で約一俵半の米になる。上谷の田んぼは合わせて十二畝なので、約十俵。小学生たちの田もほぼ同様だ。

出穂からこのかた、伊佐夫が毎日籾の色を調べて生育具合を計ってきたところでは、今年も平年並みの作柄になるのは間違いなかった。伊佐夫の稲は、稈長が平均七十八センチと少し丈が小さい一方、穂長は約十九センチあり、一本の穂の籾数は平均の一・五倍の約百二十粒。しっかりとした太目の稲から穂が重たげに頭を垂れる理想的な姿で、平米当たりの穂数は平均二百七十本と少ないが、登熟歩合は九割を確保していた。反収に換算すれば玄米で六百キロ弱の収穫になる。台風が来なかったので倒伏もなく、穂ばらみ期のイモチ病もなかったのが幸いしたとはいえ、一株二本植え、株間三十センチの疎植栽培にしてはまあまあの結果に伊佐夫は鼻高々で、昨夜はニューヨークの孫娘に、半月したら新米を送るからと滅多にかけない電話もかけた。専業の米農家なら反収六百キロでは自慢にもならないし、籾摺りとグレーダーで屑米を選別すればさらに量は減ることになるが、昭代の事故以来、その手足に代わって米づくりをしてきたのを、昭代が死んだのを機に十七年目にして初めて自分自身の意思と創意工夫で取り組んだ今年、伊佐夫にとって収量などは小さなことだったようである。

稲刈り機と軽四輪が上谷の棚田に到着した。ぼくらが先に入り口を刈っておきますわ！　桑野の息子たち三人は、中学生のころから毎年上谷の稲刈りを手伝っているので勝手を知っている。畦に上がるやいなや鎌を手に田んぼに入ってゆき、まずは稲刈り機を下ろすための二メートル四方をザクザクと刈り始めると、それだけで早くも噎せるような稲の青臭さが爆ぜて辺りの空気に染み入り、人も獣も鳥も昆虫もいよいよ稲刈りだと知る。ほら、この匂い。伊佐夫さん、この匂いよ！　元気だったころの昭代がいつも鼻腔をいっぱいに広げ、世界を吸い尽くすようにして吸い込んでいた匂い。青葉アルコールと青葉アルデヒドと、植物精油の成分であるテルペン系化合物の混じった稲の匂いが鼻腔で膨らむ。それにはどこか老いた骨や細胞の記憶に直結するような日向臭さも混じっていて、七十を越えた伊佐夫の全身を和ませる。

そうこうするうちに、切り株になった田んぼの入り口に隆一がそろりと稲刈り機を下ろし、エンジンを掛ける。隆一も稲刈りだけは子どものころから手伝っているし、ここ数年は田んぼ毎の入り口の場所と形状に合わせた条刈りのコース取りも任せているが、お世辞にも巧くはない。機械をバックさせるのも一苦労だし、転回するたびに刈り残しが出、そのつど伊佐夫たちが手で刈り取らなければならない。これでよくBMWに乗っているものだが、そもそも自動車は、不器用な人間でも運転できる乗り物になったことで爆発的に普及したのだろうし、だとすれば、改良の余地があるのは農機具のほうだろう。ともあれ、十二畝なら三時間もあれば刈り取れるところ、隆一の手では午後までかかるのは必至だったが、そう遠くない将来、上谷の田んぼを継ぐ者がいるとすれば分家の隆一しかいない以上、最低限のことは身に付けてもらわなければという思いで、数年前から伊佐夫は口出しをしないと決めている。すると、世慣れた桑野の息子たちもその様子を察して見て見ぬふりをし、刈り残しの株を次々に刈り取りながら、若者同士、伊佐夫には意味不明のゲームの話に余念がない。スーパーマリオの、コインラッシュの、こうらキックだのヒップドロップだの。そこに張りのある笑い声が噴き出し、からからと転げ落ちる。

隆一の稲刈り機はゆっくり進みながら、刈り取った稲を十数束ずつ自動的に集めて結束しては右側へ排出してゆき、妻の和枝がはざ架けに備えてそれを小さな山にまとめながら、こちらは息子のボーイズリーグや学校の話だ。所属の奈良葛城ボーイズの公式試合のたびにかかる遠征費。コーチの某への付け届けを増額すべきか否か。十歳、いや十一歳になったかもしれない息子の卓也はやっと内野手のレギュラーになれたというのに、和枝の目下の懸案は中学受験の準備にある。土日の練習日のどちらかを学習塾に振り替える、いや振り替えないという亭主との応酬が稲刈り機のエンジン音に混じって伊佐夫の耳にも届き、やれ難儀なことだと思う。何より週日の夜に学習塾、土日は野球という生活では、もとより小さい身体が大きくなるひまもないというものではないか。それに比べて、さっさと勉強を捨ててテニスを選んだ彩子などは、夏にまた少し背が伸びて百七十四センチになったと聞いた。いま眼の前で刈り取られてゆく稲穂の、重たげに膨らんだ籾のなかの米粒たちは、いずれ彩子のどんぶり飯になる。

手刈りの合間に、結束された稲を一束ずつ稲木に架けてゆく。視線が上がると、日が高くなり始めた空にアキアカネが飛び交い、その先には稲刈りの人びとの散らばった棚田がある。人の姿があるだけでどこかべつの土地のような晴れやかさの下、棚田の間を縫う農道の入り口には列をなして上がってくる小学生たちの姿もある。先頭の教師四人は、学校の備品の鎌を積んだネコ車を押してくる。一方、その後ろに続く子どもたちはいまどき整列などしない。色とりどりの水筒とリュックサックを背に二人、三人と固まったり離れたりしながら、だらだら、ゆらゆらと用水路のヤナギ藻のように伸び縮みする。

そして、その列の傍らをのろのろ徐行しながら上がってくる赤いポルシェの主は、寝坊した倉木俊彦で、すげぇ、マリオカートとは違うわ――桑野の息子たちのからかい半分のひそやかな口笛が飛ぶ。当の俊彦はフロントガラスの向こうでまだ欠伸をしているが、それほど道幅があるわけではない農道でちゃんと周囲を確認しているのか、子どもらにぶつからないか、上で見ているほうがはらはらする。義父の吉男の急性骨髄性白血病が、染色体検査の結果、周囲が予想していたより寛解しにくい難しいタイプだと分かったためか、近ごろはやけで呑み歩いているという話も聞くが、軽四輪と農機具しか通らない肥臭い農道にポルシェを駆ってくる男の脳味噌については、今日ばかりは唾棄するよりも大笑いするほうが似合う。そんなふうに思わせる年に一度の稲刈りの日ではある。

否、その毎秋の風景には、今年は倉木の娘婿のポルシェのほかに、もう一つ小さな異物が紛れ込んでいる。小学生たちの行列から少し離れた農道の一隅を、腹の大きい娘が一人、ゆらりゆらりと歩いている姿がそれだ。上谷の下の桑野の、もう一軒下の木元の家の娘で、一週間ほど前に突然大阪の嫁ぎ先から戻ってきた。名前はミホといったはずだが、美しい穂か、三保の松原か、伊佐夫たちの記憶はいまひとつはっきりしない。榛原高校を出てすぐに大阪で信用金庫に就職し、そのまま結婚したはずだから、そこから計算するとかれこれ二十七、八になる。別居したのか離婚したのか詳細は垣内にも伝わってこず、木元の老夫婦も、しばらく居るんと違いますやろか、あのお腹でどこへも行かれしませんし、と他人事のように言うだけだ。どちらも軽い認知症が始まっているうえに腰も悪くしており、もう田んぼも畑も維持できない。そんな老夫婦の世帯には、出戻りの娘は負担が大きいのかもしれない。

もっとも本人は愛想がよく、道ですれ違うとはにかんだ笑みを見せ、垣内の女たちがそろそろ臨月ではないかとささやき合う不安定な身体をゆらゆらさせながら、日がな一日農道や畦を歩いている。運動不足で難産にならないよう気をつけているのか、家に居場所がないのか、見ているほうは何だか落ち着かない心地にさせられるが、何一つ目新しいことの起こらない集落の風景に一寸した変化をもたらしているという意味では、降ってわいた伊佐夫たちの毎日の関心事の一つではある。それが稲刈りの日にはさすがに異物になって、事情を知らない隆一と和枝などは、気になって仕方がないという顔を隠しもしない。

倉木俊彦が、遅うなってすみません、親父がよろしくと言うてました、それからこれ、十時のおやつ、などと言いながら畦に上がってくる。手には、榛原駅前で買ってきたらしいドーナツ店の大きな箱と、リードにつながれた茶色のトイ・プードルが一匹。これには思わず全員の手が止まってしまった。いやぁ、家に誰もおらんもんやから。一寸うるさいけど、堪忍してくださ い。そう言いつつ俊彦は稲木の脚にリードを括りつけ、さて、ぼくは何をしたらええですかと背筋を伸ばしてみせたのはいいが、作業に必要な軍手も持ってきていないし、下は白のチノパンツという軽装だ。どうやら義父の病気と会社の経営でいよいよ頭が回らなくなっているらしいのが逆に気の毒に思えてきて、無理せんでええからと伊佐夫が声をかけると、無理するほどの仕事があったら、親戚の田んぼの稲刈りなんか手伝いに来てませんよと愛想笑いする。そうして伊佐夫に予備の軍手を借り、見よう見まねではざ架けを手伝い始めたのはいいが、案の定、膨らんだシャツの胸ポケットでひっきりなしに携帯電話が鳴るありさまで、さすが社長さん！　桑野の息子たちの軽口が飛ぶ。

続いて小学校の教頭と引率の教師も挨拶に上がってきた。晴れてよかったですねえ。いやあ今年も豊作のようで、いろいろお世話になりました。いえいえ、こちらこそ。お天気に恵まれたのも子どもたちの思いが天に届いたんですな。伊佐夫と教師たちが歯の浮くような挨拶を交わす傍らで、今年もぼくらが手伝いに行きますからと世慣れた桑野の息子たちが言い、お世話になります、よろしくお願いします、教師たちが応じて、皆で畦を移動してゆく。

八十人の小学生が集結した田んぼ三枚は、止めどないお喋りと笑い声で一キロ四方のスズメが一斉に集まってきたようなざわめきだ。桑野の三人が田んぼ一枚ずつに分かれて鎌の使い方の見本を示し、結束の仕方を教える間も、静かに！　ちゃんと説明を聞いて！　山田君、ふざけない！　教師の大声が飛び、子どもらの帽子の頭が右へ左へととぐろを巻く。一方、上谷の田んぼも作業が続き、稲刈り機が刈り残した稲を刈って歩く伊佐夫の眼の端で、稲を稲木へ運ぶ倉木俊彦のスニーカーが、額井の和枝のエプロンが、隣の桑野の田んぼの畦で遊ぶ幼児らが、躍り続ける。稲木の根元ではトイ・プードルが草にまみれながらスズメを相手に跳ねたり吠えたりで、その先を木元のミホの、花模様のマタニティドレスの大きな腹が過る。そのミホが犬のほうへ眼をやり、一寸足を止める。ただ気になっただけか、それとも犬が好きなのか。そういえば木元の家も、五畝ほどの小さな棚田二枚をもっているが、老夫婦は腰痛とリュウマチが悪化して今年も田んぼは休ませた。いまは稲の代わりに秋蕎麦が植わっているが、老夫婦にもミホにも収穫は無理だろう。稲刈りが終われば、垣内で手分けをして刈り入れをしなければならない。棚田の下のほうでは小学生たちの嬌声がなおも間欠泉になり、稲木の上や切り株に連なったスズメたちの声はいつしか耳鳴りと化して、そのはるか頭上ではそのスズメやモグラを狙う鳶が薄青い日差しのなかを旋回する。

手刈りをする間、下げた頭に血が集まり、身体を起こすとその血が一気に下がるのだろうか。伊佐夫の額のなかの昏い穴を、音もなく上がったり下がったりする血が意識のエレベーターになり、一瞬遠のく意識の空洞に、いまではない過去のどこかの断片が紛れ込んできて、伊佐夫ははっとする。

いまも、作業を終えた稲刈り機や軽四輪が連なる農道を、ひとり歩いて上ってくる制服姿の陽子があり、伊佐夫は思わず眼を見開く。稲刈りの日だけは昭代の手が空かないため、バスで帰ってくるのだが、奈良高校の制服に涼しげな白いソックスと革靴という格好の陽子を、集落じゅうの視線が追う。自分が棚田の賑わいに間違って入り込んだ異物だということを陽子に教えるのはその視線であり、きりりと頭を上げてその視線を跳ね返しながら、陽子は上谷の田んぼにいる父母に軽く手を上げて挨拶をし、すたすたと通り過ぎてゆく。一方、昭代ははざ架けの手を止めて伊佐夫のほうへ振り向き、私たちの娘にしては上出来よと笑う。昭代は米作りに関心のない娘を叱るときもあれば、米作りだけが人生ではないと割り切っているときもあったが、集落に馴染もうとしない娘が恨めしい反面、誇らしくもあったのは確かで、そういうときの昭代は垣内への月並みな対抗心に駆られているのが顔に出る。

数回瞬きをすると、血の下がった頭の空洞に、また別の年の昭代が手縫いの野良着とゴム長と麦藁帽子という姿で立っている。稲刈りの日にはいつも少し殺気立っていて、伊佐夫さん、条刈りが巧くなったねえ、それだけ出来ればもう一人前よ、と亭主をおだてるその顔には、稲の一本、稲穂の一本も無駄にするなと書いてある。おお怖い、怖い。艶やかに日焼けして全身に精力をみなぎらせ、寸暇を惜しんで鎌をふるい、はざ架けに勤しむ昭代は、この日ばかりは十六、七年連れ添った亭主が依然として覗き込むことのできない世界を生きているように見える。そうだ、昭代は〈私たちの娘〉と言うが、その〈私たち〉はほんとうに自分たち夫婦のことなのだろうか――。特段の理由があったわけではないが、伊佐夫はふとしたときに、自分にはその実感が乏しいことに思い至って放心することもあった、そのときの微妙な距離感や切なさを皮膚や骨に甦らせ、それがふとほの温かい欲情に変わるのを感じながら、この隠微さは陽子には分からないだろうと思い、伊佐夫は自分でも気づかないうちに足下の田んぼの土に向かってにやにやしている。

午前十時前、一枚目の田んぼがきれいに裸になったところで休憩を取り、隣の桑野の田んぼにもドーナツを配った。例年通り、稲木二組に稲穂がふさふさと鈴なりになる一方、切り株だけになった田んぼは見るからにすっきりとして伊佐夫の眼を洗う。四カ月間そこにあったものが消え去った世界に眼が慣れるのに毎年いくらか時間がかかるが、今年はいつもの年より寂寥感が強く、やはり昭代が死んだからか、それともまた少し老いが進んだということかと自問しながら、伊佐夫はひとしきり周囲のざわめきから遮断された透明な膜のなかで呼吸する。

切り株になった田んぼの向こうは、畦の一本、稲木の一組、棚田の縁、立ち姿だけでどこの誰と分かる集落の人びと、農道の軽四輪や稲刈り機、杉山の斜面などのどれもが、時間が止まっているか、眼や耳や脳のほうが停止しているかで、気がつけば赤いポルシェやトイ・プードルやミホの大きな腹といった異物もいつの間にか異物でなくなっている。日常というやつの強力な同化作用は、そうして昭代や陽子の不在を不在でなくして久しいが、一枚の田んぼが裸に帰った瞬きほどの小さな変化が、停止していたはずの日常をかすかに揺すったのだろうか。昭代はもういない。陽子もいない。伊佐夫は腹のなかで独りごち、自分の発した言葉が薄い冷気をかき寄せるのを感じて、なるほど、毎年稲刈りの終わるころにやってくる軽い鬱のはしりだな、と思う。

春先までは昭代の死に伴う具体的な生活の変化と、田んぼの準備に追われて、不在は困惑と欠落感だけでほぼ埋まっていた。夏にはときおり昭代はほんとうに死んだのか、生きているのではないかと混乱することが増えて不在は溶け出し、そこに居るわけではないが、どこにも居ないというのでもない微妙なバランスが生まれた。それが変化したのは、八月の半月を過ごした孫が帰ったあとで、稲の出穂から登熟までの、一年でもっともこころが浮き立つ時期だったことが気分の落ち込みを食い止めてきたが、独力で手がけた疎植栽培がうまくいっても、有頂天の先には精力を注ぐような生活は何もない。否、脱穀をして農協のライスセンターで精米をし、ニューヨークの娘たちとその他親戚たちに発送する仕事が残っているか。海外へ米を送るには、農政事務所に届けも出さなければならない。しかし、そのあとは？　木元の秋蕎麦の収穫。畑の冬野菜の世話。茶の木の種採りと植えつけ。畦の補修と用水路の清掃。屑神社の秋の例祭。ほかには——？　漫然と数え上げながら、伊佐夫の眼や耳はまたいつの間にか稲刈りの晴れやかな喧噪へと横滑りしており、無意識に昭代の姿を探して彷徨い、悄然とする。昭代のいない土地が急によそよそしく感じられ、気が抜ける。そう、昭代は死んだのだ。明後日八日は九回目の月命日になる。

キャッキャッ、キャッキャッ。滑りの悪いゴム底のようなトイ・プードルの声で我に返る。飼い主の俊彦は、なおも少し離れた場所で相変わらず携帯電話を相手に怒鳴ったり懇願したりで、電話で埒があかないのなら、ひとまず自分が出向けばいいのに、なんという要領の悪さだと思う端から、伊佐夫の気分はこれといった理由が見当たらないまま、またかすかに翳りだす。否、先週の日曜に倉木吉男を見舞った際、皮膚の色が抜けてしまったような灰色の顔をして抗癌剤の副作用で何も食えないと言いながら、あの婿だけが心配でならないと繰り返し訴えていたのを思い出したからか。確かに眼から鼻に抜けるとは言い難いかもしれないが、そこまで心配するほどのことはないだろうに。病気を抱えて気弱になるとはこういうことかと思い、あまり歳の違わない男の弱り方に寒々としたものを覚えて早々に病室を出た、そのときの気分がまだぐずぐずと尾を引いているのを感じた。まるで切れの悪い小水のようだ、と思う。

さっき俊彦さんに聞いたら、体育館のボイラー室の工事に不具合があったそうで――。隆一が思い出したように言う。なるほど、夏祭りの日に倉木本人が話していた工事か。まだ終わっていないのかと驚いたのも束の間、伊佐夫さん、ここの土、ええ匂いしますね、隆一がまた少し話しかけてくる。和枝が不本意そうにこちらを見るので、息子の塾の話から逃げたのかもしれない。先週、吉野郡の下市のほうへ河川の護岸工事の下見に行ったんですけど、丹生川沿いの田んぼの作土がポドゾルみたいな色をしていましてね。その話を農林振興事務所の土地改良課の同期にしたら、ちょうど近くで圃場の区画整理をやっていて、そこでコアサンプルを取ってみたところ、溶脱が進んでいてびっくりしたそうですわ。十五センチ掘ったら、沈殿した酸化鉄で真っ赤やったって。もともと秋落ちがひどい田んぼやったそうですけど。こうなったら区画整理より客土を入れるのが先やて地権者が言い出して、担当者が頭を抱えていますわ。けっこうな広さがあるんやそうで。伊佐夫さん、丹生は知ってはります？

上谷一統の期待を背負って生まれた隆一だが、県庁の河川課で公共事業の元締めのような仕事をしながら、頭の半分は箸にも棒にもかからない夢想へと脱線しがちで、今回も出先で田んぼの土に見入っていたというのか。変わり者は上谷の血ではあるが、これでは出世は無理だと思いながら、丹生は高野山へ行く途中で通ったことがある、と伊佐夫は答える。あの辺りは川沿いの沖積土壌だろう？　埴壌土なら、肥えていると思っていたがな。それにしても君の興味は川より土か。そう言ってからかうと、伊佐夫さんは土から稲へ転向ですかと切り替えされ、そうやなあ、生きているものは賑やかだしな、と言葉を濁した。畦で啼き続けているトイ・プードルのキャッキャッ、キャッキャッという声のせいだったかもしれない。

そして、その声がふと止んだかと思うと、いつの間にか稲木のそばにぺたんと足を投げだして坐り込んだミホの膝で犬は尻尾を振っている。あんた、妊婦さんに犬の毛はあかんよと和枝が隆一をつつき、俊彦さんのところも子どもはおるやないか、と隆一が囁き返す。そんなやり取りも聞こえていない様子で、この子、小父さんのところの子？　名前、何ていうの？　ミホが声をかけてくる。

ああ確かに、十年ほど前に聞いていた女子高生の声だ。否、あのころより断然、ふくいくとしているのは腹の子どものせいだろうか。突然そんな思いに駆られながら、うちじゃない、あそこで電話をかけている小父さんのところの犬だ、名前はモモだったかな、伊佐夫は答えている。そしてその数秒、自分のなかにひそむなにがしかの欠落感とともに、そうだった、自分も昭代も陽子が妊婦だった時期のことをほとんど知らなかったのだ、と思い返していたりする。親戚一同や垣内の連中に呆れられたのはともかく、臨月の娘を成田空港で見送りながら、昭代はもう〈私たちの娘〉とは言わなかった。自分たちはニューヨークで生まれることになる孫に会いに行くのか、行くのならいつ行くのか、夫婦のどちらからも言葉がないまま苦笑いを交わし、ねえ銀座で靴買って、昭代は言い、すぐに冗談よと打ち消すので、いいよ、銀座へ行こうと伊佐夫のほうが昭代の腕を取った。その一瞬、娘の育て方を間違えたと思ったのか、あとのことはもう知るものかという訣別の意だったのか、はたまた伊佐夫には分からない対抗心だったのか、昭代がぎりっと歯を嚙みしめる音が聞こえたものだ。

モモ。モモ。モモ。

柔らかい呼び声が伊佐夫の耳元を撫で、かわいいわぁ——溜め息のような感嘆がふくらむ。腹に子を宿した女の声はこんなに柔らかくなるものか。伊佐夫は知らぬ間に耳をそばだて、陽子を妊娠していたときの昭代はどうだったか——またふと思い浮かべてみるが、所詮、前頭葉も海馬も眼の前のミホの生々しさには勝てず、昭代の声はかたちにもならなかった。一方、傍らではいつの間にか桑野の嫁さんや婆さんが顔を揃えて、額井の和枝と一緒に予定日はいつかとミホに声をかけており、十一月六日という返事を聞くやいなや、我先に口を開く。そのお腹やから、てっきり臨月かと思うてたわ。十一月やって？　ほな、三十五週目？　そやったら、もういつ生まれてもおかしないやないの。準備はしてある？　検診は行ってる？　出産は市立病院？　女たちに悪気はない。この一週間というもの、出戻りのミホのことが気になって仕方がなかった上に、みな自身の半径百メートルの世界で生きているだけだが、ミホには垣内の無神経などほとんど届いていない。双子なんですよ。小さな声で言って、いくらか誇らしげに微笑み、へえ！　女たちは心底呆れたような顔をする。双子と分かっているんやったら、早めに入院せなあかんやないの。田んぼをうろうろしている場合やないわ。女たちのかしましい声が再び雪崩になり、それから、困ったねえ、娘のお腹が大きいのに木元の奥さん、惚けがきているから――という囁きになる。

一方、いつの間にか電話が途切れて近くに寄ってきた俊彦が、双子やって？　いっぺんに二人とは効率がええなあ！　呑気なことを言うが、伊佐夫も確かにそうだと思う。よりにもよって枯れ木のような木元の爺さん婆さんに、双子の孫とは。加えて、この集落でいったい何年ぶりの出産だろうか。経済的に余裕があるわけでもない木元には思いがけない負担でもあるに違いないが、子どもが生まれることに四の五の言うこともない。孫ができれば老夫婦の生活にも張りができて、惚けも治るかもしれないし、わずかながら田んぼも畑もあるのだから、食うのに困ることはない。今後の生活のあれこれは、子どもが生まれてから考えればよいことだ。そのミホは、いまは小学校の田んぼのほうを仰ぎ、賑やかやねえと漏らしてゆったりと眼を細める。十年後に自分の子どもがそこで稲刈りをしている姿でも思い浮かべたか。

さあ時間もないし、そろそろ始めませんか。午前十時過ぎ、隆一の音頭で再び腰を上げ、二枚目の刈り取りが始まる。もっとも当の隆一は、和枝が午後三時過ぎには息子を塾に送り届けなければならないとのことで時間を気にしているのがありありだったし、俊彦の携帯電話も相変わらず鳴り続けるなか、伊佐夫は結局、早々に予定を変更することになった。予定では昼の休憩をはさんで三枚目を刈り、午後三時前には全部の作業を終えるつもりだったが、明日も晴れそうなので、刈り取りだけ済ませることができれば、はざ架けは明日に回してもよい。自分の米作りなど、所詮年寄りの暇つぶし以上のものではないと思えば、苛立つほうが可笑しいと嗤う声が自分のなかから聞こえ、それにしても、これも理性というよりは鬱の為せるわざだろうかと密かに自問自答した。

かくして二枚目の田んぼを刈り終えた午後零時過ぎには、まず俊彦を引き揚げさせ、和枝の握った握り飯で昼飯を済ませたあと、その和枝を早めに帰して、三枚目の田んぼは隆一と二人で片づけることになったが、一枚目の田んぼの稲木につながれたままの犬に気づいたのはそのころで、思わず、あ——と声が出た。たぶん俊彦さんの計画的犯行ですよ。隆一は言い、確かにそうかもしれないと思いながら、じんわりと困惑を噛みしめた。あらためて眺めてみれば、トイ・プードルとは名ばかりで、しばらくカットもされていないらしいただの縮れ毛のかたまりではないか。倉木の入院で久代も付き添いのために不在がちになり、娘の初美は子育てに追われ、娘婿もほとんど家にいないという事態になったバリ風の住まいに、ついに犬一匹の居場所もなくなったか。さっきまで誰かれとなく尻尾を振って愛想を振りまいていたのに、いまは草の上に伏して上目づかいに恨めしげにこちらを見ているのは、何か言いたいことでもあるのか？

そんな眼で見るな。あとで宮奥へ送ってやるから。伊佐夫は眼を逸らせ、再び下を向いて鎌をふるい続けていると、今度はブルックリンの娘のアパートに住んでいるというピンク色のプードルのことなどが浮かんでくる。シナトラが甘い声でニューヨーク、ニューヨークと歌う豪勢な大都会のことだ。娘たちに確認したわけではないが、月三千ドルもするアパートに住む老夫婦のそれは、トイ・プードルではない大型のスタンダード・プードルだろう、と思う。昔、昭代と訪れた神戸で一度だけ、本物を連れている外国人を見たことがあるが、まるで映画を見ているようだった。それとは似ても似つかぬ茶色の惨めなかたまりがこちらをじっと見ているのを背中に感じながら、またしばらく稲刈り機が吐き出す稲束を拾い、刈り残しの稲の手刈りを続けたが、その間もたびたび稲木の根元の犬が視界を過り、そのつどそこはかとない寂寥感が皮膚に染み透ってくると、伊佐夫はまたいつの間にか倉木吉男のことを考えている。

宮奥の家では、倉木もときどき膝に娘夫婦のトイ・プードルを乗せ、孫娘のアリサを乗せて、家族に恵まれた人生を楽しんでいたはずだが、ひとたび病院のベッドに横たわる身になってみると、それを境にこれまで築いてきた有形無形の己が人生の呪縛が解け、代わりに捨てたり忘れ去ったりしてきたものがあらためて鎌首をもたげてくることがあるのかもしれない。先日見舞いに行ったとき、倉木は久代が買い物に出たのを見計らって、伊佐夫に聞いてほしいことがあると神妙な表情で言い出した。こんな話は伊佐夫さんにしか出来へんから、という前置きに続いて、倉木が告白したのは女の話だ。しかもタイのプーケットとやらの。

久代と結婚する前の話だというが、商工会の旅行でプーケットへ行ったときにナイトクラブで出逢った娘が気立てのいい美人で、倉木はすっかり惚れてしまった。向こうも倉木を好いてくれ、また会いたいと言ってくれるのだが、こちらも仕事があるし、なにしろ七八年の話だから、いまのように簡単に渡航できるわけでもない。それでも、会いたい、会いたいと手紙が来る。それで年末に無理をして再びプーケットへ行き、今度は彼女の家へ泊めてもらった。こうなると、ほとんど許嫁のようなものだ。当然、子どもが出来る。すると娘は、今度は日本へ連れていってほしいと手紙に書いてくる。万事休す。倉木にしてみれば、惚れていたのは事実だが、結婚はまた別の話だし、こちらにはいずれ継がなければならない会社もある。そこで、人のいい倉木は手紙だけでは誠意がないと思い、五月の連休に三たび現地へ行って、結婚はできない、子どもは堕してくれと本人に伝え、なけなしの五十万円を渡したが、娘は結局子どもを堕さなかった。その年の暮れに生後二カ月の赤ん坊を抱いた写真を送ってきて、手紙には働いて大事に育てますと書いてあったという。

なにやら昼下がりのカーラジオから聞こえてくる身の上相談みたいな話やというのは、自分でもよう分かってますけども。それに、ほんとうにぼくの子かどうかも怪しいもんですが、いまごろになって赤ん坊を抱いたあの娘が夢に出てくるんですわ。名前はフォン。親も周囲もみな、そう呼んでいた俗名です。雨、いう意味やそうで。それはともかく、もう三十年以上も昔の話やのに、昨日もそのへんでフォンに逢うてたような気がしますんや。日本人とは一寸、身体の匂いが違いましてな。濡れた草の匂いがする。パンガー湾という景勝地があるんですが、そこのマングローブの密林の匂いに近い――。

プーケットに行ったことのない伊佐夫は、パンガー湾のマングローブの匂いと言われても呼び戻す記憶もない。濡れた草の匂いのする肌といわれても、田んぼの畦や杉山の斜面の匂いしか思い浮かばず、人肌と結びつく代わりに、かつて男を追って出奔した上谷のヤヱのことを忽然と思い出しては、ヤヱと密会した男はまず濡れた草の匂いを嗅いだのではないだろうか、などと脱線するのがせいぜいだったが、それにしてもたんに老いて病に伏した男が昔の色事を懐かしむというのではない、もう少し切羽詰まった感じもあり、いったいどうしたことだろうとしばし本気で聞き入ってしまったものだった。

若いころは口八丁手八丁のやり手だった倉木なら、家の外に女の一人や二人いても誰も驚かないが、青年時代のプーケットの女との情事の話も、子どもが生まれたという話も、具体性があるような無いようなで、にわかには信じがたい。仮にフォンという女性がほんとうにいたのなら、二人の情事はもっと違うかたちだったのではないか。案外倉木は初めから騙されており、そのことに本人も気づいて人生から消し去りたいいやな思い出となったが、ここへ来て当人の海馬でなにがしかの嵐が起き、記憶の端々が組み替えられて、正が負に、負が正に変わってしまったのではないか。気前のいい日本人観光客の男を手玉に取った現地の売春婦が、倉木の海馬のなかでいまはやさしい笑みを浮かべた生娘に変身したということではないか——。

ほんに病人の頭というのは怖いもんです。いつの間にか家族も仕事もきれいさっぱり抜け落ちてしもうて、もう何も惜しくもない。代わりに、こんな病院のベッドで点滴の管につながれて死にかけながら、思うことが昔の女の肌です。久代でも初美でもアリサでもない。いや、思うだけならまだしも、日に日に現実との境目がはっきりせんようになって、眼を閉じたら南洋のマングローブの匂いを嗅ぎながら女の肌をまさぐってますんや。こんな病人が、いまさら懲りないことですなあ。抗癌剤がしんどいせいやと思いますが、ときどきうわごとを言うてるようですから、知らずにフォン、フォンて漏らしているのかもしれません。ああいや、こういうのも酔狂でええなあと思うたりもしますが、いったいこの頭がどうなってしまうのか、考え出したら眠られへんようになりましてな——。

点滴と酸素吸入の管につながれたまま、もはや元気だったころを思いだすのも難しい灰色の頬をひきつらせて嗤いながら、緩みがちな眼尻に涙をためて倉木はそんなことを言う。その間、病理上の理屈など分からないまま、伊佐夫は眼の前の人間に残り時間の少ないことを確信し、さほど親しいというわけでもなかった男なのに全身が沈み込むようだった。

しかし、だから何か特別な思案をしたというのでもない。いや吉男さん、ぼくも似たようなもんです。最近は、眼が開いていても現実と夢の境がなくなって、気がつくと昭代に話しかけたりしていますから。それにしても、ぼくには吉男さんのような艶っぽい思い出は一つもないなあ——。伊佐夫はいまさらながらに平板そのものだった自分の人生を惜しみ、そうだ、だから昭代は亭主に退屈していたのだろうとふいに納得していたりもしたが、倉木はまたいっとき平静を取り戻して、何を言いはる、お宅には昭代さんいう女神がいはったやないですか、などと言って嗤う。昭代が女神？　大した女神ですなあ。いや、よかったのは肉付きだけですよ。伊佐夫が応じると、それそれ、その肉付きが大事なんや。久代も若いころはそうでしたが、フォンもしっかり肉のついた身体でしたで、太腿とかふくらはぎとか――。

なるほど、夫婦円満の秘訣はやっぱりそれですか。うちはどこで間違ったんでしょうなあ。伊佐夫は言い、さあ、どこでしょうなあ――吉男も返し、ハハ、ハハ、二人で短い笑い声を病室に響かせた。おそらく伊佐夫以上に理由を理解できないまま、間もなく己が命の幕が下りるのを知ってしまったのだろう男と相対した、あの何とも言えない時間の名残が、刈り入れの終わった淋しげな田んぼで尾を引いており、伊佐夫の心身を薄い悲哀の紗で包み込む。それはまた、畦の犬にも伝わって、キャッキャッ、キャッキャッという啼き声が辺りの空気をひび割れさせ、ついに耐えきれなくなった隆一が稲刈り機を止めて、ぼくが俊彦さんに電話しますわ、と言う。

伊佐夫は数秒迷う。飼い切れなくなって連れてきた犬を戻しても、飼うほうも飼われるほうもろくなことはない以上、ここは自分の決断一つではあるが、鯰と犬は違う。否、二週間にしろ十六歳の孫と暮らせたのだから、トイ・プードル一匹ぐらい何とかなるだろうか。いや宮奥もたいへんそうだから、しばらくうちが預かるよ。結局、伊佐夫はそう応えており、いくら確信犯でも、それならペットフードぐらい置いてゆくのが筋でしょうにと隆一は不服そうだったが、その隆一も自分のところで預かるとは決して言わない。

そうして伊佐夫が新たに犬一匹と折り合いをつけたころ、小学校の田んぼ三枚は大人数のおかげであらかた刈り取りとはざ架けが終わりつつあり、放課後の校庭と化した田んぼで桑野の息子たちと小学生たちが戯れ合う姿が見られた。教師たちは慣れない農作業に疲れはてた様子で生徒を叱る声も絶え、休憩時間なのか自由時間なのか、子どもたちは周囲の畦へ少しずつ進出して、犬がいる！　犬がいる！　数人が叫びながら上谷の畦までやってくる。小父さーん、これ小父さんとこの犬？　抱いてもええ？　名前はなんていうん？　モモ！　伊佐夫が答えると、たちまちモモ、モモ、モモという子どもたちの輪唱になり、その下で犬もまた愛想よく飛び跳ねだして、なるほど犬は構ってやればいいのかと、伊佐夫は早速学習する。

集落の棚田はこうして一枚また一枚、切り株と稲木にはざ架けされた稲穂の風景に変わってゆき、午後三時過ぎにはほとんどの田んぼで人びとの動きが絶えた。小学生たちは再びリュックと水筒を背に田んぼに集合し、伊佐夫と桑野の息子たちと相対して、ありがとうございました！　ご苦労さまでした！　なぜかこういうときだけ標準語になるのが教育の成果というものか、律儀に礼儀正しく挨拶を交わす、その明るく透き通った声が杉木立に吸い込まれ、秋空に抜けてゆく。そして、農道を去ってゆく子どもたちと入れ替わりに零れ落ちた稲穂をめがけて襲来するスズメたちも、見る間に湧き出しては消える夕立雲のようで、気がつけば棚田のすみずみまでしんと静まり返っているのだ。

上谷の田んぼも、はざ架けが出来なかった一枚にブルーシートを敷いて稲束を仮置きし、午後四時前には稲刈り機を納屋に戻して、収穫の一日を終えた。伊佐夫は荷台に犬を載せた軽四輪で隆一を額井まで送り、帰りに国道沿いのホームセンターでペットフードと、店員に薦められるままにトイレ用シーツとやらを買う。自宅に戻ると、桑野の家に稲刈りの手伝いのお礼のビール券を届けがてら、親戚の犬をしばらく預かることになったんやけど——と相談をしてみた。すると、自身も座敷でシーズーを飼っている桑野曰く、ああ、お宅の稲木につながれとったあのトイ・プードルですか、それやったらまずはペットの美容室でヘアカットですわ、そういう犬種なんやから好きも嫌いもない云々。腐ってもプードル。鯰とはかかる金が違う、ということのようで、早くも戦意を喪失しかけた。

自宅に戻って犬を放してやると、しばらくそこらじゅうの臭いを嗅いで回り、宮奥へ帰りたいと訴えてしばらく鼻声で唸り続け、買ってきたばかりのドライフードをやると、カリカリ音を立てて食い、それでも自分の居場所ではないという恨めしげな顔つきのまま、やがて板間の隅で丸くなった。そうしてようやく静かになったときには、板間も畳も砂だらけで、犬を放す前に足を拭かなければならないことを、また一つ学習した格好だった。

畑の大根の間引き菜を茹で、秋ナスの味噌汁と、カボチャと厚揚げを煮たものの残りと塩サバの夕飯を摂る間も、薄目を開けている犬と睨みあいは続き、どうにも不細工なのは眼と眼の間隔が広すぎるのか、額が狭すぎるのか、耳が大きすぎるのか、などと慰みに観察している。おかげで、やり残したはざ架けを片づけることや、ひとつふたつ花が咲き始めている茶の木のことや、ヒラタケの収穫などの明日の算段は後回しになり、毎日これだけは必ず見るテレビの天気予報を見逃したことも気づかなかった。またさらに風呂に入っても、少し前の新聞にペットショップの折り込み広告が入っていたことなどを思いだし、湯上りにわざわざ古新聞のなかからその広告一枚を見つけだしたりもした。トリミングサロン某。犬とも思えない玩具かぬいぐるみのような生きものの写真と、「五千円から二万円」という料金に見入って、また知らぬ間に時間が過ぎた。

それから、珍しく電話が鳴った。ニューヨークかと一瞬こころが跳ねたのも束の間、聞こえてきたのは久代の声で、曰く、ひょっとしてうちの犬、伊佐夫さんのところにいます——？いますよ、おとなしくしているから心配せんでもいいですよ。伊佐夫が応じると、そう——、あの多弁な久代が一言いったきりで、続く言葉もない。犬はしばらくうちで預かるから、気遣いは無用です。それぐらいしか、ぼくには手伝えないし。そうだ、新米ができたら届けるから待っていてください ね。吉男さんも、抗癌剤治療がひと段落したら、きっと食べられるようになりますから——。伊佐夫のほうから一方的に話しかける間、久代は受話器の向こうで放心していたか、へたり込んでいたか、ほとんど何も耳に届いていなかったのかもしれない。その久代も、伴侶の介護とはこういうものかとあらためて考えさせられるほど生気を失い、少し前までフラに日舞に茶道にと飛び回っていた洒脱な婆さんはもういない。否、いなくなったのではなく、しばしの休演、あるいは休息と言うべきだろうか。

なるほど、おまえさんも大切にされていた家で急に構ってもらえなくなった理由が分からないまま、見慣れた顔が一つまた一つと見えなくなって、それなりに不安だったか。あらためて板間で小さく丸まってこちらを見ている犬に話しかけると、犬はしっとりと潤んだ眼をこちらに向けてパタリ、パタリ尻尾を上下させて媚を売る。これだから犬というやつは苦手だと我に返り、それにしても倉木はほんとうにもう危ないのか？　思い浮かべてみる端から、悪い夢を見続けているような心地がする。年齢的な限界で強い抗癌剤は使えず、骨髄移植もできないとは聞いてはいたし、ひとたび感染症を引き起こしたら命にかかわるとも聞いていたが、いったいどうしてこうなるのだ。どこに岐路があったというのだ。何が悪かったというのだ。倉木はほんとうにもうダメなのか。間もなく死ぬというのか。休演ではないというのか――？

考えれば考えるほど実感が乏しくなるのは昭代の事故も同じようなものだったが、一報と同時に結果が眼の前にあった昭代の場合と違って、少しずつ容体が変化してゆく病人との対峙は、どこかへ向かって落下し続けているボールを見ているのに似ている、と伊佐夫は思う。落下していることは分かるのに着地点が見えない不全感のなかで、最終結果は引き延ばされるだけ引き延ばされて、病人も周囲も宙吊りになる。病気の苦しさの一部はこの宙吊りの苦しさではないだろうか、と。そう思うと、早々に植物状態になった昭代は、宙吊りの苦しみだけは免れたという意味で、仕合わせだったといえるのだろう。いや、おまえさんの知らない婆さんの話だ。尻尾を振るな。

深夜、伊佐夫は寝る前に雨戸を閉めたときに眺めた棚田の夢を見る。稲刈りを終えた棚田はそこここに立ち並んだ稲木が分厚い土塀になり、それが漆黒の迷路をつくって人を誘っているかのようだった。伊佐夫は夢のなかでその迷路を彷徨い、知らぬ間に下り坂を下っているのに気づいて、自分はあの無限に落ちてゆくボールを追いかけようとしているのかと独りごちている。

秋の日差しは日に日に凛と澄んでゆき、その下をゆく伊佐夫とトイ・プードル一匹とミホ、あるいは棚田や畑の土に映える。橿原市のトリミングサロンで最大限短く毛をカットされた犬は、いまやトイ・プードルとは似ても似つかないが、朝から晩まで伊佐夫の周りをうろうろしているその姿は、農道を行き来するミホとともにいつの間にか集落の風景の一部となった。ミホは犬を見つけては話しかけたり戯れたりで、ふとした拍子に伊佐夫と言葉を交わすことも重なり、おかげでいまでは大阪から戻ってきた事情を含めて、事実は垣内の噂話とだいぶん違うようだということも分かってきたが、伊佐夫のほうはそれを胸のうちに留めながら、いまのところはいつか周囲に話す機会があるという確信もない。

とまれ稲刈りから半月後、水分計で量った稲穂の籾の水分量はほぼ一四から一五パーセントになり、集落の棚田では稲穂の脱穀が始まった。伊佐夫の田んぼでも二日をかけて、割れんばかりのスズメの大合唱に追われながら、中古の脱穀機のファンベルトが精一杯唸りをあげた。その結果は、田んぼ三枚で籾米が三十キロ用の米袋二十七袋。約八百十キロの収穫となった。それを玄米に換算すれば五百九十キロ前後。屑米を除いても九俵強は確保できる収量だった。それを二回に分けて軽四輪の荷台に積み、榛原石田のライスセンターに運んで籾摺りと選別を委託した。昨今は乾燥から精米まで一括して委託する農家が増えて混み合う時期でもあったが、二日待たされた後の十月二十二日、伊佐夫の籾米はついに米袋十九袋、九・五俵の新米の玄米となり、再び軽四輪の荷台に載って漆河原へと戻ってきた。

その日の夕方、その玄米はひとまず五合ほどが旧式の家庭用精米機で精米されて炊飯器で炊かれ、炊き立てのご飯は最初に昭代と先祖たちの鎮座する仏壇と神棚へ供えられた。その後、残りはつやつやした塩握りになって一つは伊佐夫の腹に収まり、五つは榛原の市立病院に届けられた。そのころには倉木も少し体調が戻っていたのだが、軽四輪の座席に乗せて連れていった犬を久代が携帯電話で撮影し、それをすぐに病室の亭主に見せると、これがモモか、ほんまにモモか、アハハ、アハハ、こちらがびっくりするような大声で笑いこけた上に、その勢いで塩握りも一つ、その場で平らげたのだった。さすが新米やねえという久代の声も、久々に明るかったものだ。

その二十三日土曜日には、朝から小学校のほうの稲穂の脱穀があり、PTAの有志と子どもら三十人ほどが参加して、伊佐夫が再び脱穀機を動かした。秋晴れの下、脱穀機の二気筒のエンジンが勢いよく回転する音も高く、すごい！　すごい！　子どもらと父兄の無邪気な歓声を浴び、稲穂からしごき落とされた籾がぱちぱち爆ぜながら袋のなかに積もってゆくのを眺め続けるだけの、心地よく単調な時間だった。そして、こちらも田んぼ三枚で籾米八百八十キロの収穫となり、午後にはPTAの用意した軽トラックの荷台に積まれて同じくライスセンターに運ばれていった。またその翌日は、伊佐夫は上谷の六枚の田んぼで、散乱している稲藁を一日かけてそれぞれかき集め、続く三日間でそれらを裁断機にかけて細かくしたものを田んぼに撒いたあと、その上に藁の熟成を促す石灰窒素を薄く振り撒いた。そうして田んぼに戻された稲藁は、来年の春先には土に鋤き込まれることになる。そして、さらに三日をかけて、伊佐夫は解体した大量の稲木を少しずつ軽四輪に積んで納屋の裏へ運び、ブルーシートをかけて養生した。毎年、軽量で組み立てが簡単なアルミ製のパイプに替えようと思いつつ、今年もまた果たせなかったということだ。

こうして十月末には、上谷の棚田はきれいに片付いてひとまず冬を迎える準備が整った。農作業はまだ続くが、その前に伊佐夫は新米をニューヨークと、宮奥や額井などの親戚、東京の死んだ兄の奥さんなどへ送るための荷造りと、それに一筆を添えるのに丸一日を潰した。一筆といっても時候の挨拶がせいぜいで、便箋一枚を埋めるのも四苦八苦だった上に、野良仕事ばかりしてきた手指は万年筆をもつと震えてうまく動かず、しばしば漢字も浮かんでこない。そのたびに手を止めて国語辞典を開き、今度は細かい活字が見えないことに気づいて天眼鏡を探しに立ったりする。そうして縁側でふと顔を上げると、日に日に薄くなってゆく日差しの下、眼下の木元の田んぼ二枚で秋蕎麦が枯れ色になっているのが見え、人けの絶えた農道を相変わらずゆらりゆらりゆらり歩いているミホの姿が過る。

昨日は、透析のために市立病院通いをしている垣内の年寄りが、ミホの姿を病院で見かけへんのやが検診に行ってへんのと違うかと言い出し、金銭的に困っているのかもしれないと勝手に話が膨らんで、ついに区長の堀井が木元の家へ公的扶助の話などをしに行ったと聞いた。おそらく、双子の出産は帝王切開になる可能性が高いし手術費もばかにならない、三十八週目に入っているいまはもう一日の猶予もない、いざというときに受け入れてくれる病院だけは確保しておかなければ命にかかわる、といった話だったに違いない。もっとも、伊佐夫がミホから聞いていたのはもう少し複雑な事情で、ある時期まで本人は必ずしも出産を望んでいなかったらしいのだ。あんな男の子どもなんか産んでやるものか。流産しろ、流産しろ。破水でも何でもしたらいい。いまでもときどきそう思う。でも、結局堕ろせなかった私の負けやの。いまはね、いとしいて仕方ないのが悔しい。でも私、ちゃんと育てる自信、ないねん――。伊佐夫の知っているミホは、おっとりした眼の奥でそんなことを考えている娘だ。

十一月一日には冷たい雨が降り、伊佐夫は板間で寝ている犬のために十六年ぶりに囲炉裏に炭火を入れた。昭代の事故以来、一酸化炭素中毒を怖れて使うのを止めていたが、こんな古家で換気もくそもあるかと桑野に笑われるまでもなく、気遣いを必要とする人間のほうがもういないのだ。

翌二日には屑神社の例祭があり、氏子総代の堀井が倉庫から八足と土器や三宝の神具一式、真榊を運んで祭壇を設え、新米と玉串料を奉納して、近くの春日神社から出張してきた宮司の祝詞を伊佐夫たち集落の男全員で聞いた。また翌三日の祝日には、伊佐夫と桑野と鈴木の垣内の三軒で木元の田んぼの秋蕎麦の刈り取りをした。草取りも施肥もしていないのによく実をつけており、刈り取った穂を束にして稲木に架けながら、五畝で三十キロはいくんやないかという話をした。稲木にスズメ除けのネットをかけ、二週間ほど乾燥させたら、こちらは棒で叩いて手作業で脱穀することになる。そのあとは製粉所で丸抜き（殻剝き）してもらい、臼で粗挽きにして道の駅で売れればキロ千円にはなるはずだが、いまの木元の老夫婦では、結局玄蕎麦にもしないまま土間の片隅でカビさせるのがオチかもしれない。

垣内でそんな話をしながら日も暮れかけたころに作業を終えて散会した、その夜のことだった。風呂上がりの裸足に縁側の床がしんと冷たく、明朝は霜ではないかと思いながら雨戸を閉め始めたとき、前栽の向こうに見える桑野の家から、夫婦が飛び出してくるのが見え、玄関先には木元の親爺さんの綿入れの背中がある。どうしました！　とっさに声をかけると、子どもが産まれかけてるんやて！　あ、伊佐夫さん！　木元の家の前の農道で救急車を待っててくれませんか。桑野が駆け出しながら言い、よし分かった！　そう応えて勝手口へ急ぐと、今度は電話が鳴る。かけてきたのは区長の堀井で、いまから榛原の助産婦を呼びにいきますが、間に合いそうにないから、救急車が来たらとにかく本人を乗せてください、お宅と桑野さんとで頼みますわと忙しげに言って電話は切れる。伊佐夫はあたふたと家を飛び出し、覚束ない足取りでとろとろと歩く木元の手を引いて一緒に農道を下る。大丈夫です、娘さんは若いんやから大丈夫です、思いつくままに伊佐夫が声をかけると、大丈夫と言われても、知らない娘さんやしなあ、などと木元は言う。へえ知らない人なんですか、それはたいへんですなあ、伊佐夫も調子を合わせる。

木元の家は農道から五十メートルほど入ったところにあり、地所の入り口に立つと、干したばかりの秋蕎麦の稲木の向こうに細々とした家の明かりが見えた。そこから、ふだんの暮らしのなかでは比較できるものがない、生木を捩じるような叫び声が断続的に上がり続ける。ほら、うちで誰かが赤ん坊を産んでるて言いましたやろ、ほんに困ったことや——。木元は低く独りごちて家へ戻ってゆき、それを迎えるようにまたミホの叫び声があたりを切り裂く。すると、驚いたことに伊佐夫の足下の用水路でバシャッと一つ水音が立ち、見ると二十センチほどの銀ブナが数匹、腹を光らせて水面近くまで上がってきている。気温が下がるこの季節、もう少し深いところにいるはずの彼らもミホの声を聞きつけたか。子を産む女の声が地を這い伝わって夜陰へ滲み込んでゆくにつれ、生きもののたちのある者は近くで根源的な自然の営みが起きているのを察して息を殺し、ある者は生命の波動のようなものと共振するのか。

そんなことを慰みに考えた伊佐夫の身体も、何かしら抜き差しならない力に押しやられてしばしその辺の生きものたちの一匹になり、知らぬ間に呼吸を早くしている。そうしてあえて忌避する理由もない巷の生命への感応に身を委ね、水路の銀ブナや土の下のミミズやケラ、さらには杉山のミミズクや集落の屋根の瓦の下のスズメたちと呼吸を一つにする。本来ならすぐにも駆けつけるはずの救急車が一向に現れない事態も、今夜は消防がどんなに問い合わせても妊産婦の救急外来を受け入れられる病院がないらしいという現実とは別に、何やら神がかりな出来事でも起こりそうな奇怪な興奮へと姿を変える。その夜のミホは、ひょっとすると集落の人びとが玉串料を奉げたばかりの屑神社の道反之《ちがえしの》大神《おおかみ》になり、伊邪那岐命《いざなぎのみこと》を黄泉比良坂《よもつひらさか》の悪霊たちから守ったようにして、漆河原の伊佐夫たちを守っていたか。

　事実、ミホが発する血の臭いは、家から五十メートル離れた農道に立っている伊佐夫の鼻腔に届き、刻々と濃くなりながら漆河原の土と空を覆い尽くしていった。それにつれてミミズクやヨタカ、ムササビたちの鳴き交わす声もひとしきり高くなっていったが、母体が洗面器一杯の血を垂れ流そうと、生まれ出るべき胎児は果敢に生まれ出る。しわくちゃの肌を血まみれにして、母体を突き破らんばかりにしてこの世界に生まれ出てくる。思えば陽子は四十年前、奈良県立医大病院の煌々と明るい分娩室で消毒液の臭いとともに昭代の腹から生まれ落ちたのだが、ミホの双子は、あるときは自分たちを殺そうとした若い母と、老いて前後も分からない祖父母とわずかな垣内の人びと、そして土と山の生きものたちを血と体液の臭いで押し包みながら、まるで黄泉路から拾い上げられるようにして生まれ落ちようとしているのだった。人間に限らず、生きものがこの世に生まれ出ることの生々しさにあてられ、噎せかえりながら、伊佐夫は自身が妊婦になったかのように深呼吸をする。水路の銀ブナたちがまたバシャッと水音を立て、ほうとミミズクが啼く。

結局、間もなく救急車が到着したときには、すでに産道から二人目の胎児の頭が出ていて動かすことが出来ず、前後して到着した榛原の助産婦がそれを取り上げた後、ミホと新生児二人は天理市の救急病院へ搬送されていった。そして、新しい命を迎えた伊佐夫たちの安堵と、血の臭気に掻き立てられた生命の興奮と、これからあの母子はどうするのかという懸念の入り混じったサイレンが県道を遠ざかっていったあと、気温がぐんと下がって集落の棚田の表土には本年初の霜が降りた。

それから半月後、色を失った棚田のあちこちで落ち葉を焼く白い煙が細くたなびくころ、倉木吉男が感染症で頓死した。午前八時過ぎ、集落では、久代の電話を受けて取るものも取りあえず家を飛び出した伊佐夫の軽四輪が農道を駆け下ってゆく姿が見られたが、県道へ出たところで、入れ違いに木元ミホと双子の乳児を乗せたタクシーが漆河原の農道へ入っていった。母子ともに半月入院し、その朝元気に退院したのだが、泡を食っていた伊佐夫も、先々の不安に少しぼんやりしていたミホも、どちらも相手に気づかなかったかもしれない。

秋が深まる。

本作は「新潮」誌上に二〇一三年十月号から二〇一六年八月号にわたって連載された。単行本化にあたり、加筆修正が為されている。

写真　青木　昇
撮影協力
三重県農業研究所
装幀　多田和博

土《つち》の記《き》 上

二〇一六年一一月二五日 発行

著　者　高村《たかむら》 薫《かおる》

発行者　佐藤隆信

発行所　株式会社新潮社
東京都新宿区矢来町七一
郵便番号　一六二―八七一一
電話　編集部（03）三二六六―五四一一
読者係（03）三二六六―五一一一
http://www.shinchosha.co.jp

印刷所　株式会社精興社

製本所　加藤製本株式会社

ISBN978-4-10-378409-8　C0093

晴子情歌（上・下）　髙村薫

北洋漁船に乗る青年のもとに、母・晴子から届き始めた長大な手紙。自らの半生を告白するその手紙は、青年を激しく戸惑わせた。母と息子の永遠の謎に挑む長編小説。

新リア王（上・下）　髙村薫

55年体制を生きた大物政治家は、近代日本の黄昏どきの80年代半ばを迎え、息子たちの手で玉座を追われかけていた――。『晴子情歌』に続く、父と子の魂の対決の物語。

太陽を曳く馬（上・下）　髙村薫

合田雄一郎が九・一一を挟んで関わった二つの難事件。福澤一族に連なる不可解な死を追って合田の彷徨が始まった――。『晴子情歌』に始まる三部作、ここに完結！

空海　髙村薫

日本人は、結局この人に行きつく――劇場型リーダーにして国土経営のブルドーザーだった千二百年前のカリスマ・空海。その脳内ドラマを70点の写真と共に再現する。

籠の鸚鵡　辻原登

ヤクザ、ホステス、不動産業者、町の出納室長。欲望と思惑の末に現れる、むき出しの人間の姿。怒濤のスリルと静謐な思索が交錯する、迫真のクライム・ノヴェル。

伯爵夫人　蓮實重彥

開戦前夜、帝大入試を間近に控えた二朗の、めくるめく性の冒険。謎めいた伯爵夫人とは何者なのか？　著者22年ぶり、衝撃の本格フィクション。〈三島由紀夫賞受賞〉